마리나

MARINA
by Carlos Ruiz Zafón

Copyright ⓒ Dragonworks, S.L., 2004
Korean translation copyright ⓒ MUNHAKDONGNE Publishing Corp., 2013
All rights reserved.

Korean translation rights by arrangement with
Dragonworks, S.L. c/o Antonia Kerrigan Literary Agency through MOMO Agency.

이 책의 한국어판 저작권은 모모에이전시를 통해 Dragonworks, S.L. c/o Antonia Kerrigan
Literary Agency와 독점 계약한 (주)문학동네에 있습니다.
저작권법에 의해 한국 내에서 보호를 받는 저작물이므로
무단 전재와 무단 복제를 금합니다.

이 도서의 국립중앙도서관 출판예정도서목록(CIP)은
서지정보유통지원시스템 홈페이지(http://seoji.nl.go.kr)와
국가자료종합목록 구축시스템(http://kolis-net.nl.go.kr)에서 이용하실 수 있습니다.
(CIP제어번호: CIP2013000409)

마리나

카를로스 루이스 사폰 장편소설
김수진 옮김

문학동네

독자 여러분께

 개인적으로 저는 작가라면 누구나 자신의 작품 중에 가장 아끼는 작품이 있기 마련이라고 생각합니다. 그 작품을 유난히 아끼는 건 문학성이 대단히 뛰어나서도 아니고, 독자들의 반응이 특별히 뜨거웠기 때문도 아니며, 그 작품 덕에 경제적으로 큰 이득을 얻었기 때문도 아닙니다. 왜 그런지 이유를 설명할 수 없으면서도 그저 어떤 작품에 마음이 가는 것이지요. 1992년부터 소설가라는 별난 길을 걷기 시작하면서 쓴 많은 작품 중에서 제게는 『마리나』가 바로 그런 작품입니다.
 저는 이 소설을 1996년에서 1997년 사이, 로스앤젤레스에서 썼습니다. 제 나이 서른셋이었지요. 그 무렵, 저는 '청춘'이라는 축복받은 시기가 손가락 사이로 서서히 빠져나가고 있음을 깨닫기 시작했습니다. 따라서, 이미 그전에 청소년을 위한 3부작을 발표한 바 있었지만, 『마리나』 집필에 들어갈 즈음에는 이 책이 제가 청소년을 위해 쓰는 마지막 작품이 될 것임을 직감했습니다. 한 장 한 장 써내려가면서 그렇게 저는 '이별'의 느낌을 절감했고, 마지막 장을 마무리했을 때는 정확히 무엇인지 알 수는 없지만 나날이 그리워지는 뭔가가 『마리나』 속에 영원히 깃들게 되었다는 인상을 받았습니다.

『마리나』는 아마도 제가 지금까지 쓴 책 중에서 '어떤 작품이다'라고 규정하기가 가장 어렵고, 또한 가장 개인적인 그런 작품일 것입니다. 아이러니하게도 이 소설의 출간은 제가 작품을 발표한 이래 가장 무미건조했습니다. 『마리나』는 지난 10년 동안 원래 의도와는 전혀 다르게 형편없고 더러는 허위적이기까지 한 작품으로 여겨졌습니다. 물론 저 역시 이런 오해를 막기 위해 의미 있는 행동을 취하지 않았고요. 하지만 이런 상황에서도 여전히 다양한 연령대와 환경에 처한 수많은 독자들이 이 책의 한 장 한 장에서 뭔가를 발견해나가고 있고, 작품의 주인공 오스카르가 말하는 영혼의 본향에 다가가고 있습니다.

이제 마침내 『마리나』가 제자리를 찾았습니다. 그리고 처음으로 독자들은 작가가 늘 갈망해온 바로 그 상황에서 오스카르가 마리나를 위해 들려주는 이야기에 귀기울일 수 있게 되었습니다. 어쩌면 저 역시 이제야 오스카르의 이야기를 들으면서, 지금까지도 이 이야기가 집필을 마무리했던 그 순간처럼 생생하게 머릿속에 남아 있는 이유를 깨닫고, 마리나의 말처럼 실제로는 일어나지 않았던 일들을 기억해낼 수 있게 되지 않을까 싶습니다.

카를로스 루이스 사폰

차례

독자 여러분께	⋯	005
마리나	⋯	011
옮긴이의 말	⋯	369

언젠가 마리나가 내게 말했었다. 사람들은 실제로 일어나지 않았던 일들만 기억하는 법이라고. 내가 그 말의 의미를 이해하게 된 건 영원과도 같은 오랜 시간이 지난 뒤였지만, 일단은 처음부터 이야기를 들려줄까 한다. 물론 이 이야기의 경우 처음이 곧 끝이기도 하지만 말이다.

1980년 5월, 나는 일주일 동안 이 세상에서 사라져버렸다. 그 일곱 번의 낮과 밤이 지나는 동안 내가 어디에 있었는지 아는 사람은 아무도 없었다. 내 친구들과 학우들, 선생님들, 심지어 경찰까지 나서서 사라진 나를 찾았고, 한쪽에서는 내가 이미 죽었거나 기억상실증에 걸려 으슥한 뒷골목 어딘가를 헤매다니고 있을 거라고 수군거리기도 했다.

그렇게 일주일이 지난 어느 날, 지역 경찰관 한 명이 실종신고서에 묘사된 것과 똑같아 보이는 소년을 발견했다. 안개에 휩싸인 철제 성당 안을 떠도는 길 잃은 영혼 같은 몰골로 프란시아 역을 어슬렁거리는 수상한 소년을 찾아낸 것이다. 경관은 누아르 소설 속 탐정이라도 된 것 같은 걸음걸이로 내게 다가오더니 내 이름이 오스카르 드라이가 맞는지, 다니던 기숙학교에서 연기처럼 증발해버린 바로 그 아이가 맞는지 물었다. 나는 아무 말 없이 그저 고개만 끄덕였다. 경관이 쓰고 있던 안경 유리알에 비친 프란시아 역사驛舍의 돔 천장 형상이 지금도 뇌리에 생생하다.

경관과 나는 플랫폼 벤치에 나란히 앉았다. 경관은 침착하게 담배에 불을 붙였지만 입에 물지는 않고 그냥 타들어가게 두었다. 그러고는 나에게 말했다. 많은 사람들이 내가 돌아오기를 기다리고 있고, 돌아가자마자 엄청나게 많은 질문들을 퍼부을 테니 적당한 대답거리를 준비해놓는 게 좋을 거라고. 나는 다시 한번 고개를 끄덕였다. 경관이 내 눈을 가만히 들여다보더니 말했다. "때로 진실은 묻어두는 게 낫기도 한 법이다, 오스카르." 그러고는 동전 몇 개를 쥐여주며 기숙사 사감 선생님에게 전화하라고 했다. 나는 시키는 대로 했다. 경관은 옆에 서서 내가 전화거는 모습을 지켜보았다. 전화를 끊고 나자 다시 택시비를 주며 행운을 빈다고 했다. 나는 내가 또 사라져버리면 어쩌려고 그러느냐 물었다. 그러자 경관은 한참 동안 내 얼굴을 물끄러미 들여다다보다가 대답했다. "갈 곳이 있어야 사라질 수도 있는 거거든."
경관은 역사 밖까지 나와 함께 걸어나와서는, 그동안 어디서 뭘 했는지 따위는 묻지도 않고 가버렸다. 나는 콜론 거리를 걸어 저만치 멀어져가는 경관의 뒷모습을 바라보았다. 한 모금 빨지도 않은 손가락 사이의 담배에서 흘러나온 한줄기 연기가 충견처럼 그의 뒤를 따르고 있었다.

그날, 바르셀로나의 눈부신 파란 하늘에는 가우디의 혼령이 빚어낸 기이한 형상의 구름들이 떠다니고 있었다. 나는 택시를 타고 당장이라도 잡아먹을 듯한 기세로 날 기다리고 있을 기숙학교로 향했다.

그로부터 한 달 동안이나 선생님과 심리상담사 들은 비밀을 털어놓으라며 나를 달달 볶아댔고, 나는 그들이 듣고 싶어하거나 납득할 만한 이야기들을 지어내며 거짓말을 둘러댔다. 시간이 흐르면서 그들은 그 사건을 잊어버리려고 애썼다. 나 역시 그런 척했다. 그날 진짜로 무슨 일이 있었는지에 대해서는 누구에게도 발설하지 않고 나만의 비밀로 간직하기로 한 것이다.

하지만 그때만 해도, 시간이 흐르다보면 세월 속에 묻어두었던 숱한 기억들이 언젠가 되살아난다는 사실을 미처 몰랐다. 그로부터 15년이 지난 오늘, 그날의 기억이 다시 나를 찾아왔다. 지금 내 눈앞에는 15년 전 안개 낀 프란시아 역을 정처 없이 헤매던 소년의 모습이 생생하게 떠오른다. 그리고 '마리나'라는 이름이 방금 베인 상처처럼 나를 아프게 한다.
 누구에게나 가슴 깊숙한 곳에 꽁꽁 가둬둔 비밀이 있는 법이다. 나에게도 그런 비밀이 있다.

1

 1970년대 말, 바르셀로나는 수많은 대로와 골목길로 이루어진 신기루와도 같은 곳이었다. 건물 안으로 들어서기만 해도, 카페 문턱을 넘어서기만 해도 삼사십 년 전 과거로의 여행이 얼마든지 가능했다. 그 마법과도 같은 도시 속에서는 시간과 기억, 역사와 허구가 비에 젖은 수채화처럼 온통 경계를 허문 채 뒤섞여 있었다. 이제 더이상 존재하지 않는 거리들의 여운이 아직 남아 있는 이 도시는 방금 동화책에서 빠져나온 듯한 성당과 건물들이 서로 씨실과 날실을 이루며 이 이야기를 형성해가는 곳이기도 하다.

 당시 나는 열다섯 살이었고, 발비드레라 기슭에 위치한 성스러운 이름의 어느 기숙학교의 높다란 담장 안에서 하루하루 시

들어가고 있었다. 그때만 해도 사리아 지역은 근대 대도시의 주변부에 위치한 작은 시골 마을의 모습을 간직하고 있었다. 보나노바 거리에서 오르막길을 계속 가다보면 맨 꼭대기에 위치한 건물이 바로 우리 학교였는데, 그 거대한 형상은 학교라기보다 꼭 요새 같은 인상을 풍겼다. 각진 외관은 점톳빛을 띠었고, 어둠 속에 자리잡은 탑과 아치와 양쪽 날개는 마치 십자말풀이 모양을 이루는 듯 보였다.

정원과 분수, 질퍽한 흙을 드러낸 연못, 안뜰, 아름다운 소나무 숲이 성채를 이루며 학교 건물을 에워쌌다. 학교 주변에는 귀신이라도 튀어나올 것처럼 물안개가 자욱한 수영장, 침묵의 마법에 걸린 듯한 체육관, 괴기스러운 소성당 등 음산한 느낌의 건물들이 자리했다. 소성당 안에는 커다란 초가 불빛을 뿜어내며 성화聖畵 속 성인들의 미소를 비춰주었다. 학교 건물은 지상 4층에 지하실이 두 개 있었고, 꼭대기 다락방에는 학교 선생님이기도 한 은둔 수도사 몇몇이 기거했다. 학생들의 침실은 동굴처럼 이어지는 기다란 4층 복도 맨 안쪽에 자리잡고 있었는데, 끝이 없는 것처럼 길게 이어지는 그 복도는 항상 어두침침했고, 왠지 모르게 오싹해지는 기분 나쁜 메아리가 울려퍼졌다.

나는 날마다 그 거대한 요새 안 교실에서 오후 5시 20분이 빚어내는 기적을 기다리며 몽상에 잠기곤 했다. 그 마법의 시간이 찾아들 무렵이면 학교 건물의 높다란 창문은 황금빛 노을로 물들었다. 수업이 끝나는 종소리가 울린 후 커다란 식당에서 저녁 식사를 하기 전까지 세 시간쯤 자유시간이 주어졌다. 자유시간의 원래 취지는 각자 부족한 공부를 보충하고 명상의 시간을 갖자는 것이었겠지만, 나는 기숙학교에 다니는 동안 단 한 번도 공부와 명상이라는 고귀한 과제를 위해 그 시간을 바쳐본 기억이 없다.

나는 그 시간을 가장 좋아했다. 수위 아저씨를 비웃기라도 하듯 유유히 따돌리고는 학교를 빠져나가 시내 곳곳을 활보하고 다녔던 것이다. 그러다가도 어둠이 내릴 무렵이면 오래된 길들을 걸어 저녁식사 시간에 딱 맞춰 학교로 돌아오곤 했다. 그렇게 거리를 쏘다니는 사이, 나는 도취되듯 해방감에 젖어들었다. 나래를 활짝 편 상상은 건물 지붕을 넘어 하늘 높이 날아올랐다. 그 세 시간 동안은 바르셀로나의 거리들도, 기숙학교도, 쓸쓸하기만 한 4층의 침실도 머릿속에서 지워져버렸다. 그 세 시간만큼은 주머니에 동전 몇 개밖에 없는 나였지만 세상에서 가장 행복한 사람이 될 수 있었다.

나는 주로 당시 '사리아 사막'이라 부르던 지역을 지나다녔는데, 그곳은 사람들의 발길이 끊어져버린, 한때 숲이었을 것 같은 불모지였다. 과거에 영주들이 보나노바 거리 북쪽 지역에 모여 살았기 때문에 오래된 대저택들이 많이 있었는데, 대부분 지금까지 남아 있기는 하지만 거의 폐허나 다름없는 형상이었다. 내가 다니는 기숙학교를 에워싼 도로들은 유령 도시로 뻗어 있는 셈이었다. 담쟁이덩굴로 온통 뒤덮인 담장 때문에 저택 앞 정원으로는 들어설 수가 없었다. 버려진 채 잡초만 무성해진 그 궁전들 위로는 걷히지 않으려 기를 쓰는 안개처럼 추억만이 둥둥 떠다니는 것 같았다. 이 대저택들 중 상당수는 철거가 예정되어 있었고 오랜 세월에 걸쳐 약탈에 시달려왔지만, 그래도 일부 저택에는 여전히 사람이 살고 있기도 했다.

그곳에 사는 이들은 이제는 몰락해버린 가문의 후손으로, 전차가 등장하면서 근대 발명품에 대한 우려가 일기 시작할 무렵만 해도 〈라 방과르디아〉 신문 곳곳을 화려하게 장식하곤 했던 사람들이었다. 빛바랜 과거의 볼모가 되어버린 사람들, 가라앉는 배를 차마 버리지 못해 떠나기를 거부하는 사람들. 그들은 폐허처럼 변해버린 대저택을 벗어나기라도 하면 한줄기 바람에 제 몸까지 한줌 재로 변해버리지 않을까 두려워하고 있었다. 그렇게 그들은 포로 신세가 되어 촛불 아래서 쇠락해가고 있었다. 가끔 그 동네의 녹슨 철책 앞을 잰걸음으로 지나갈 때면 칠이 벗겨진 쪽문 저 너머에서 미심쩍은 눈초리가 느껴지곤 했다.

1979년 9월 하순의 어느 오후, 나는 사람의 손길이 미치지 못하고 방치된 저택들이 늘어선 어느 골목길로 우연히 들어서게 되었다. 둥그렇게 휘어진 골목 끝자락은 다른 길들과 마찬가지로 어느 집 철책과 맞닿아 있었다. 쇠창살 너머로는 수십 년간 버려진 채 풍파에 시달린 오래된 정원이 펼쳐져 있었고, 잡초 사이로 2층짜리 주택의 모습이 보였다. 우중충한 건물 앞에는 오랜 세월에 이끼로 뒤덮여버린 분수대가 조각상들과 함께 서 있었다.

이미 주위는 어둑어둑해져 괴기스러운 느낌이 일었다. 죽음과도 같은 정적을 가르며 불어오는 한줄기 바람이 소리 없는 경고를 귓가에 속삭이는 것 같았다. 나는 그제야 내가 '죽음의 구역'에 들어섰음을 깨달았다. 발길을 돌려 기숙학교로 돌아가는 것이 최선이라는 것도 알고 있었다. 버려진 저택에 대한 걷잡을 수 없는 호기심과 내 안의 상식 사이에서 갈등하고 있을 때, 마치 경고라도 하듯 어스름 속에서 반짝거리며 날카로운 단도처럼 내게 박히는 두 개의 노란 눈동자를 보았다. 침이 꼴깍 넘어갔다.

반들반들한 잿빛 털의 고양이가 저택 대문 앞에 꼼짝 않고 앉아 있었다. 녀석의 주둥이에는 아직 숨이 붙어 퍼덕거리는 작은 참새가 물려 있었고, 목에는 은색 방울이 달려 있었다. 고양이는 잠시 나를 살피는가 싶더니 뒤돌아 쇠창살 사이로 미끄러져들어갔다. 나는 고양이가 죽어가는 참새를 문 채 거대하고 을씨년스러운 저택의 어둠 속으로 사라져가는 뒷모습을 지켜보며 서 있었다.

덩치는 작지만 도전적이고 도도한 고양이의 태도에 나는 완전히 매료되고 말았다. 털에 윤기가 흐르고 목에 방울까지 달고 있는 것으로 보아 분명 주인이 있는 것 같았다. 어쩌면 저 고택 속에는 이미 사라져버린 과거 바르셀로나 시대의 유령들뿐 아니라 다른 뭔가가 살고 있을지도 모른다는 생각이 들었다. 나는 대문 앞으로 바짝 다가서서 쇠창살에 두 손을 얹었다. 쇠의 차가운 기운이 손끝에 전해졌다. 스러져가는 마지막 노을빛에 죽어가던 참새에게서 뚝뚝 떨어져내린 붉은 혈흔이 잡초 무성한 정원을 가로지르는 것이 보였다. 마치 미로 속에서 출구로 안내하는 진홍빛 진주알 같았다. 다시 한번 침을 꼴깍 삼켰지만 입안이 바싹바싹 마르고 있던 터라 넘어갈 침도 없었다. 내가 미처 알아채지 못한 뭔가를 감지하기라도 했는지 관자놀이 부근에서 맥이 요란하게 뛰는 게 느껴졌다. 그 순간 두 손으로 붙잡았던 철문이 스르륵 밀렸다. 문이 잠겨 있지 않았던 것이다.

정원으로 첫발을 내디딘 순간, 분숫가에 서 있는 석조 천사상의 새하얀 얼굴이 달빛에 비쳐 보였다. 천사들의 시선은 나를 향하고 있었다. 내 두 발은 못 박힌 듯 제자리에 얼어붙고 말았다. 당장이라도 천사들이 받침대 위에서 내려와 늑대의 발톱과 뱀의 혀를 내보이는 괴물들로 변신해버릴 것만 같았다. 하지만 그런 일은 일어나지 않았다. 심호흡을 한 번 한 뒤, 나는 내가 상상했던 것, 아니 좀더 정확하게 말하자면 저택 안을 조심스레 탐험해보려던 내 계획을 이쯤에서 접는 게 어떨까 생각해보았다. 그러나 이번에도 나 아닌 다른 누군가가 내 행보를 결정해버리고 말았다. 어디선가 울려오는 천상의 선율이 마치 아름다운 향기가 퍼져나오듯 정원을 메우기 시작한 것이다. 피아노 반주에 맞춰 부르는 나지막한 노랫소리였다. 내 평생 이렇게 아름다운 목소리는 들어본 적이 없었다.

귀에 익은 것 같으면서도 누구의 목소리인지는 기억나지 않았다. 노랫소리는 집 안에서 흘러나오고 있었다. 나는 최면에 걸린 사람처럼 그 소리를 좇아 걷기 시작했다. 희미한 달빛이 반쯤 열린 문틈 사이로 흘러들어 유리창이 난 복도 안을 비췄다. 1층의 큼지막한 창문 문턱 위에 앉아 나를 노려보는 고양이는 아까 보았던 바로 그 녀석이었다. 나는 뭐라 형언하기 힘든 멜로디가 흘러나오는 불 켜진 복도 쪽으로 다가섰다. 여자 목소리였다. 여러 개의 촛불이 빚어내는 희미한 광채가 방 안을 메우고 있었고, 그 빛에 레코드판이 돌아가는 낡은 축음기의 금박 테두리가 반짝거렸다. 축음기에서 흘러나오는 그 소리에 완전히 사로잡힌 나는 무슨 짓을 하는지도 의식하지 못한 채 넓은 방 안에 들어서 있는 나 자신을 발견하고는 화들짝 놀랐다. 전축이 놓여 있는 탁자 위에 동그란 물체 하나가 반짝이고 있었다. 주머니 시계였다. 나는 시계를 집어들고 촛불에 비춰보았다. 바늘은 멈춰 있었고 유리 뚜껑은 깨진 채였다. 금으로 된 듯 보였는데, 내가 들어와 있는 이 저택만큼이나 오래된 것 같았다. 저만치 떨어진 곳에 팔걸이 의자 하나가 나를 등지고 놓여 있었고, 그 맞은편에는 벽난로가 있었다. 벽난로 위에 걸린 유화 초상화 속에서는 하얀 드레스를 입은 여인이 슬픔이 깃든 커다랗고 깊은 두 눈동자로 방 안을 내려다보고 있었다.

순간 마법이 깨져버리고 말았다. 등을 돌리고 있던 팔걸이의자에서 웬 시커먼 그림자가 벌떡 일어서는가 싶더니 나를 향해 돌아선 것이다. 기다란 백발을 늘어뜨린 그림자의 얼굴에서는 두 개의 눈동자가 어둠 속에서 숯불처럼 이글거리고 있었다. 이윽고 커다랗고 하얀 두 손이 나를 향해 뻗어왔다. 공포에 사로잡힌 나는 문을 향해 냅다 도망치기 시작했는데, 그 와중에 전축에 부딪히고 말았다. 전축이 떨어지면서 바늘이 레코드판을 긁는 소리가 들렸다. 천상의 목소리는 찢어져버렸고 지옥의 신음만이 남았다. 나는 정신없이 정원을 향해 내달렸다. 하얀 손이 내 옷자락을 붙잡을 것만 같았다. 헐레벌떡 정원을 가로지르는 사이에도 땀구멍 하나하나에서 두려움이 뿜어져나왔다. 그렇게 숨 한 번 쉬지 않고, 뒤 한 번 돌아보지 않고 정신없이 달리다보니 옆구리가 어찌나 결리는지 구멍이 뚫릴 것만 같았다. 가쁜 숨조차 쉴 수 없을 지경이었다. 온몸이 식은땀으로 뒤범벅이 될 무렵에야 저만치 30미터쯤 앞으로 기숙학교의 불빛이 보였다.

나는 평소 감시하는 사람이 없는 주방 쪽 뒷문으로 살그머니 들어가 곧장 침실로 기어들어갔다. 다른 친구들은 이미 식당에서 저녁식사를 하고 있을 것이다. 이마의 식은땀을 닦아내고 나서야 심장박동이 서서히 평소의 리듬을 회복하기 시작했다. 겨우 마음을 진정시키고 있는데 노크 소리가 들렸다.

"오스카르, 저녁 먹을 시간이다." 합리주의 예수회의 세기 수사님 목소리였다. 수사님은 경찰처럼 행동하는 것을 끔찍이도 싫어했다.

"지금 가요, 수사님, 잠시만요."

나는 서둘러 재킷을 걸치고 방 불을 껐다. 바르셀로나 하늘에 휘영청 떠오른 달이 창문으로 빛을 뿌려주었다. 그제야 나는 깨달았다. 내 손에 금시계가 쥐어 있다는 것을.

2

 그 후 며칠 동안 그 섬뜩한 시계는 나와 떼려야 뗄 수 없는 존재가 되어버렸다. 난 어딜 가든 그 시계를 몸에 지니고 다녔고, 심지어 잘 때도 베개 밑에 넣어두었다. 누군가 시계를 발견하고 어디서 난 거냐고 물을까봐 걱정스러웠던 것이다. 뭐라 대답할 말이 없었으니까. "왜 그런지 알아? 주운 게 아니라 훔친 거라서 그래." 어디선가 힐난의 목소리가 들려오는 것도 같았다. 그 목소리는 이런 말도 쏟아냈다. "전문용어로는 '주거침입 및 절도'라고 부르지." 이유는 알 수 없지만 범죄 용의자를 변호하는 듯한 그 목소리는 페리 메이슨* 역을 맡았던 배우의 목소리와 비슷

---

* 얼 스탠리 가드너의 탐정소설에 등장하는 명 변호사로, 이 인물을 주인공으로

한 구석이 있는 것 같았다.

나는 매일 밤 다른 친구들이 모두 잠들기를 끈덕지게 기다렸다가 나만의 보물인 그 시계를 꺼내보곤 했다. 정적이 찾아오면 손전등으로 시계를 비춰보았다. 죄의식을 떨쳐버리지 못하는 상황이었는데도 '비조직적 범죄'에서 획득한 최초의 전리품이 뿜어내는 매력에 빠져들지 않을 수 없었던 것이다. 금으로 된 시계는 제법 묵직했다. 유리는 어딘가에 부딪혔든가 아니면 떨어져 깨진 것 같았다. 그 충격으로 시계가 고장나면서 시곗바늘이 6시 23분에 영원히 고정되어버린 모양이었다. 시계 뒷면에는 이런 문구가 새겨져 있었다.

빛의 소리를 발하는 그대, 헤르만에게
K. A.
1964년 1월 19일

무척 소중한 시계일 거라는 생각이 들면서 양심의 가책이 밀려왔다. 그 문구를 보니 내가 꼭 남의 추억을 도둑질한 사람이 되어버린 것 같았다.

비가 부슬부슬 내리는 어느 목요일, 나는 마침내 나만의 비밀

한 영화와 텔레비전 드라마가 다수 만들어졌다.

을 누군가에게 털어놓기로 했다. 가장 절친한 학교 친구에게. 그 친구는 눈빛이 예리하고 성격이 다소 신경질적이었으며, 진짜 이름과는 전혀 상관없이 부득부득 JF라는 이니셜로 불러달라고 하는 친구였다. JF는 자유로운 시인의 영혼과 날카로운 천재성을 지닌 아이로, 그 넘치는 천재성 때문에 툭하면 입을 다물어버리곤 했다. 그런가 하면 체력은 너무 약해서 1킬로미터쯤 떨어진 곳에서 '병균'이라는 말 한마디만 나와도 곧바로 자신이 병균에 감염되었다고 생각하는 그런 종자였다. 한번은 내가 사전에서 '심기증心氣症'이라는 병명을 찾아 JF에게 복사해준 적이 있었다.

"혹시 이미 알고 있는지도 모르겠지만, 네 이야기가 왕립 학술원 사전에 나와 있더라." 내가 말했다.

JF는 내가 내민 종이를 흘낏 보더니 이내 나를 노려보며 대답했다.

"'저능아'도 한번 찾아보지그래? 사전에 자기 이야기가 올라 있는 사람이 나 하나뿐이 아니라는 걸 알게 될 테니까."

그날 레크레이션 시간에 JF와 나는 어두컴컴한 강당에 몰래 들어갔다. 중앙 통로를 걷는 우리 둘의 발소리가 울려퍼져 마치 백 개는 됨직한 시커먼 그림자들이 까치발로 걸어다니는 듯한 느낌이 들었다. 가느다란 두 줄기 빛이 먼지 이는 강당 안에 쏟아져내렸다. 우리는 어둠에 잠긴 텅 빈 의자들을 지나치며 앞으로 나아가 그 빛 아래 앉았다. 빗방울이 후드득 소리를 내며 1층 유리창을 두들겨댔다.

"자, 이제 말해봐." JF가 단도직입적으로 물었다. "도대체 왜 그래?"

나는 말없이 시계를 꺼내어 JF에게 내밀었다. JF는 눈썹을 추켜올리더니 시계를 노려보았다. 한참 동안 요리조리 뜯어보고는 수상쩍다는 듯 나를 쳐다보았다.

"어때 보여?" 내가 물었다.

"그냥 시계네. 그런데 헤르만이 누구야?"

"나도 몰라."

나는 JF에게 며칠 전 폐허가 되어버린 그 저택에 들어갔던 일을 자세히 들려주었다. JF는 타고난 과학자적 태도로 내 이야기를 차분히 귀기울여 들었다. 그리고 내가 말을 마치자 이야기를 들은 소감 따위를 말하기도 전에 사건 전반을 한마디로 정리해 버렸다.

"그러니까 이걸 훔쳐온 거네." JF의 결론이었다.

"그게 중요한 게 아니라고!" 내가 투덜거렸다.

"글쎄, 과연 헤르만 씨도 그렇게 생각할까?"

"그 헤르만인가 뭔가 하는 양반은 이미 세상을 떠난 사람일 수도 있어." 하지만 내 목소리에는 확신이 묻어 있지 않았다.

JF가 손가락으로 턱끝을 긁적이며 말했다.

"형법에 따르면, 사유품이나 헌사가 새겨진 시계 같은 물품에 대한 계획적 절도의 경우에는……"

"'계획' 같은 소리 하지도 마." 내 입에서 볼멘소리가 터져나왔다. "이런저런 생각을 해볼 여유도 없이 순식간에 일이 벌어졌단 말이야. 내가 시계를 들고 나왔다는 사실을 깨달았을 땐 이미 너무 늦어버렸고. 네가 나였더라도 마찬가지였을 거야."

"내가 너였더라면 아마 심장마비로 죽었겠지." 행동보다 말을 앞세우는 JF가 말했다. "여하튼 재수 없는 고양이를 쫓아 남의 집으로 들어간 것 자체가 제정신으로 할 수 있는 일은 아니지. 고양이 같은 것에 병균이 얼마나 많은지 몰라?"

잠시 침묵이 이어졌다. 들리는 것이라고는 멀리서 들려오는 빗소리뿐이었다.

"자, 일이 어찌 되었건 다시는 안 갈 거지?"

나는 싱긋 웃으며 대답했다.

"혼자서는 안 가."

JF의 두 눈이 휘둥그레졌다.

"야! 난 싫어! 꿈도 꾸지 마!"

그날 오후, 수업이 끝난 뒤 JF와 나는 주방 쪽 뒷문을 빠져나와 그 으리으리한 저택으로 향했다. 포장도로 곳곳이 움푹 패어 물웅덩이가 생겼고, 곳곳에 낙엽이 뭉텅이로 쌓여 있었다. 도시 전체에 위협적인 먹구름이 가득 끼어 있었다. 이런 환경에 익숙지 못한 JF의 얼굴은 평소보다 훨씬 하얗게 질려 있었다. 과거라는 시간 속으로 완전히 함몰해버린 듯한 건물의 외관이 보이자 간이 콩알만해졌다. 침묵의 함성에 귀가 먹먹했다.

"아무래도 이쪽에서 돌아서 나가는 게 좋을 것 같은데……"
JF가 슬슬 뒷걸음질을 치며 중얼거렸다.

"겁쟁이 토끼처럼 굴지 마!"

"흔히들 토끼를 너무 과소평가 하는데, 생각해봐. 토끼가 없다면 토끼털도, 토끼 고기도 없을……"

난데없이 방울 소리가 바람결에 실려 들려왔다. JF가 입을 꾹 다물었다. 고양이의 노란 눈이 우릴 지켜보고 있었다. 갑자기 고양이가 뱀이라도 된 듯 쉬쉬 소리를 내면서 발톱을 세웠다. 등줄기를 따라 털이 빳빳하게 서는가 싶더니 며칠 전 참새의 숨통을 끊어놓을 때 보았던 그 송곳니가 주둥이 사이로 드러났다. 멀리서 하늘을 가르며 번개가 번쩍였다. JF와 나는 서로 눈빛을 교환했다.

15분 후, 우리 둘은 기숙학교 연못가 벤치에 나란히 앉아 있었다. 시계는 여전히 내 재킷 주머니 속에 들어 있었다. 한층 무게가 더해진 느낌이었다.

학교에서 얌전히 지내는 사이 주말이 되었다. 토요일 새벽 동트기 직전, 축음기에서 흘러나오던 목소리가 들리는 듯한 느낌에 퍼뜩 잠에서 깨어났다. 창문 너머로 옥상 안테나들이 숲을 이룬 바르셀로나 시가지가 주홍빛 여명 속에서 모습을 드러내기 시작했다. 침대에서 벌떡 일어난 나는 그 망할 시계부터 찾았다. 지난 며칠 내내 없어지면 어떡하나 싶어 전전긍긍해오던 터였다. 나는 시계를 눈앞에 들어올리고 가만히 노려봤다. 그리고 황당한 문제에 부딪혔을 때에만 내릴 수 있는 그런 결단으로 이 상황에 종지부를 찍기로 했다. 시계를 돌려주기로 한 것이다.

나는 조용히 옷을 챙겨 입은 뒤 까치발을 하고 어둠에 잠긴 4층 복도를 빠져나왔다. 10시나 11시 무렵까지는 사람들이 내가 없어진 사실조차 눈치채지 못할 것이고, 그 시각이면 아마 다시 돌아와 있을 터였다.

밖으로 나오니 거리는 동틀녘의 바르셀로나를 에워싼 불그스름한 빛으로 물들어 있었다. 나는 일단 마르헤나트 거리까지 걸어내려갔다. 내 주위에서 사리아가 깨어났다. 지표면에 닿을 듯 낮게 깔린 구름이 황금빛으로 뿜어져나오는 여명의 무리를 감추고 있었다. 안개 사이로 집들의 윤곽이 희미하게 드러났고, 바닥에는 마른 낙엽들이 이리저리 바람에 날리고 있었다.

문제의 장소까지 가는 데는 그리 오래 걸리지 않았다. 도시 한구석에 잊힌 채 자리잡고 있는 그곳의 적막감과 기이한 평화로움 앞에서 나는 잠시 발걸음을 멈추었다. 주머니 속에 들어 있는 시계처럼 이 세상도 그대로 멈춰버린 듯한 느낌이 들었다. 그런데 바로 그때, 등뒤에서 무슨 소리가 들렸다.

　돌아선 내 눈앞에 막 꿈속에서 빠져나온 것 같은 장면이 펼쳐졌다.

3

뽀얀 안개 사이로 자전거 한 대가 천천히 달려오고 있었다. 새하얀 원피스를 차려입은 한 소녀가 내가 있는 곳을 향해 열심히 페달을 밟아 비탈길을 올라오고 있었다. 등뒤에서 비춰오는 여명이 면직물 속 소녀의 몸 윤곽을 드러내 보였다. 얼굴 위로 흘러내린 긴 갈색 머리카락은 페달을 밟을 때마다 물결쳤다. 나는 느닷없이 반신불수가 된 사람처럼 굳어버린 채 그 자리에 꼼짝 않고 서서 다가오는 소녀의 모습을 멍하니 지켜볼 뿐이었다. 자전거는 내게서 2미터쯤 떨어진 곳에 멈춰 섰다. 실제로 그런 것인지, 아니면 내 상상일 뿐이었는지, 바닥으로 내려서는 소녀의 종아리는 매끈해 보였다. 내 시선은 땅바닥에서부터 거슬러올라 소로야*의 화폭에서 빠져나온 듯한 하얀 원피스를 거쳐 잿빛 눈동자에서 멈췄다. 보고 있자니 그대로 빠져들 것만 같은 깊은 눈동자였다. 비꼬는 듯한 기색이 어린 그 잿빛 눈동자 역시 내 눈을 마주하고 있었다. 나는 미소를 띠며 아주 바보 같은 표정을 지어 보였다.

"너, 시계 그 애지?" 소녀가 강렬한 눈빛만큼이나 야무진 음성으로 말했다.

소녀는 내 또래거나 한 살쯤 많아 보였다. 사실 나에게 여자 나이를 가늠하는 일이란 단박에 풀리는 그런 문제가 아니었다. 이것저것 따지고 고려해야 겨우 짐작할 수 있는, 나름 고단한 작업이었다. 소녀의 피부는 입고 있는 원피스 색깔만큼이나 하얬다.

"여…… 여기 사니?" 내가 철문을 가리키며 더듬더듬 물었다.

소녀는 눈 한 번 깜빡이지 않고 분노에 찬 눈동자로 나를 뚫어져라 노려보았다. 그 순간에는 그 눈빛에 기가 질려 미처 깨닫지 못했지만, 몇 시간이 지난 뒤 생각해보니 그 소녀는 내가 지금까지 본 여자애들 중에, 아니 어쩌면 평생 보게 될 여자애들 중에 가장 예쁜 것 같았다. 정말로.

"그건 왜 물어?"

"내가 시계 그 애 맞는 거 같거든." 나는 얼렁뚱땅 둘러대기 시작했다. "난 오스카르라고 해. 오스카르 드라이. 시계 돌려주러

---

* 근대 스페인 회화의 거장. 인상주의 화풍의 풍경화와 인물화를 주로 그렸다.

왔어."

 나는 소녀가 대답할 틈도 주지 않고 주머니에서 시계를 꺼내 내밀었다. 소녀는 잠시 내 눈을 가만히 들여다보더니 시계를 받아들었다. 소녀가 손을 내밀 때 보니 손목이 마치 눈[雪]으로 만든 인형의 팔처럼 새하얬고, 약지에는 금반지를 끼고 있었다.

 "내가 가져갈 때 이미 고장나 있었어."

 "15년 전부터 그랬어." 소녀가 나를 쳐다보지도 않고 중얼거렸다.

 마침내 고개를 든 소녀는 고가구나 골동품을 살피듯 나를 발끝에서 머리끝까지 위아래로 훑어보았다. 눈빛으로 보아 나를 도둑으로 생각하는 것 같지는 않았다. 아마도 멍청한 얼치기 정도로 본 모양이었다. 제법 훤한 내 얼굴도 아무런 도움이 안 되는 듯했다. 그런데 소녀가 갑자기 눈썹꼬리를 추켜올리며 묘한 미소를 짓더니 시계를 내밀었다.

 "네가 가져간 거니까 네 손으로 주인한테 돌려줘."

 "그래도……"

 "그 시계, 내 거 아냐. 헤르만 씨 거야."

 그 이름을 듣자마자 며칠 전 이 집 넓은 방 안에서 날 소스라치게 만들었던 그 백발의 거구가 생각났다.

 "헤르만?"

 "우리 아빠야."

"그럼 넌?"

"우리 아빠의 딸이지."

"내 말은 그게 아니고, 이름이 뭐냐고."

"나도 네 말이 뭔지 제대로 알거든!" 소녀가 대꾸했다.

소녀는 다른 말 없이 다시 자전거에 올라타고는 철문 안으로 들어갔다. 그리고 잠시 뒤돌아보더니 정원 너머로 사라져버리고 말았다. 뒤를 돌아볼 때 소녀의 두 눈은 나를 한껏 비웃고 있었다. 나는 한숨을 내쉰 뒤 소녀가 간 길을 따라 들어갔다. 낯익은 얼굴이 나를 맞았다. 예의 그 고양이가 언제나처럼 냉랭한 표정으로 날 응시하고 있었다. 난 당장이라도 한 마리 도베르만이 되고 싶은 심정이었다.

나는 고양이가 보초를 서고 있는 정원을 가로질렀다. 정글처럼 잡풀이 우거진 정원을 요리조리 돌아 천사상이 서 있는 분수대에 다다랐다. 분숫가에 자전거가 기대 세워져 있었고, 소녀가 핸들 앞에 매달린 바구니 속에서 봉투를 꺼내고 있었다. 갓 구운 빵 냄새가 났다. 소녀는 봉투 속에서 우유병을 꺼내더니 쪼그리고 앉아 바닥에 있는 대접에 우유를 따랐다. 고양이가 쏜살같이 달려와 아침식사를 즐겼다. 아마 매일 아침 거행되는 의식이리라.

"난 네 고양이가 힘없는 참새들만 잡아먹는 줄 알았는데." 내가 말했다.

"그냥 사냥을 즐길 뿐이야. 먹지는 않고. 그건 영역의 문제거든." 소녀가 마치 어린아이에게 하듯 설명해주었다. "애는 우유를 좋아해. 그렇지, 카프카? 너 우유 좋아하지?"

고양이 카프카는 그렇다는 뜻으로 소녀의 손가락을 핥았다. 소녀가 정다운 미소를 띠면서 고양이의 등을 쓰다듬었다. 그러는 사이 내 눈은 주름잡힌 소녀의 원피스 옆구리 부분에 머물렀다. 바로 그때 소녀가 눈을 들었다. 소녀와 눈이 딱 마주친 나는 순간 흠칫 놀라 쩝하고 입맛을 다셨다.

"그런데 너! 아침은 먹은 거니?" 소녀가 물었다.

나는 고개를 절레절레 저었다.

"그럼 배고프겠네. 모자란 애들일수록 늘 배고파하는 법이니까. 들어와서 뭐 좀 먹어. 아빠한테 시계를 훔친 이유를 설명하려면 뱃속을 든든히 채워놓는 게 좋을 거야."

저택 후면에 자리잡은 주방은 꽤 큼지막했다. 느닷없이 받게 된 아침상에는 소녀가 사리아 광장의 포익스 빵가게에서 막 사 온 크루아상이 놓였다. 소녀는 카페라테를 가득 채운 커다란 잔을 내밀고는 내 맞은편에 앉아 허겁지겁 빵 접시를 비우는 내 모습을 지켜보았다. 굶주린 거지가 밥 먹는 모습을 지켜보기라도 하듯 소녀의 눈동자에는 호기심과 안타까움과 우려가 뒤섞여 있었다. 소녀는 빵 한 조각 입에 대지 않았다.

"지난번에 저쪽에서 너 본 적 있어." 소녀가 여전히 나를 주시하며 말했다. "겁먹은 얼굴을 한 키 작은 남자애하고 같이. 오후면 학교를 빠져나와서 저쪽 길을 지나다니는 것 같던데. 가끔은 혼자서, 정신없이 콧노래까지 흥얼거리면서 말이야. 지하 감옥 같은 학교에서 알았다가는 한바탕 경을 칠 텐데……"

내가 막 그럴듯한 대답을 늘어놓으려는 순간, 먹구름이 끼듯 식탁 위로 시커멓고 거대한 그림자가 드리워졌다. 소녀가 고개를 들더니 미소지었다. 나는 입안 가득 크루아상을 쑤셔넣은 채 그대로 얼어붙고 말았다. 심장이 요란하게 뛰기 시작했다.

"손님이 찾아왔어요." 소녀가 재미있어하는 표정으로 말했다. "아빠! 이쪽은 아마추어 시계 도둑 오스카르 드라이예요. 오스카르! 이쪽은 헤르만, 우리 아빠야."

나는 크루아상을 꿀꺽 삼켜버리고 천천히 돌아섰다. 키 큰 남자가 눈앞에 우뚝 서 있었다. 알파카 양복에 넥타이와 조끼까지 갖춰입었다. 깔끔하게 뒤로 빗어넘긴 흰머리가 어깨까지 드리워져 있었다. 슬픔이 깃든 듯한 검은 눈동자와 조각처럼 섬세하게 각진 얼굴, 그리고 역시 하얀 콧수염. 그렇지만 정말 눈에 띈 것은 두 손이었다. 천사의 손처럼 새하얀 두 손, 그리고 가느다랗고 한없이 긴 손가락. 헤르만 아저씨였다.

"저는 도둑이 아닙니다, 어르신……" 너무 긴장해 말도 제대로 나오지 않았다. "다 설명해드리겠습니다. 제가 이 집에 들어왔던 건 사실이지만, 아무도 살지 않는 집인 줄 알았습니다. 그런데 집 안에서 있었던 일에 대해서는 사실 저도 뭐가 뭔지 모르겠습니다. 무슨 음악 소리 같은 게 들렸는데, 아름다웠던 것 같기도 하고 아닌 것 같기도 하고, 여하튼 그래서 집 안으로 들어왔다가 시계를 보았습니다. 가져갈 생각은 없었습니다. 정말이에요. 그런데 어찌나 무서웠던지, 나중에 제가 시계를 쥐고 있다는 걸 깨달았을 때에는 이미 멀리 달아난 후였습니다. 글쎄……어떤 식으로 설명을 드려야 할지 모르겠습니다만……"

소녀가 옆에서 히죽히죽 웃어댔다. 헤르만 아저씨의 두 눈이 내 눈과 마주쳤다. 속을 들여다볼 수 없는 새까만 눈동자였다. 나는 재빨리 주머니를 뒤져 시계를 꺼내든 뒤 내밀었다. 당장이라도 앞에 선 거구의 남자가 호통을 치면서 형사를 부르겠다느니, 무장경찰을 부르겠다느니, 보호감독관을 부르겠다느니 하며 겁을 줄 것만 같았다.

"자네 말 다 믿네." 헤르만 아저씨가 상냥하게 말하면서 시계를 받아들더니 함께 식탁에 앉았다.

아저씨의 목소리는 거의 알아듣기 힘들 정도로 나지막했다. 소녀가 크루아상 두 개를 담은 접시와 내게 준 것과 같은 카페라테 잔을 내왔다. 접시를 내려놓으며 소녀가 아버지의 이마에 입을 맞추자 아버지는 딸을 안아주었다. 나는 그렇게 창밖에서 스며드는 아침 햇살을 등지고 앉은 부녀의 모습을 지켜보고 있었다. 식인귀처럼 상상해왔던 헤르만 아저씨의 얼굴선은 의외로 섬세해 거의 병자 같은 느낌을 줄 정도였다. 키가 무척 크고 놀랄 만큼 마른 체구였다. 아저씨가 찻잔을 입으로 가져가면서 나를 향해 다정한 미소를 보냈다. 순간 헤르만 아저씨와 딸 사이에는 단순히 말과 행동으로 표현할 수 있는 것 이상의 끈끈한 애정이 존재한다는 것을 감지할 수 있었다. 주고받는 눈빛과 침묵만이, 사람들의 뇌리에서 잊혀버린 골목 끝 어둑어둑한 고택 안에서 세상과 동떨어진 채 서로를 보살피며 살아가는 이 두 사람을 하나로 이어주고 있는 것이다.

아침식사를 마친 뒤 아저씨는 시계를 돌려주기 위해 번거로운 걸음을 해줘서 고맙다며 나에게 정중히 인사를 건넸다. 시계 주인의 이런 넉넉한 친절은 나의 죄책감을 배가시켰다.

"자, 오스카르 군!" 헤르만 아저씨가 고단함이 묻어나는 목소리로 말했다. "만나서 반가웠네. 또 만나세. 언제든 놀러 오게나."

굳이 내게 깍듯한 말투로 이야기하는 게 참 이상했다. 아저씨는 마치 딴 세상에서 온 사람 같았다. 마치 지금의 백발이 잿빛이었던 시절, 이 고택이 사리아 지역과 천국 사이에 위치한 궁전이었던 시절에 여전히 머물고 있는 느낌이랄까? 그는 내게 악수를 청한 뒤 뒤돌아서서 끝을 알 수 없는 미로 속으로 저만치 사라져갔다. 나는 다리를 살짝 절며 복도 안으로 멀어지는 그의 뒷모습을 지켜보았다. 나와 마찬가지로 아버지의 뒷모습을 지켜보는 소녀의 눈동자에는 엷은 슬픔이 서려 있었다.

"우리 아빠는 건강이 그리 좋지 않으셔. 자주 고단해하시네."

하지만 우울한 기색은 곧 가셨다.

"뭐 좀더 줄까?"

"너무 오래 있었네." 내심 무슨 핑계를 대서라도 소녀와 좀더 있고 싶은 마음이 굴뚝같았지만 꾹 참으며 말했다. "일단 가봐야 할 것 같아."

소녀는 알겠다며 정원까지 배웅해주었다. 아침 햇살이 안개를 흩뜨려놓았다. 나뭇잎들이 노르스름하게 물들기 시작하는 초가을이었다. 우리 둘은 철문까지 함께 걸어갔다. 고양이 카프카가 따사로운 햇살에 기분 좋은 울음소리를 냈다. 대문 앞까지 오자 소녀가 옆으로 비켜서며 길을 내줬다. 우리는 말없이 서로를 바라보았다. 소녀가 한 손을 내밀었고, 내가 손을 맞잡으며 악수를 나눴다. 보드라운 손바닥을 통해 맥이 느껴졌다.

"여하튼 고마워." 내가 말했다. "그리고 미안하고……"

"신경쓸 것 없어."

나는 어깨를 으쓱했다.

"뭐 그렇다면……"

나는 뒤돌아서 비탈길을 걸어내려가기 시작했다. 한 걸음 한 걸음 내디딜 때마다 고택에 감돌고 있는 마법으로부터 멀어져가는 느낌이었다. 그런데 갑자기 등뒤에서 나를 부르는 소리가 들렸다.

"오스카르!"

뒤돌아보니 소녀는 여전히 철문 옆에 서 있었다. 소녀의 발치에는 카프카가 누워 있었다.

"지난번엔 우리 집에 왜 들어온 거야?"

나는 길 위에 답안이 쓰여 있기라도 한 것처럼 공연히 사방을 두리번거렸다.

"나도 잘 모르겠어." 결국 나는 이렇게 대답하고 말았다. "미스터리지, 그야말로……"

소녀가 수수께끼 같은 미소를 지었다.

"너 미스터리 좋아하는구나?"

나는 고개를 끄덕였다. 사실 소녀가 나더러 비소砒素를 좋아하냐고 물었더라도 아마 같은 대답을 했을 것이다.

"내일 특별히 할 일 있니?"

이번에도 나는 말없이 고개를 가로저었다. 만일 뭔가 할 일이 있었더라도 구실을 만들어 취소했을 것이다. 솔직히 나는 좀도둑이 될 자질은 손톱만큼도 없었지만, 거짓말하기라면 그야말로 예술의 경지를 보이는 정도였기 때문이다.

"그럼 9시에 여기서 봐." 소녀는 이 말만 남기고는 뒤돌아 그

늘진 정원 속으로 들어가려 했다.

"잠깐만!"

내 목소리에 소녀가 멈춰 섰다.

"아직 네 이름도 가르쳐주지 않았잖아……"

"마리나야. 내일 보자."

마리나의 모습은 이미 사라지고 없는데도 나는 계속 손을 흔들고 서 있었다. 혹시 다시 한번 모습을 드러내지 않을까 하는 공연한 기대를 했던 것이다. 어느덧 태양이 중천에 떠오른 걸 보니 정오 무렵이 된 것 같았다. 마리나가 다시 나오지 않을 것임이 분명해진 후에야 나는 기숙학교를 향해 걷기 시작했다. 골목길의 낡은 대문들이 마치 나를 보고 미소짓는 것 같았다. 같은 편끼리만 주고받을 수 있는 그런 미소를. 내가 내딛는 발소리가 메아리처럼 울려 귓전을 때렸지만, 마음만은 땅 위에 발끝조차 대지 않고 허공을 나는 기분이었다.

4

 내 평생 이렇게 약속 시간을 철저하게 지킨 건 이번이 처음이었다. 사리아 광장을 지날 때까지도 아직 도시는 잠에서 깨어나지 않은 채였다. 성당 종루에서 9시 미사를 알리는 종소리가 울리자 저만치서 비둘기 떼가 하늘로 날아올랐다. 지난밤이 남긴 비의 흔적 위로 아침 햇살이 쏟아져내리고 있었다. 고택으로 이어지는 골목 어귀에는 벌써 카프카가 나와 나를 마중했다. 담장 꼭대기에는 참새 떼가 적당한 거리를 두고 모여 앉아 있었고, 고양이 카프카는 전문 사냥꾼다운 자세로 무심한 척 참새들을 관찰하고 있었다.
 "잘 잤니, 카프카? 벌써 참새 사냥이라도 하는 거야?"
 고양이는 그저 한 번 야옹거리더니 샐쭉한 표정의 집사인 양

앞장서서 정원을 가로질러 나를 분수대로 안내했다. 분수대 위에 걸터앉은 마리나의 모습이 보였다. 어깨가 드러나는 상아색 원피스를 입고 있었다. 손에는 필기체로 제목이 박힌 가죽 장정의 책을 들고 있었다. 정신없이 책에 빠져 있어 내가 오는 것조차 알아차리지 못하는 얼굴이었다. 그야말로 정신이 온통 딴 세상에 가 있는 터라, 덕분에 나는 얼마간 넋 빠진 얼굴로 마리나를 훔쳐볼 수 있었다. 마리나의 쇄골 선은 분명 레오나르도 다빈치의 작품일 것이다. 그런데 카프카가 시샘이 났는지 야옹거리는 바람에 마법이 풀려버리고 말았다. 마법의 연기가 사라지고 마리나가 고개를 들었다. 서로 눈이 마주치자 마리나가 책을 덮으며 말했다.

"준비됐어?"

마리나가 사리아의 거리 곳곳을 앞장서 걸어갔다. 대부분 처음 가보는 곳들이었고, 묘한 미소만 띤 마리나가 도대체 어딜 가려는 것인지 짐작조차 할 수 없었다.

"어디 가는 거야?" 한참을 따라가던 내가 물었다.

"일단 따라와봐. 가보면 알 테니까."

혹시 그냥 장난치는 건 아닌지 한편으로 걱정이 되면서도 잠자코 따라가기로 했다. 일단 비탈길을 내려가 보나노바 거리까지 간 우리는 다시 산헤르바시오 쪽으로 방향을 틀었다. 시커먼 동굴 같은 빅토르 바 앞을 지나는데 선글라스를 낀 몇몇 청년이 맥주병을 하나씩 손에 든 채 베스파 오토바이에 올라앉아 뭉그적거리는 모습이 보였다. 그들은 우리를 발견하고는 레이밴 선글라스를 머리 위로 밀어올렸다. 마리나에게 추파를 던지려는 것이었다. '엿이나 먹어!' 내가 속으로 내뱉었다.

닥터 루스 거리에 다다르자 마리나가 오른쪽으로 꺾어들었다. 그렇게 한두 블록 정도를 걸어내려가자 좁다란 비포장 골목길이 나왔다. 112번 도로 표지판이 붙어 있었다. 마리나의 입가에는 여전히 수수께끼 같은 미소가 서려 있었다.

"여기야?" 내가 궁금한 표정으로 물었다.

도대체 어디로 통하는 길인지 알 수 없었다. 마리나가 말없이 골목길로 들어섰다. 뒤따라 비탈길을 올라가니 그 끝에 아치형 문이 있었고, 그 안쪽에는 길 양옆으로 사이프러스 나무들이 줄지어 서 있었다. 그리고 그 길의 저 끝 쪽에 묘비와 십자가, 이끼 덮인 무덤으로 가득 찬 공원묘지가 나무 그늘 아래 푸르스름한 빛을 발하며 펼쳐졌다. 오래된 '사리아 공원묘지'였다.

사리아 공원묘지는 바르셀로나에서도 가장 사람들 눈에 띄지 않는 외진 곳 중 하나였다. 심지어 지도에도 표시되어 있지 않을 정도였다. 이웃 주민이나 택시 기사에게 물어봐도 대부분 그런 곳이 있다고 들어본 적은 있지만 실제로 어디에 있는지 모른다고 대답할 것이다. 설령 운이 좋아 어디쯤 붙어 있는지 알게 되었다 한들 찾아오는 사이에 길을 잃을 게 뻔했다. 결국 이 공원묘지의 위치를 아는 이가 몇 있다 해도, 사실상 그들조차 이 유구한 역사를 지닌 묘지가 실은 변덕을 부리며 나타났다 사라졌다 하는 '과거의 섬'에 불과한 것 아닐까 의심하게 될 것이다.

9월의 그 일요일 아침, 호기심이 당길 만한 미스터리를 보여주겠다며 마리나가 나를 데려간 곳이 바로 그곳이었다. 마리나의 작전명령에 따라 우리는 묘지 북측 날개 쪽에 있는 어떤 건물 한 구석에 몸을 숨겼다. 그리고 조용히 앉아 줄지어 선 묘와 시들어버린 조화를 지켜보았다. 한참을 그러고 있는 동안 마리나는 말 한마디 하지 않았고, 나는 슬슬 조바심이 나기 시작했다. 공동묘지까지 와서 내가 맞닥뜨린 유일한 미스터리는 바로 '대체 여기서 우리가 뭘 하고 있는 거지?' 하는 의문이었다.

"죽어 있는 거 같은데." 내가 다소 아이러니한 발언을 했다.

"인내는 지혜의 어머니라는 거 알지?" 마리나가 말했다.

"동시에 광기의 대모이기도 하지." 내가 투덜거렸다. "여긴 쥐새끼 한 마리 없어. 그야말로 아무것도 없다고."

마리나는 해독할 수 없는 묘한 암호들이 담긴 눈빛으로 나를 바라봤다.

"천만에. 이곳엔 수백 명의 사람들의 추억과 그들의 인생과 감정, 끝내 실현되지 못한 그들의 희망, 절망, 실수, 사랑…… 그 모든 것들이 영원히 깃들어 있단 말이야."

나는 도대체 마리나가 무슨 말을 하는 건지 정확히 알아듣지 못했으면서도, 꽤나 흥미롭고도 답답하다는 표정을 지었다. 뭔지는 몰라도 마리나에게는 중요한 일인 게 분명해 보였다.

"죽음을 이해하지 못한다면 결코 삶을 이해할 수 없는 법이지." 마리나가 덧붙였다.

이번 역시 무슨 말인지 잘 알아들을 수가 없었다.

"솔직히 난 그 문제에 대해 별로 생각해본 적 없어." 내가 대답했다. "그 '죽음'이라는 것에 대해서. 최소한 진지하게 고민해본 적은 없다는 말이야……"

마치 의사가 죽을병에 걸린 환자를 보듯 마리나가 고개를 절레절레 저었다.

"그러니까 허점투성이인 덜렁이다 이 말이지?" 마리나가 궁금해 죽겠다는 표정으로 물었다.

"허점투성이라고?"

이젠 무슨 말을 하고 있는 건지 정말로 알 수 없게 되어버리고 말았다. 완전히.

마리나가 고개를 돌렸다. 심각한 표정을 짓고 있으니 몇 살은 더 먹은 어른처럼 보였다. 그야말로 스스로의 최면에 푹 빠져버린 사람 같았다.

"너 그 전설 모르는 모양이구나?" 마리나가 다시 입을 열었다.

"전설이라니, 무슨 전설?"

"정말 모르는 모양이네. 전설에 따르면, '죽음'이 보낸 사자死者들이 거리 곳곳을 돌면서 죽음에 대해 생각하지 않는 무지한 자들과 머리 텅 빈 사람들을 찾아다닌대."

마리나는 잠시 멈추고 내 두 눈을 가만히 응시하더니 말을 이어갔다.

"그러다가 그런 사람을 찾아내면 쥐도 새도 모르게 덫을 놓는 거야. 지옥으로 떨어지는 문인 셈이지. 죽음의 사자들은 평소에 얼굴을 가리고 다니는데, 그건 얼굴에 눈이 없기 때문이래. 눈알은 없고 눈구멍 두 개만 뻥 뚫려 있는데, 그 구멍 속에는 벌레들만 기어다닌다더라. 더이상 사람들이 달아날 곳이 없겠다 싶으면 그때 얼굴을 드러내고, 그제야 사람들은 자신을 기다리는 그 끔찍한 미래를 깨닫게 되는 거지……"

마리나의 이야기가 이어지는 동안 나는 간이 콩알만해지는 걸 느꼈다.

바로 그 순간 마리나가 히죽거리기 시작했다. 고양이같이 얄미운 표정을 지으며.

"뭐야! 지금 나 놀린 거야?"

"물론이지."

다시 말없이 5분인가 10분 정도가 지났다. 아니 좀더 되었을 수도 있다. 아무튼 영원처럼 느껴지는 시간이었다. 산들바람에 사이프러스 나무 잎사귀들이 가볍게 흔들렸다. 하얀 비둘기 두 마리가 무덤 사이사이를 날아다녔다. 개미 한 마리가 내 바짓가랑이를 타고 기어올랐다. 그리고 별다른 일은 없었다. 한쪽 다리에 힘이 풀리는 게 느껴졌다. 이러다가 잠들어버리는 건 아닐까 걱정이 들기 시작했다. 막 불평을 늘어놓으려는데 마리나가 조용히 하라는 의미로 한 손을 치켜세우더니 묘지 입구 쪽을 가리켰다.

누군가가 막 아치를 통과한 참이었다. 검은색 벨벳 망토를 두른 여자였다. 머리에 베일을 써 얼굴은 알아볼 수 없었고, 가슴 앞으로 모은 손에도 검은색 장갑을 끼고 있었다. 망토 아랫자락이 바닥까지 닿아 발도 보이지 않았다. 위에 숨어서 내려다보니 마치 얼굴 없는 형상이 바닥을 스치며 미끄러지는 듯했다. 왠지 모르게 등골이 오싹했다.

"누구야?" 내가 나지막이 물었다.

"쉿!" 마리나가 말을 막았다.

건물 발코니 기둥 뒤에 몸을 숨긴 채 우리는 검은 망토를 두른 여자의 일거수일투족을 살폈다. 여자는 마치 혼령처럼 무덤 사이를 헤치며 나아갔다. 장갑을 낀 손에는 빨간 장미 한 송이가 들려 있었다. 검은 망토 위 빨간 장미는 마치 날카로운 칼에 갓 베인 상처 같았다. 여자는 우리가 숨어 있는 곳 바로 아래 있는 어느 묘비 앞에 멈춰 섰다. 우리를 등지고 선 여자를 바라보며 나는 그제야 깨달았다. 비로소 여자가 찾은 묘비에는 다른 묘비들과 달리 이름이 새겨져 있지 않다는 것을. 대신 대리석판에 무언가가 새겨져 있었다. 곤충의 형상, 다시 말해 날개를 활짝 편 검은 나비 문양이었다.

검은 망토의 여자는 그렇게 말없이 5분 정도 무덤 앞에 서 있더니, 허리를 굽혀 빨간 장미를 묘비 위에 내려놓고는 올 때와 마찬가지로 천천히 그곳을 떠났다. 역시 혼령처럼.

마리나가 긴장된 눈빛으로 날 쳐다보더니 뭔가 귀엣말을 했다. 소녀의 입술이 귓불을 살짝 건드리는 순간, 나는 마치 수백 개의 불붙은 다리를 가진 지네가 목덜미에서 삼바 춤이라도 추는 듯한 느낌에 빠져들었다.

"3개월 전에 아빠하고 같이 레메 이모할머니 묘를 손질하러 왔다가 우연히 저 여자를 보게 됐어…… 매달 마지막 일요일마다 오전 10시면 어김없이 이곳을 찾아와 묘비 위에 저렇게 빨간 장미를 놓고 가더라고. 늘 똑같은 망토에, 똑같은 베일, 똑같은 장갑 차림이야. 항상 혼자 오더라. 물론 한 번도 얼굴을 보인 적 없고. 누구랑 이야기하는 법도 없지."

"저 무덤이 누구 무덤인데?"

묘비에 새겨진 기이한 나비 형상이 부쩍 내 호기심을 자극했다.

"나도 몰라. 묘지 망자 명부에는 이름이 없었어……"
"그럼 저 여자는 누구야?"
마리나가 막 대답하려는데 묘지 출입문을 빠져나가는 여자의 모습이 눈에 띄었다. 마리나가 내 손을 잡더니 서둘러 일어섰다.
"얼른 가자. 이러다가 놓치겠어."
"따라가려고?" 내가 물었다.
"뭔가 해보고 싶던 것 아니었어?" 마리나는 반쯤 걱정스럽고 반쯤 화가 난 듯한 말투로 말했다. 마치 나를 바보로 여기듯.

닥터 루스 거리로 다시 나와보니 검은 망토의 여자는 저만치 보나노바 쪽으로 걸어가고 있었다. 해가 떠 있는데도 다시 비가 내리기 시작했다. 우리는 그 황금빛 비의 장막을 헤치며 여자의 뒤를 밟았다. 보나노바 거리를 가로질러 한때 광영을 누렸던 저택과 별장 들이 있는 산기슭 쪽으로 걸어올라갔다. 망토 입은 여자는 황량한 골목길들이 얽히고설킨 지역으로 들어섰다. 켜켜이 쌓인 마른 낙엽들이 빗물에 젖어 반짝이는 모습이 마치 거대한 뱀이 벗어놓은 굽이진 허물 같았다. 잠시 후 네거리에 다다른 여자는 살아 있는 동상이라도 된 듯 한참을 서 있었다.
"우릴 봤나봐……" 나무껍질에 깊은 골이 새겨진 아름드리 고목 뒤로 마리나와 함께 재빠르게 몸을 숨기면서 내가 속삭였다.

순간 여자가 휙 돌아서서 우리가 있는 곳으로 오면 어쩌나 싶어 더럭 겁이 났다. 하지만 그런 일은 일어나지 않았다. 잠시 뒤 여자가 왼쪽으로 꺾는가 싶더니 이내 시야에서 사라져버렸기 때문이다. 마리나와 나는 서로 얼굴만 멀뚱히 바라보다가 다시 뒤를 밟기 시작했고, 결국 어느 막다른 골목 앞에 다다르게 되었다. 골목 끝은 발비드레라 지역과 산트 쿠가트 지역을 잇는 사리아 철로로 가로막혀 있었다. 우리는 골목 입구에서 발을 멈추었다. 분명 막다른 골목 쪽으로 꺾어드는 모습을 보았는데, 망토 입은 여자는 흔적도 찾아볼 수 없었다. 나무와 지붕 들 위로 저 멀리 솟아오른 우리 기숙학교의 종루가 보였다.

"집으로 들어간 모양이야." 내가 말했다. "이 근처에 사나보지……"

"아니. 여기 이 집들은 빈집들이야. 여긴 사람이 사는 곳이 아니라고."

마리나가 철대문과 담장 뒤쪽으로 얼핏 보이는 건물들을 가리켰다. 버려진 낡은 창고 건물 두 동과 수십 년 전 화재로 불타버린 저택이 이곳에 남아 있는 전부였다. 그렇다면 망토 입은 여인은 우리 눈앞에서 그야말로 연기처럼 사라져버렸다는 얘기였다.

우리는 막다른 골목 안으로 들어섰다. 발 앞에 파인 물웅덩이 표면에 하늘이 그대로 비치고 있었다. 빗방울이 떨어지자 물에 비친 우리 모습이 수채화처럼 번졌다. 골목 끝 한편에서는 목재 대문이 바람에 삐걱거리며 흔들리고 있었다. 마리나가 아무 말 없이 나를 바라보았다. 우리는 살그머니 문 앞까지 가서 안쪽을 들여다보았다. 붉은 벽돌 담장과 이어진 대문 안쪽으로 마당이 펼쳐져 있었다. 아마 한때는 잘 가꿔진 정원이었을 테지만 지금은 온갖 잡초들이 무성한 공터로 변해 있었다. 잡초 너머 이끼로 뒤덮인 기이한 형상의 건물이 서 있었다. 한참을 살펴보고 나서야 그 건물이 강철 구조물 위에 유리를 덮어 씌운 온실이라는 걸 알아차렸다. 정원의 잡초들이 마치 매복해 있는 벌떼처럼 쉭쉭 소리를 뿜어냈다.

"너 먼저 들어가." 마리나가 말했다.

나는 용기를 내어 무성한 잡초 속으로 한 발 내디뎠다. 마리나는 나에게 말도 않고 내 손을 꼭 잡고는 뒤따라 걷기 시작했다. 걸음을 내디딜 때 발이 잔해 더미 속으로 푹푹 빠져드는 느낌이었다. 잡초 사이로 시커먼 뱀들이 벌건 눈을 부라리며 숨어 있을 것만 같았다. 여기저기 긁히면서 덤불을 헤쳐나간 끝에 우리는 마침내 온실 앞에 다다를 수 있었다. 그제야 마리나는 잡고 있던 손을 놓고 을씨년스러운 느낌의 건물을 올려다보았다. 건물은 덩굴손으로 뒤덮였고 곳곳이 거미줄투성이였다. 온실은 깊은 늪 속으로 가라앉아버린 궁전 같았다.

"너무 외진 곳까지 온 모양이야." 내가 말했다. "여긴 수년 동안 사람의 발길이 전혀 닿지 않은 곳 같은데."

마리나는 마지못해 그런 것 같다고 했다. 그러고는 실망한 표정으로 온실을 한 번 더 올려다보았다. 나는 속으로 생각했다. '무언의 수긍이야말로 진정한 수긍인 법이지.'

"자, 그만 가자." 나는 덤불을 헤치고 나가려면 마리나가 다시 내 손을 잡을 거라는 생각에 한 손을 내밀며 말했다.

마리나는 내 손은 본체만체하고 양미간을 찌푸린 채 혼자서 온실 주변을 돌아보기 시작했다. 나는 한숨을 내쉬며 어쩔 수 없이 마리나의 뒤를 따랐다. 하여간 대단한 고집불통임에 틀림없었다.

"마리나! 여긴 보나마나……"

마리나는 어느새 온실 뒤쪽에 있는 출입문처럼 생긴 곳 앞에 서 있었다. 그리고 나를 쳐다보더니 한 손을 들어 유리문을 가리켰다. 나는 유리문에 새겨진 형상을 뒤덮은 이물질을 닦아냈다. 그러자 이름 없는 묘비에 새겨져 있던 검은 나비 문양이 나타났다. 마리나가 나비 문양을 꾹 눌렀더니 문이 천천히 열리기 시작했다. 안에서 들큼하면서도 썩은 냄새가 확 풍겨나왔다. 늪지나 오염된 우물 같은 데서 나는 그런 악취였다. 아직 손톱만큼은 남아 있던 이성의 목소리 따위는 깨끗이 무시한 채, 나는 온실의 어둠 속으로 들어섰다.

5

　온실 속은 온통 몽환적인 향과 나무 썩는 냄새로 가득했다. 신선토를 깔아놓은 바닥에서는 습기가 배어났고, 수증기가 피어올라 굽이굽이 나선형으로 춤을 추며 유리 천장까지 다다랐다. 눈에 보이지는 않지만 응축장치가 어둠 속에서 물을 한 방울씩 똑똑 떨어뜨리고 있었다. 눈앞에 보이는 공간 저 너머 어딘가에서 기이한 소리들이 울려나왔다. 블라인드를 마구 흔들 때 나는 소리와 비슷한 일종의 쇳소리였다.

　마리나는 계속해서 천천히 앞으로 걸어나갔다. 기온도 높고 습도도 높았다. 이마에서 땀이 주르륵 흘러내렸고, 옷도 온통 땀에 젖어 몸에 달라붙는 게 느껴졌다. 마리나를 바라보니 주변이 어둑하기는 했지만 그애 역시 땀을 흘리고 있음을 알 수 있었다.

계속해서 울려대는 그 초자연적인 소음이 어둠을 뒤흔들고 있었다. 소음은 사방 곳곳에서 흘러나오는 것 같았다.

"이게 도대체 무슨 소리지?" 마리나가 나지막이 물었다. 잔뜩 겁에 질린 목소리였다.

나도 그저 어깨만 으쓱할 뿐이었다. 우리는 계속 온실 안쪽으로 걸음을 옮겼다. 그러다가 지붕에서 쏟아져들어오는 햇살이 한데 뭉치는 지점 앞에서 멈춰 섰다. 마리나가 막 무슨 말인가를 하려는 순간, 예의 그 괴기스러운 쇳소리가 다시 울렸다. 이번에는 아주 가까이에서, 2미터도 채 안 되는 곳에서 들려왔다. 바로 우리 머리 위에서. 우리는 말없이 눈빛을 교환한 뒤 아주 천천히 고개를 들어 어두컴컴한 온실 천장 한가운데를 쳐다보았다. 마리나가 내 손을 힘주어 잡는 게 느껴졌다. 그애의 손이 떨려왔다. 우리 둘의 손이 모두 떨리고 있었다.

우리는 포위된 상태였다. 뼈만 앙상한 여러 사람의 형상이 허공에 매달려 있었다. 얼핏 보아도 열두어 명, 어쩌면 그보다 더 많을 것 같았다. 어둠 속에서 팔과 다리와 손과 눈 들이 번쩍번쩍 빛을 발하며 흔들렸다. 생기라고는 조금도 찾아볼 수 없는 인체의 형상들이 우리 머리 위에서 지옥의 꼭두각시들처럼 제멋대로 흔들리고 있었다. 그 꼭두각시들이 서로 부딪칠 때마다 예의 그 금속성 소음이 빚어지곤 했다. 우리는 얼른 한 걸음 물러났다. 그런데 대체 어떻게 된 일인지 미처 파악하기도 전에 그만 마리나의 발이 무엇엔가 걸리면서 도르래와 연결된 손잡이를 건드리고 말았다. 손잡이가 젖혀지며 눈 깜짝할 새에 허공의 괴형상들이 우리를 향해 쏟아져내렸다. 내가 마리나를 감싸안음과 동시에 우리 둘은 바닥으로 쓰러졌다. 요란한 굉음이 사방에서 울렸고, 유리 구조물로 된 온실이 통째로 뒤흔들렸다. 나는 유리판들이 깨지면서 날카로운 유리조각들이 우리 위로 비 오듯 쏟아져내려 온몸에 박혀버리는 건 아닐까 더럭 겁이 났다. 그리고 바로 그 순간, 목덜미로 차가운 느낌이 전해졌다. 누군가의 손가락이었다.

두 눈을 번쩍 떴다. 웬 얼굴이 나를 보고 웃고 있었다. 반질반질한 노란색 두 눈이 생기 없이 광채를 발하고 있었다. 래커 칠을 한 목제 얼굴에 박혀 있는 유리 눈알이었다. 그때 내 옆에서 마리나의 숨죽인 비명 소리가 들렸다.

"인형들이야." 내가 숨 돌릴 틈도 없이 소리쳤다.

우리 둘은 얼른 일어나 천장에서 쏟아져내린 것들의 정체를 확인해보았다. 나무와 금속과 도자기로 만든 꼭두각시 인형들이었다. 천 가닥쯤 되는 무대장치 케이블에 연결된 채 허공에 매달려 있었는데, 마리나가 엉겁결에 손잡이를 젖혀버리는 바람에 도르래가 움직여 인형들이 쏟아져내린 것이다. 인형들은 하나같이 바닥에서 세 뼘 정도 떨어진 높이에 멈춰 있었다. 그렇게 매달려 흔들리는 모습이 꼭 교수형당한 사형수들이 추는 죽음의 군무 같았다.

"도대체 이게 뭐야……?" 마리나가 소리를 질렀다.

나는 인형들을 살펴보았다. 마법사, 경찰, 무희, 검붉은빛 의상을 차려입은 귀족 부인, 축제의 거인 차력사…… 인형들은 모두 실물 크기로 제작되었고, 화려한 가장무도회 복장을 하고 있었다. 물론 지금은 오랜 세월의 풍파로 누더기가 되어버리고 말았지만. 그런데 모든 인형에 공통되는 기이한 특징이 하나 있었다.

"다 미완성이네."

마리나는 내 말이 무슨 말인지 곧바로 알아들었다. 꼭두각시 인형들은 하나같이 부족한 구석이 있었던 것이다. 경찰 인형은 팔이 없었고, 무희 인형은 눈 없이 눈구멍 두 개만 큼지막하게 뚫려 있었다. 마법사 인형은 입과 손이 없었고…… 우리 둘은 너울대는 햇살 속에서 허공에 매달린 채 흔들거리는 꼭두각시 인형들을 가만히 지켜보았다. 그런데 인형들의 이마 머리카락 선 바로 아랫부분에 작은 문양이 보였다. 이번에도 검은 나비였다. 마리나가 한 손을 뻗어 그 문양을 만져보았다. 그러다가 인형 머리카락을 스치는 순간 화들짝 손을 뗐다. 혐오스러운 뭔가에 닿은 듯한 몸짓이었다.

"머리카락이…… 진짜 사람 머리카락이야."

"에이, 말도 안 돼."

우리는 섬뜩한 느낌의 인형들을 하나하나 살펴보았다. 모두 이마에 동일한 문양이 새겨져 있었다. 지렛대 손잡이를 다시 당기자 도르래가 움직이며 인형들이 다시 천장 쪽으로 당겨올라갔다. 그렇게 흐느적거리며 매달려 있는 인형들을 보자, 문득 그 인형들이 자신들의 창조자와 하나가 되고자 하는 기계 영혼 같다는 생각이 들었다.

"저기 뭔가 있는 것 같아." 마리나가 내 등 뒤쪽을 가리켰다.

나는 돌아서서 마리나의 손가락이 가리키는 온실 한쪽 구석을 보았다. 낡은 책상 하나가 눈에 띄었다. 표면에는 뿌연 먼지가 베일처럼 덮여 있었다. 마침 거미 한 마리가 섬세한 발자국을 남기며 책상 위를 이리저리 기어다니고 있었다. 나는 허리를 굽혀 먼지를 훅 불어 날렸다. 회색의 먼지구름이 허공으로 날아올랐다. 책상 위에는 가죽 장정의 책이 가운데쯤에서 펼쳐진 채 놓여 있었다. 펼쳐진 책장에는 암갈색으로 빛바랜 사진이 한 장 붙어 있었고, 사진 아랫부분에는 정갈한 글씨체로 '1903년 아를'이라고 적혀 있었다. 몸통이 서로 붙은 샴쌍둥이 여자아이 둘의 모습이 사진 속에 담겨 있었다. 예쁜 파티복을 입은 쌍둥이는 카메라를 향해 세상에서 가장 슬픈 미소를 짓고 있었다.

마리나가 책장을 넘겼다. 그 책은 옛날 사진이 붙어 있는 평범한 앨범이었다. 하지만 그 속의 사진들은 전혀 평범하지 않았다. 샴쌍둥이 자매 사진은 서막일 뿐이었다. 마리나의 손가락이 한 장, 또 한 장 앨범을 넘길 때마다 우리의 입에서는 경탄과 탄식이 흘러나왔다. 그렇게 앨범을 한 번 훑고 나자 나도 모르게 모골이 송연해지는 느낌이었다.

"자연이 빚어낸 기이한 모습들이야……" 마리나가 중얼거렸다. "기형아로 태어난 사람들 말이야. 결국 서커스단으로 흘러가고 마는 사람들……"

그 사진들이 내게 남긴 충격은 가히 채찍질에 비견할 만한 것이었다. 자연의 어두운 이면이 그 추악한 얼굴을 드러낸 것이다. 흉측하게 뒤틀린 육체 안에 갇혀버린 순수한 영혼들. 몇 분간 우리는 말없이 앨범을 뒤적였다. 각각의 사진 속에는, 이렇게 표현하기는 좀 뭣하지만, 그야말로 꿈에 나올까 두려운 형상들이 담겨 있었다. 하지만 그 추악한 외모도 비탄과 공포, 고독을 머금은 채 빛을 발하는 눈동자를 가리지는 못했다.

"세상에……" 마리나가 나지막이 탄식을 내뱉었다.

사진마다 하단에 사진을 찍은 연도와 장소가 적혀 있었다. 1893년 부에노스아이레스, 1911년 뭄바이, 1930년 토리노, 1933년 프라하…… 도대체 누가, 어떤 이유로 이런 사진들을 수집했는지 짐작조차 가지 않았다. 그것은 지옥의 카탈로그였다. 마침내 마리나가 앨범에서 눈을 떼더니 저쪽 어둠을 향해 걸어나갔다. 나도 그러려고 했지만 조금 전에 본 영상들이 준 충격과 고통을 쉽게 떨칠 수가 없었다. 아마 천년이 지나도 잊히지 않을 것이고, 죽는 그날까지도 사진 속 아이들의 눈빛이 기억날 것이다. 나는 앨범을 덮고 마리나 쪽으로 돌아섰다. 어둠 속에서 마리나의 한숨 소리가 들렸다. 나의 존재가 한없이 보잘것없게 느껴졌다. 도대체 이 상황에서 무엇을 해야 할지, 무슨 말을 해야 할지 알 수가 없었던 것이다. 사진 속 무언가가 마리나의 심금을 울린 게 분명했다.

"괜찮아……?" 내가 물었다.

마리나는 말없이 고개를 끄덕였다. 두 눈은 꼭 감은 채였다. 별안간 온실 안에서 소리가 들렸다. 나는 재빨리 우리를 에워싼 어둠 속을 두리번거렸다. 뭔지 모를 그 소리가 다시 한번 들렸다. 무섭고 불길한 소리였다. 코를 찌르는 역겨운 썩은 냄새가 풍겼다. 어둠 속에서 퍼져나오는, 야수가 내뿜는 입김 같은 그런 악취. 그제야 나는 이 공간에 우리 둘만 있는 게 아님을 깨달았다. 누군가 또 있었다. 우리를 지켜보면서. 마리나는 완전히 얼어붙어버렸다. 나는 재빨리 마리나의 손을 잡고 출구로 향했다.

6

 밖으로 나와보니 가랑비에 거리가 온통 은빛으로 반짝이고 있었다. 오후 1시였다. 돌아오는 길 내내 우리는 서로 한마디도 나누지 않았다. 마리나의 집에서는 헤르만 아저씨가 점심식사를 같이하려고 우리를 기다리고 있을 것이다.
 "아빠한테는 오늘 일에 대해 말하지 말아줘." 마리나가 부탁했다.
 "걱정 마."
 나 역시 오늘 일은 무어라 설명할 길이 없었다. 온실에서 점차 멀어질수록 그 사진들과 으스스했던 온실에 대한 기억도 점차 희미해졌다. 하지만 사리아 광장에 도착해서 보니 마리나는 여전히 얼굴이 하얗게 질린데다 가쁜 숨을 몰아쉬고 있었다.

"괜찮아?"

마리나는 그렇다고 했지만 전혀 괜찮아 보이지 않았다. 우리는 광장 벤치에 나란히 앉았다. 마리나는 두 눈을 감은 채 꽤나 여러 번 심호흡을 했다. 비둘기 몇 마리가 발치에서 오락가락했다. 한순간 이러다가 마리나가 실신이라도 하면 어쩌나 하는 걱정이 들었다. 다행히 마리나가 눈을 뜨더니 나를 보며 미소지었다.

"놀랄 것 없어. 잠시 어지러웠을 뿐이야. 고약한 악취 때문인 것 같아."

"분명, 아니 확실한 건 아니지만, 동물의 사체가 있었던 모양이야. 쥐나 뭐 그런 거······"

마리나도 내 의견에 동의했다. 잠시 후 마리나의 얼굴에 다시 혈색이 돌기 시작했다.

"이제 뭘 좀 먹어야겠다. 자, 그만 가자. 아빠가 우리 기다리시느라 목이 빠지셨겠어."

우리는 벤치에서 일어나 마리나의 집으로 향했다. 카프카가 철문 아래서 우리를 기다리고 있었다. 나에게는 고작 무심한 눈길만 한 번 날리더니 마리나에게는 냉큼 달려가 복사뼈에 제 등을 비벼댔다. 내심 저 고양이 녀석 참 좋겠다고 부러워하는데, 헤르만 아저씨의 전축에서 전에 들었던 그 천상의 목소리가 흘러나왔다. 음악 소리는 마치 높은 파도가 밀려오듯이 그렇게 정원을 넘어 울려퍼지고 있었다.

마리나 63

"이게 무슨 노래야?"

"레오 들리브야." 마리나가 대답했다.

"뭐라는 건지……"

"들리브. 프랑스의 작곡가야." 나의 무지함을 알아챈 마리나가 설명해주었다. "너희 학교에서는 도대체 뭘 가르치는 거니?"

나는 어깨를 으쓱했다.

"오페라 〈라크메〉에 나오는 아리아야."

"누가 부르는 거야?"

"우리 엄마."

나는 깜짝 놀란 표정으로 마리나를 바라보았다.

"네 엄마가 오페라 가수라고?"

마리나가 속을 알 수 없는 눈빛으로 나를 보며 대답했다.

"예전에 그랬었지. 지금은 돌아가셨지만."

헤르만 아저씨가 타원형의 널찍한 거실에서 우리를 맞았다. 천장에는 샹들리에가 달려 있었다. 마리나의 아버지는 예절을 무척 중시하는 분 같았다. 오늘도 정장 양복에 조끼까지 갖춰입었고, 은빛으로 센 머리는 깔끔하게 뒤로 빗어넘긴 모습이었다. 내 눈에는 지난 세기 끝 무렵에 살았던 기사처럼 보였다. 우리는 리넨 식탁보를 씌우고 은제 포크와 숟가락이 놓인 탁자에 둘러

앉았다.

"이렇게 찾아와줘서 반갑네, 오스카르 군." 아저씨가 말했다. "일요일이라고 해서 늘 이렇게 반가운 손님을 맞게 되는 건 아니거든."

자기로 만든 접시들은 하나같이 진짜 골동품이었다. 메뉴는 맛좋은 수프와 빵이었고, 다른 음식은 없었다. 헤르만 아저씨가 내게 수프와 빵을 덜어주었다. 아마도 내가 왔기 때문에 그나마 이런 성찬을 마련한 것 같았다. 은제 식기와 박물관에나 있을 법한 골동품 접시도 나오고, 일요일 미사에 갈 때처럼 정장 차림을 하고는 있지만, 다른 음식을 내올 수 있을 만큼 넉넉한 살림살이가 아닌 게 분명했다. 심지어 전등조차 켤 수 없을 정도인 듯했다. 촛불이 유일한 조명이었다. 헤르만 아저씨가 내 생각을 읽은 모양이었다.

"우리 집에 전기가 들어오지 않아 놀란 모양이군그래, 오스카르 군. 사실 우리는 근대과학의 발전을 그다지 신뢰하지 않는다네. 과학이 발달하면 뭐하겠나? 심지어 달나라에도 사람을 내려놓았다고는 하지만, 몇 사람이 둘러앉은 식탁 위에 빵 조각 하나 놓을 수 없는 게 현실인데 말일세."

"그건 과학 자체의 문제라기보다는 과학의 발달을 제대로 사용하지 못하는 인간의 문제라고 생각합니다."

아저씨가 내 말을 곱씹더니 크게 고개를 끄덕였다. 정말 맞는

마리나 65

말이라고 생각해서 그런 건지, 예의상 그런 건지는 알 수 없었다.

"자넨 상당히 철학적이로군, 오스카르 군. 쇼펜하우어는 읽어보았나?"

마리나의 시선이 느껴졌다. 대충 아버지에게 장단을 맞춰주라는 신호였다.

"수박 겉핥기식으로 봤습니다." 나는 짐짓 둘러댔다.

이제 우리 셋은 말없이 수프를 먹었다. 헤르만 아저씨는 이따금 나를 보며 따사로운 미소를 짓는가 하면, 정다운 눈빛으로 딸을 바라보곤 했다. 아마 마리나에게는 친구가 별로 없는 모양이었다. 그래서 아저씨는 내가 놀러온 게 무척이나 반가운 기색이었다. 쇼펜하우어와 정형외과용 의료기구 상표를 헛갈려하는 나인데.

"그나저나 오스카르 군, 요즘 세상이 어떻게 돌아가고 있는지 나에게 좀 말해주겠나?"

헤르만 아저씨가 요청해오자, 나는 자칫 제2차 세계대전이 예전에 끝나버렸다는 말이라도 했다가는 그야말로 한바탕 소동이라도 벌어지는 게 아닐까 염려되었다.

"사실, 별로 드릴 말씀이 없습니다." 마리나가 감시하는 가운데 내가 입을 열었다. "곧 선거가 있을 테고……"

"오스카르 군, 자네는 우익인가, 아니면 좌익인가?"

"아빠! 오스카르는 국가해체주의자예요." 마리나가 말허리를 끊었다.

 빵이 넘어가다 말고 목에 턱 걸려버렸다. '국가해체주의자'라는 말뜻을 몰랐기 때문이다. 하지만 대충 무정부주의자와 비슷한 의미로 들렸다. 헤르만 아저씨가 호기심 가득한 표정으로 날 가만히 지켜보았다.

 "젊은이의 이상주의라……" 아저씨가 중얼거렸다. "이해하네, 이해해. 자네 나이 때엔 나도 바쿠닌*을 읽었으니까. 그건 언젠가 한 번은 겪게 되는 일종의 홍역 같은 것이지……"

 나는 고양이 새끼처럼 입맛만 다시고 있는 마리나에게 잡아먹을 듯한 시선을 던졌다. 그러나 마리나는 한 눈을 찡긋하며 윙크를 보내더니 나 몰라라 딴전을 피웠다. 헤르만 아저씨는 친절하면서도 호기심 어린 눈빛으로 나를 바라보았다. 나도 가볍게 머리를 숙여 그의 친절에 답하면서 포크를 입으로 가져갔다. 최소한 빵을 씹고 있는 동안에는 말을 하지 않아도 되니 얼토당토않은 헛소리를 피할 수 있을 것이다. 그렇게 우리는 또 아무 말 없이 식사를 했다. 그리고 잠시 후, 나는 맞은편에 앉아 식사를 하던 헤르만 아저씨가 잠들어버렸다는 걸 알아챘다. 들고 있던 숟가락이 손가락 사이에서 미끄러져 떨어지자 마리나가 잠자코 일어나 아버지가 매고 있던 은빛 넥타이를 느슨하게 풀어주었다. 아

---

* 제정 러시아의 혁명가이자 무정부주의자.

저씨가 한숨을 토해냈다. 한 손이 가볍게 떨리고 있었다. 마리나가 아버지의 팔을 부축해 일어나도록 도왔다. 체념한 헤르만 아저씨가 고개를 끄덕이더니 다소 부끄러운 듯 나를 향해 엷은 미소를 지어 보였다. 순식간에 15년은 더 늙어버린 것 같았다.

"미안하네, 오스카르 군……" 아저씨가 꺼져가는 목소리로 사과했다. "나이를 먹으니 이렇게……"

나도 자리에서 벌떡 일어서며 마리나에게 눈빛으로 도움이 필요한지 물었다. 마리나가 고개를 가로저으며 그냥 앉아 있으라고 했다. 아저씨는 딸에게 기대어 거실을 나섰다.

"만나서 반가웠네, 오스카르 군……" 헤르만 아저씨가 어두컴컴한 복도로 걸어가면서 힘없이 중얼거렸다. "또 오게, 또 와……"

두 사람의 발소리가 복도 저만치로 멀어져가는 게 들렸다. 나는 촛불을 밝혀놓은 거실에서 마리나가 다시 돌아오기를 30분쯤 기다렸다. 이 고택의 기운이 내 안으로 배어드는 느낌이었다. 마리나가 돌아오지 않자 걱정이 되기 시작했다. 찾으러 가야 하는 게 아닌가 싶었지만, 주인 허락도 없이 남의 집 방을 기웃거리는 것도 안 될 일이라는 생각이 들었다. 메모나 남기고 가야겠다고 생각했지만, 펜도 종이도 없는 게 문제였다. 이미 밖은 어두워지기 시작했으니 아무래도 그만 가는 게 좋을 것 같았다. 내일 수업이 끝난 뒤에 별일 없는지 다시 들러서 확인해볼 참이었다. 생각해보니 마리나와 떨어진 지 고작 30분 정도밖에 되지 않았는데, 벌써 내일 다시 올 구실을 찾고 있는 내 모습이 참 놀라웠다. 나는 주방과 연결된 뒷문을 통해 밖으로 나와 정원을 가로질러 철문 앞으로 갔다. 바르셀로나 위로 펼쳐진 어둑한 하늘에 구름이 흘러가고 있었다.

기숙학교를 향해 천천히 발걸음을 옮기는 사이, 오늘 하루 있었던 일들이 주마등처럼 뇌리를 스쳤다. 4층 침실로 향하는 계단을 오를 때는 오늘이 내 평생 가장 이상한 하루였다는 생각도 들었다. 그렇지만 오늘 하루를 다시 한번 살아볼 수 있는 티켓을 판다면, 두 번 생각할 것도 없이 당장 살 것 같았다.

7

 그날 밤, 나는 거대한 만화경 속에 갇히는 꿈을 꾸었다. 만화경 렌즈 너머로 커다란 눈알 하나만 보이는 악마 같은 존재가 만화경을 마구 돌려댔다. 세상은 온통 해체되어 광학적 환상으로 이루어진 미로가 되어버린 채 내 주변을 둥둥 떠다녔다. 곤충들. 검은 나비들. 퍼뜩 잠에서 깨어난 순간, 뜨겁게 데운 커피가 혈관 속을 흐르는 느낌이 들었다. 하루 종일 열에 달뜬 상태가 지속되었다. 월요일 수업들은 내가 서 있는 역을 무정차 통과해버린 열차처럼 그렇게 줄줄이 나를 스쳐지나갔다. JF가 귀신같이 내 상태를 감지했다.
 "원래 넌 늘 구름 위를 떠다니는 것 같았는데, 오늘은 아예 대기권을 벗어나버린 것 같다." JF가 말했다. "어디 아프냐?"

난 그저 모호한 몸짓으로 JF에게 조용하라고 했다. 교실 벽에 붙은 시계를 보니 3시 반이었다. 수업이 끝나려면 1시간 50분밖에 남지 않았지만, 그 짧은 시간이 내게는 영원과도 같이 길게 느껴졌다. 창밖에서 쏟아지는 빗물이 창문을 두들기며 흘러내렸다.

종소리 울리기가 무섭게 나는 JF와의 동네 산책 약속을 어기고 총알같이 튀어나갔다. 기다란 복도를 정신없이 뛰어 출구를 빠져나갔다. 교문 가까이에 있는 정원과 분수대들은 폭우 속에 그 형상조차 분간하기 힘들었다. 우산도, 비옷도 없었다. 하늘은 납빛의 묘비 같았고, 가로등은 가녀린 성냥불처럼 타오르고 있었다.

나는 열심히 내달렸다. 물웅덩이를 펄쩍 뛰어넘고 물이 역류하는 배수관을 피해 학교 출입문 앞에 다다랐다. 문밖 거리에는 마치 혈관에서 피가 뿜어져나오듯 빗물이 흘러넘쳤다. 뼛속까지 스며들 듯한 비를 뚫고 나는 좁다랗고 조용한 골목길들을 정신없이 뛰어갔다. 발아래 하수관에서는 포효하는 듯한 물소리가 들려왔다. 도시 전체가 마치 검은 대양 속에 잠겨버린 것 같았다. 10분 만에 마리나와 헤르만 아저씨가 사는 고택 앞에 도착했다. 이미 옷과 신발은 대책 없이 젖어버린 상태였다. 땅거미 지는 지평선은 회색빛 대리석을 깔아놓은 듯했다. 등뒤 골목 입구에서 뭔가 요란하게 깨지는 소리가 들린 것 같아 화들짝 놀라며 돌아보았다. 순간 누군가가 내 뒤를 밟고 있는 게 아닌가 하는 생각이 들었지만 아무도 보이지 않았고, 그저 빗물만이 물웅덩이 위로 속사포를 쏘아대듯 쏟아져내리고 있었다.

나는 철문 안으로 들어섰다. 번개가 번쩍거리면서 길을 비춰주어 집 앞까지 갈 수 있었다. 분수대의 천사상들이 나를 반겨주었다. 추위에 덜덜 떨면서 주방 쪽으로 난 뒷문으로 갔다. 문은 열려 있었다. 안으로 들어섰다. 집 안은 완전히 어둠에 잠겨 있었다. 전기가 들어오지 않는다던 헤르만 아저씨의 말이 생각났다.

그제야 내가 손님으로 초대받아 온 게 아니라는 데 생각이 미쳤다. 또다시 허락도 없이 남의 집에 들어온 것이다. 돌아갈까 생각도 해보았지만, 밖에는 폭풍우가 휘몰아치고 있었다. 한숨이 절로 나왔다. 추위로 곱은 손이 아파왔고, 손가락 끝은 감각조차 없을 정도였다. 병든 개처럼 기침을 쏟아내고 나니 관자놀이에서 맥이 쿵쾅거리며 뛰는 게 느껴졌다. 비에 젖은 옷이 몸에 착 달라붙은 채 얼어붙고 있었다. '수건 한 장만 있으면 이곳이 왕궁일 텐데'라는 생각이 들었다.

"마리나!"

내 목소리만이 온 집 안에 메아리쳤다. 사방으로 어둠의 장막이 드리워진 것 같았다. 가끔 창밖에서 번쩍거리는 번개가 곳곳의 형상을 스치듯 비춰주었다. 마치 카메라 플래시가 터지는 것 같았다.

"마리나!" 다시 한번 불러보았다. "나야, 오스카르……"

나는 조심스럽게 집 안으로 걸어들어가기 시작했다. 비에 흠뻑 젖은 신발 때문에 발걸음을 옮길 때마다 철퍽거리는 소리가 울렸다. 어제 셋이 모여 앉아 식사를 했던 거실 앞에 멈춰 섰다. 식탁도, 의자도 텅 비어 있었다.

"마리나? 헤르만 아저씨?"

아무 대답도 없었다. 어둠 속 콘솔 위에 놓인 촛대와 성냥갑이 보였다. 손이 곱아 감각이 무뎌진 탓에 다섯 번이나 시도한 끝에 겨우 초에 불을 붙였다.

흔들거리는 촛불을 치켜들었다. 희미한 빛이 거실을 가득 채웠다. 나는 어제 마리나와 헤르만 아저씨가 사라졌던 복도 쪽으로 걸어가보았다.

복도를 지나니 역시 샹들리에가 매달려 있는 큼지막한 방이 나왔다. 샹들리에의 구슬 하나하나가 마치 다이아몬드로 만든 회전목마인 양 반짝거렸다. 번개가 칠 때마다 높다란 유리창을 통해 빛이 사선으로 스며들었다. 낡은 가구들과 팔걸이의자들 위에는 하얀 천이 씌워져 있었고, 2층으로 올라가는 나선형의 대리석 계단도 보였다. 계단으로 다가가면서도 내심 무단침입자가 된 것 같은 느낌을 떨칠 수 없었다. 노란 눈동자 두 개가 계단 꼭대기에서 반짝거렸다. 야옹거리는 소리도 들렸다. 카프카였다.

나는 안도의 한숨을 내쉬었다. 잠시 후 고양이는 어둠 속으로 사라져버렸고, 나는 걸음을 멈춘 채 주변을 돌아보았다. 한 발 한 발 내디딜 때마다 먼지 쌓인 바닥 위에 발자국이 남았다.

"아무도 없어요?" 다시 불러보았지만 역시 대답이 없었다.

수십 년 전 이 방의 모습을 상상해보았다. 잘 차려입은 사람들, 오케스트라, 그리고 춤을 추는 여러 쌍의 남녀들. 그런데 지금 이곳은 난파선의 모습과 흡사했다. 벽에는 유화들이 줄지어 걸려 있었다. 하나같이 어떤 여인의 초상화였다. 본 적이 있는 얼굴이었다. 바로 이 집에 처음 왔던 날 밤 그림 속에서 보았던 바로 그 여인이었다. 높은 완성도와 마법 같은 색감, 빛이 뿜어져나오는 듯한 느낌은 말로 표현할 수 없이 뛰어났다. 도대체 누가 그린 그림일까 궁금해졌다. 나 같은 문외한의 눈에도 모두 같은 화가의 작품으로 보였던 것이다. 그림 속 여인이 곳곳에서 나를 감시하는 것 같았다. 그리고 여인과 마리나가 놀랄 만큼 많이 닮아 있다는 사실도 어렵지 않게 감지할 수 있었다. 투명할 정도로 흰 얼굴과 입술선, 도자기 인형처럼 자칫 잘못하면 깨질 것 같은 가녀리고 호리호리한 몸매, 슬픔이 감도는 깊은 잿빛 눈동자까지. 뭔가가 복사뼈를 간질이는 느낌이 들었다. 카프카가 내 발밑에서 콧소리를 내고 있었다. 나는 웅크리고 앉아 은빛이 감도는 털을 쓰다듬어주었다.

"네 주인님은 도대체 어디 있는 거니, 응?"

대답 대신 카프카는 서글픈 울음소리를 냈다. 집 안에는 아무도 없었다. 지붕을 때리는 빗소리뿐. 다락방 위로 빗방울이 요란하게 쏟아져내리고 있었다. 무슨 이유인지는 짐작할 수 없지만, 여하튼 마리나와 헤르만 아저씨는 외출하고 없는 모양이었다. 그건 내가 어찌해볼 수 있는 문제가 아니었다. 카프카를 쓰다듬으며 나는 마리나가 돌아오기 전에 얼른 이곳을 떠나야겠다고 마음먹었다.

"우리 둘 중 하나는 이 집에서 쓸모없는 존재인데, 그게 아무래도 나인 모양이야." 내가 카프카에게 속삭였다.

갑자기 카프카의 털이 바늘처럼 바짝 곤두섰다. 온몸의 근육도 강철선처럼 팽팽하게 긴장되는 게 느껴졌다. 카프카가 두려움이 묻어나는 울음소리를 냈다. 도대체 무엇에 놀라 나한테까지 느껴질 정도로 이렇게 겁을 먹은 걸까? 그 냄새였다. 온실 속에서 맡았던 썩은 사체에서 풍기는 냄새. 욕지기가 치밀었다.

고개를 들어보니 거실 창문으로 빗줄기가 요란하게 몰아치고 있었다. 한편으로는 분수대 천사상들의 모습이 희미하게 보였다. 그런데 직감적으로 뭔가 이상하다는 느낌을 받았다. 천사상 사이에 다른 형상이 있었던 것이다. 벌떡 일어나서 천천히 창가로 다가갔다. 천사상 사이의 그림자가 돌아서는 게 보였다. 나는 그만 그 자리에 얼어붙고 말았다. 정확히 알아볼 수는 없었지만, 온몸에 시커먼 망토를 두르고 있는 것 같았다. 분명 나를 지켜보고 있었던 것 같다. 그리고 지금은 나 역시 그자를 보고 있다는 걸 알아챘을 것이다. 무한처럼 느껴지는 순간 동안 나는 꼼짝 않고 그 자리에 서 있었다. 잠시 후 그 그림자가 어둠 속으로 물러났다. 다시 한번 번개가 번쩍였을 때 그자의 모습은 이미 정원에서 사라지고 난 뒤였다. 그러고 나서 생각해보니 그 썩은 듯한 악취도 그자와 함께 사라졌음을 알 수 있었다.

나는 그대로 앉아 마리나와 헤르만 아저씨를 기다리는 것 외에는 아무것도 할 수 없었다. 혼자 밖으로 나갈 엄두가 나지 않았다. 폭풍우 같은 건 문제도 아니었다. 나는 커다란 팔걸이의자에 털썩 주저앉았다. 커다란 방을 조금씩 메워가는 빗소리와 희미한 불빛에 스르르 잠이 왔다. 얼마간 시간이 흐른 뒤, 현관문 열쇠 따는 소리와 함께 집 안으로 들어서는 발소리가 들렸다. 퍼뜩 잠에서 깨는 동시에 심장이 미친 듯이 고동치기 시작했다. 복도를 따라 사람 목소리도 들려왔다. 그리고 촛불. 마리나와 헤르만 아저씨가 들어서기가 무섭게 카프카가 재빨리 두 사람 쪽으로 달려갔다. 얼음처럼 차가운 마리나의 눈빛이 내게로 향했다.
"여기서 뭐하는 거야, 오스카르?"
나는 더듬더듬 의미 없는 말들을 쏟아냈다. 헤르만 아저씨는 따뜻한 미소를 보내며 호기심 어린 눈빛으로 나를 살펴보았다.

"이런! 오스카르 군! 흠뻑 젖었구먼! 애야, 마리나! 가서 깨끗한 수건 몇 장 가져오려무나. 자, 오스카르 군, 이리로 오게나. 불부터 피우도록 하지. 날씨가 아주 궂으니 말일세……"

나는 마리나가 내온 뜨거운 수프 그릇을 받아들고 벽난로 앞에 앉았다. 그러고는 어쩌다 이 집에 들어와 있게 되었는지 어설픈 변명을 늘어놓았다. 하지만 창문으로 보았던, 고약한 악취를 풍기던 그 시커먼 그림자에 대해서는 말하지 않았다. 헤르만 아저씨는 내 말을 듣고 충분히 이해한다며 허락도 없이 들어온 나를 전혀 언짢게 여기지 않았다. 하지만 마리나는 달랐다. 날 쳐다보는 눈동자에 불꽃이 이글거릴 정도였으니까. 나는 멍청하게도 이 집에 무단침입함으로써 마치 이런 일을 밥 먹듯이 하는 애처럼 비쳐서 결국 마리나와의 우정에 종지부를 찍게 되는 건 아닌지 겁이 났다. 30분 정도 함께 벽난로 앞에 앉아 있었지만 마리나는 한마디도 하지 않았다. 마침내 헤르만 아저씨가 그만 쉬어야겠다며 방으로 들어갔다. 이러다가 마리나가 발로 걷어차며 다시는 오지 말라고 내쫓는 게 아닐까 싶었다.

'그래. 결국 이렇게 끝나는구나.' 이런 생각을 하고 있는데 마리나가 엷은 미소를 지어 보였다. 비아냥거림이 묻어 있는 미소였다.

"아직도 정신이 멍한 모양이네." 마리나가 말했다.

"응." 한결 독해질 마리나의 다음 말을 기다리며 대꾸했다.

"대체 여기서 뭘 하고 있었던 건지 어디 한번 말해봐."

난로 불빛에 마리나의 눈동자가 반짝였다. 나는 남은 수프를 쭉 들이켜고는 눈을 내리깔았다.

"사실, 나도 잘 모르겠어…… 내 말은, 나도 내가 뭘 하고 있었는지 잘……"

내 처량한 꼬락서니에 마음이 좀 누그러졌는지 마리나가 내 손등을 톡톡 두드렸다.

"내 눈을 봐."

나는 시키는 대로 했다. 마리나가 연민과 동정이 가득 담긴 눈빛으로 날 보고 있었다.

"너한테 화난 거 아니야. 알았지? 다만 온다는 연락도 없었는데 갑자기 여기서 널 보고 놀랐을 뿐이야. 매주 월요일마다 아빠를 모시고 의사 선생님을 만나러 갔다와. 산파블로 병원으로. 그래서 집을 비웠던 거고. 오늘은 오는 게 아니었어."

나는 얼굴이 벌게졌다.

"다시는 이런 일 없을 거야." 내가 약속했다.

그러고 나서 마리나에게 아까 보았던 그 기이한 형상에 대해 얘기해주려는데, 갑자기 마리나가 웃음을 터뜨리더니 내 볼에 입을 맞췄다. 마리나의 입술이 뺨에 닿는 순간, 젖은 옷가지가 순식간에 말라버릴 만큼 후끈 열이 올랐다. 하려던 말은 혀끝에서 맴돌다 사라져버리고 말았다. 내가 무슨 말인가를 하려던 걸 마리나가 눈치채고 물었다.

"뭐 할 말 있어?"

난 아무 대답 없이 가만히 마리나를 쳐다보다가 고개를 가로저었다.

"아니. 아무것도 아니야."

마리나는 믿지 못하겠다는 듯 한쪽 눈썹꼬리를 바짝 추켜올렸지만, 더이상 대답을 강요하지는 않았다.

"수프 좀더 줄까?" 마리나가 자리에서 일어서며 물었다.

"그래. 고마워."

마리나가 내게서 그릇을 받아들고 주방으로 가더니 수프를 좀더 담아왔다. 나는 난롯가에 앉은 채 얼빠진 표정으로 벽에 걸린 여인의 초상화들을 쳐다보았다. 마리나도 나를 따라 그림들을 올려다보았다.

"초상화마다 똑같은 여자가……"

"우리 엄마야." 마리나가 대답했다.

공연히 아픈 곳을 건드렸다는 생각이 들었다.

"저런 그림은 본 적이 없어서. 마치, 뭐랄까…… 꼭 영혼을 담아낸 사진 같다고나 할까?"

마리나가 대답 없이 고개만 끄덕였다.

"꽤 유명한 화가가 그린 것 같은데, 다른 곳에서는 본 적이 없는 것 같아."

마리나가 한참 후에야 대답했다.

"아마 못 봤을 거야. 저 그림을 그린 화가는 16년 전에 그림을 접었으니까. 저기 걸려 있는 저 초상화들이 그분의 마지막 작품이거든."

"네 어머니를 아주 잘 아는 분이셨겠지. 저런 초상화를 그려낸 걸 보면 말이야."

마리나가 내 얼굴을 한참이나 들여다보았다. 그림 속 여인과 똑같은 눈빛이었다.

"그 누구보다 가장 잘 아는 분이셨지." 마리나가 대답했다. "남편이었으니까."

8

 그날 밤, 벽난로 앞에서 마리나는 헤르만 아저씨와 사리아 저택에 얽힌 사연을 들려주었다.
 헤르만 블라우는 바르셀로나의 명망 있고 부유한 상류층 가문의 자제로 태어났다. 블라우 가문은 리세오 극장에 전용 좌석이 있고 세그레 강변에 공업단지를 소유한 재력가 집안이었지만, 추문에 시달리고 있었다. 어린 헤르만이 아버지 블라우 씨의 혈육이 아니라 어머니 디아나가 킴 살바트라는 화가와 불륜을 저질러 얻은 자식이라는 소문이 돌았던 것이다. 미술계에서 초상화가이자 전문 비평가로 활동하던 살바트는 사생활이 난잡한 사람이었다. 유명 인사들에게 불멸의 초상화를 그려주고 천문학적인 대가를 받아 빈축을 사기도 했다. 사실이야 어떻든 한 가지 분명한 것은, 헤르만이 다른 가족들과 외모 면에서나 성격 면에서나 닮은 구석이 하나도 없다는 점이었다. 헤르만의 유일한 취미는 데생과 그림 그리기였는데, 바로 그런 점이 사람들의 의심을 샀다. 특히 부친인 블라우 씨가 그랬다.

 헤르만이 열여섯이 되던 해에 아버지는 아들에게 자기 집안에서 게으르고 나태한 인간은 두고 볼 수 없다며, 계속해서 예술 나부랭이를 하겠다고 고집할 거면 공장에서 인부나 석공으로 일을 하든가, 그도 아니면 군대나 다른 조직에 들어가 성정을 굳건히 해 사업가 기질을 키우라고 통보했다. 헤르만은 집을 뛰쳐나가버렸지만 24시간도 못 되어 아버지가 보낸 경호요원에게 붙들려 왔다.

 장남의 행태에 절망하고 좌절한 블라우 씨는 결국 차남인 가스파르에게 희망을 걸어보기로 했다. 가스파르는 섬유산업을 배우려는 의지도 강했고, 가업을 이어받겠다는 의욕도 보였다. 하지만 장남이 장차 먹고살 길이 걱정되었던 아버지는 수년 전부터 버려두다시피 했던 사리아 저택을 헤르만 앞으로 돌려놓았다. "네 녀석이 우리 일가족의 수치인 것은 분명하다만, 그렇다고 내 아들이 길바닥에서 굶어 죽는 꼴을 보려고 여태까지 일만 하며 살아온 건 아니다." 아버지가 말했다. 그때만 해도 사리아 저택은 귀족들이나 서민들 사이에서 가장 널리 알려져 있었지만 아무도 살고 있지 않았다. 게다가 좋지 않은 소문까지 있었다.

디아나 부인과 난봉꾼 살바트가 바로 그곳에서 밀회를 즐긴다는 소문이었다. 그런데 아이러니하게도 바로 그 저택이 헤르만의 소유가 된 것이다. 그로부터 얼마 후, 어머니 디아나의 보이지 않는 도움 덕에 헤르만은 킴 살바트의 문하에 들어가게 되었다. 두 사람이 처음 만나던 날, 살바트는 헤르만의 눈을 똑바로 쳐다보며 이렇게 말했다.

"첫째, 난 네 아버지가 아니고, 네 어머니와는 얼굴 정도 아는 사이다. 둘째, 예술가의 삶은 위험천만하고 불안정하며 거의 늘 궁핍하다. 결국 사람이 예술을 선택하는 것이 아니라 예술이 예술가를 선택한다는 말이다. 이 두 가지에 대해 한 점의 의혹이라도 있다면, 지금 당장 저 문으로 다시 나가는 게 좋을 거다."

헤르만은 나가지 않았다.

킴 살바트의 제자로 지낸 몇 년의 세월 동안 헤르만은 또다른 세계로 도약할 수 있었다. 난생처음으로 누군가가 자신을, 자신의 재능을, 기가 다 빠져버린 아버지의 판박이가 되는 것보다 훨씬 나은 가능성을 지니고 있음을 믿어준다는 걸 깨닫게 된 것이다. 헤르만은 스스로가 딴사람이 되었다고 느꼈다. 불과 6개월 동안 그는 평생 배웠던 것보다 더 많은 것을, 더 훌륭하게 익혔다.

살바트는 성격이 대범하면서도 괴짜였고, 세상의 우아한 것들을 사랑하는 사람이었다. 그는 주로 밤에 작업을 했고, 잘생기지도 않았건만(그가 유일하게 닮은 것이 하나 있다면 바로 곰이었다) 신기하게도 보는 여자마다 그에게 푹 빠져버리곤 했다. 여자를 후리는 기술이 붓을 휘두르는 기술보다 뛰어난 모양이었다.

보는 이를 숨막히게 하는 늘씬한 모델들과 상류사회 귀부인들이 그의 아틀리에 앞에 줄을 섰다. 초상화를 그려달라는 것이었지만, 헤르만이 보기에는 또다른 뭔가가 있는 게 틀림없었다. 살바트는 포도주에 조예가 깊었고, 시인이나 전설적인 도시에 대해서도 해박했으며, 뭄바이에서 들여온 절묘한 사랑의 기교에도 능통했다. 47년의 인생을 그야말로 불꽃같이 살아온 것이다. 그는 사람들이 마치 영원히 살기라도 할 것처럼 인생을 그냥저냥 흘려보내는데, 바로 그런 자세가 인생을 망치는 것이라고 주장했다. 그에게는 삶과 죽음, 신과 인간 모두 웃음거리에 불과했다. 그는 미슐랭 가이드에 나오는 유명 레스토랑 셰프들보다 더 훌륭하게 요리해서 지인들과 즐기곤 했다. 그런 스승과 함께 지내는 동안 헤르만에게 살바트는 스승이자 최고의 친구였다. 헤르만은 자신이 한 인간으로서나 화가로서 오늘에 이르게 된 것은 모두 킴 살바트 덕분임을 항상 잊지 않았다.

살바트는 빛의 비밀을 일찌감치 깨달은 몇 안 되는 화가 중 하나였다. 그는 빛이라는 것은 자신의 매력을 충분히 알고 있는 변덕스러운 무희 같은 존재라고 했다. 살바트의 손을 거치면 빛은 캔버스 위에서 경이로운 선으로 탈바꿈했으며, 그 선들이야말로 영혼의 문을 여는 열쇠였다. 물론 이건 살바트의 전시회 카탈로그에 실린 광고 문구를 인용한 표현이다.

"그림이란 빛으로 글을 쓰는 일이다." 살바트가 말했다. "그러니 우선 알파벳부터 배우고 그다음 문법을 익혀야 해. 그 모든 게 갖춰져야지만 문체도 나오고 글의 마법도 발휘되는 법이다."

여기저기 여행에 데리고 다니면서 세상을 바라보는 헤르만의 시각을 넓혀준 것도 킴 살바트였다. 그와 함께 헤르만은 파리와 빈, 베를린, 로마 등지를 다녔다. 얼마 안 있어 헤르만은 살바트가 화가로서도 훌륭하지만 자신의 작품을 파는 데에도 대단한 재주가 있다는 것을 간파했다. 어쩌면 예술가적 역량보다 영업 능력이 더 뛰어난 것 같다는 생각이 들 정도였다. 그것이 바로 성공의 열쇠였으리라.

"천 명의 사람이 그림이라든지 다른 예술품을 산다고 하면 자신이 산 작품에 대해 어렴풋하게라도 아는 사람은 아마 한 명 정도일 거다." 살바트가 웃으며 말했다. "나머지 999명은 작품을 사는 게 아니라 작가를 사는 거야. 이것저것 주워듣고, 나중에는 자신의 상상력까지 덧붙여 만든 작가를 말이야. 우리 일은 돌팔이 의사가 처방을 팔아넘기거나 사랑의 묘약을 파는 행위와는 다르다, 헤르만. 왜인지 아니? 값에 차이가 있기 때문이야."

킴 살바트의 담대한 심장은 1938년 7월 17일에 멈춰버리고 말

마리나 85

았다. 사람들은 무절제한 삶이 요절의 원인이라고 수군댔다. 하지만 헤르만이 생각하기에 스승의 신념과 삶의 의욕을 꺾어버린 주범은 전쟁에 대한 공포였다.

"천년이 가고 만년이 가도 사람들은 그림을 그릴 거다." 마지막 임종의 침상에서 살바트가 희미한 목소리로 말했다. "인간의 야만과 무지와 잔혹성도 변하지 않을 테지. 아름다움이란 현실이라는 강풍에 맞서는 한줄기 바람에 불과해. 내 예술은 다 헛된 것이었다. 아무짝에도 쓸모없는 그런……"

그와 사랑을 나누었던 수많은 여인들, 채무자, 친구, 동료 등 수십 명의 인사들이 아무런 대가 없이 그의 장례식장을 찾아 눈물을 흘려주었다. 사람들은 알고 있었다. 그날 세상에서 한줄기 빛이 스러져버렸음을. 그리고 그로 인해 세상은 더욱 고독하고 공허해질 것임을.

살바트는 약간의 푼돈과 아틀리에를 헤르만 앞으로 남겨두었다. 다른 것들은 그의 여인들, 그리고 친구들에게 나눠주었다. 사실 살바트는 버는 돈보다 쓰는 돈이 더 많았기에 남은 것도 그리 많지 않았다. 공증인이 살바트의 유언장이라면서 헤르만에게 편지 한 통을 건넸다. 살바트가 죽음을 앞두고 쓴 것으로, 자신이 죽은 후 열어보라고 했다는 것이다.

장례식이 끝나고, 슬픔으로 마음이 갈기갈기 찢어진 헤르만은 하염없이 눈물을 흘리며 밤새도록 시내 곳곳을 무작정 헤매고 다녔다. 그리고 다음날 새벽이 되어서야 부둣가 방파제 위에 서 있는 자신을 깨닫고는 화들짝 놀랐다. 그곳에서 헤르만은 여명의 빛을 받으며 킴 살바트가 남긴 마지막 편지를 읽어내려갔다.

사랑하는 헤르만에게,

평생 이 말을 하지 못했구나. 늘 아직은 때가 아니라고 생각했으니까. 하지만 때가 올 때까지 내가 이곳에 머물 수 있을 것 같지가 않구나.

네게 꼭 해주고 싶은 말이 있었다. 내 평생 너만큼 재능이 뛰어난 화가는 본 적이 없다, 헤르만. 넌 아직 너 자신을 잘 모르고, 내 말이 무슨 말인지 이해할 수도 없겠지만, 넌 정말 그런 사람이다. 그리고 그런 재능을 알아볼 수 있었던 건 내 최고의 축복이지. 넌 몰랐겠지만, 나는 네게 가르쳐준 것보다 너를 통해 배운 게 더 많았다. 그러니 나처럼 부족한 스승이 아닌, 너의 재능을 제대로 이끌어낼 수 있는 훌륭한 스승을 만나도록 해라. 네 안에서는 빛이 말을 하고 있단다, 헤르만. 나를 비롯한 다른 이들은 그 말을 그저 들을 수 있을 뿐이지. 그 점을 꼭 기억해라. 지금 이 순간부터 너의 스승이었던 나는 너의 제자가 될 것이고, 영원한 친구로 남을 것이다.

살바트

그로부터 일주일 후, 헤르만은 견딜 수 없는 아픔을 간직한 채 파리로 향했다. 어느 미술학교에서 교수직을 제안했던 것이다. 그리고 이후 10년간 그는 바르셀로나로 돌아오지 않았다.

파리에서 헤르만은 탁월한 초상화가로 유명세를 떨치게 되었다. 또한 그즈음 가슴속에 또하나의 뜨거운 열정이 자라나고 있었는데, 바로 오페라였다. 그가 그린 그림이 잘 팔려나가자 살바트와 함께 지낼 당시 알았던 미술상이 그의 작품을 중개하겠다고 나섰다. 교수 월급도 있는데다 그림까지 잘 팔리자 헤르만은 호화롭지는 않아도 충분히 여유 있는 생활을 할 수 있었다. 파리 시민의 절반은 알고 지낼 정도로 인맥이 두터운 학교장의 도움을 받아, 약간의 대금을 지불하고 시즌 내내 관람할 수 있는 오페라 극장 개인 좌석도 잡을 수 있었다. 물론 좋은 자리는 아니었다. 계단식 극장의 여섯번째 줄, 그것도 제일 왼쪽 구석 자리였으니까. 덕분에 무대의 5분의 1 정도는 시야에 들어오지 않았다. 값싸고 위치도 좋지 않은 좌석이었지만 가수들의 목소리만큼은 최고로 즐길 수 있는 그런 자리였다.

바로 그곳에서 그녀를 처음 보았다. 마치 이제 막 살바트의 그림 속에서 걸어나온 듯 아름다웠는데, 목소리는 외적 아름다움을 훌쩍 뛰어넘을 정도였다. 그녀의 이름은 커스틴 아우어만. 열아홉 살이고, 프로그램에 실린 소개에 따르면 전 세계 오페라계의 떠오르는 샛별 중 하나라고 했다. 그날 밤, 공연 뒤 주최측이 마련한 리셉션에서 헤르만은 그녀를 만날 수 있었다. 헤르만은 자신을 〈르 몽드〉 신문에 칼럼을 쓰는 음악비평가라고 소개하고는 말없이 악수만 나누었다.

"비평가치고는 말수가 적으시네요. 악센트도 심하시고요." 커스틴이 농담을 했다.

바로 그 순간, 헤르만은 인생을 걸고라도 그녀와 결혼하고 말겠다고 결심했다. 지난 수년간 살바트 곁에서 지켜보며 배운, 여자를 유혹하는 온갖 기술을 다 동원하리라 마음먹었다. 하지만 그건 살바트나 쓸 수 있는 방법이었고, 여자의 마음을 사로잡는 데 왕도는 없는 것 같았다. 그때부터 장장 6년에 걸쳐 길고도 긴, 고양이와 쥐의 쫓고 쫓기는 게임이 시작되었다. 그리고 마침내 1946년 어느 여름날 오후, 두 사람은 노르망디의 작은 교회에서 결혼식을 올렸다. 그날도 외진 곳에 남몰래 버려진 시체가 썩으며 내뿜는 듯한, 전쟁이 드리운 망령의 악취가 대기중에 감돌고 있었다.

커스틴과 헤르만은 얼마 지나지 않아 바르셀로나로 돌아와 사리아 저택에 보금자리를 틀었다. 오랫동안 비워둔 저택은 그야말로 유령이라도 나올 듯한 폐가로 변해 있었지만, 커스틴이 발하는 광채와 3주에 걸친 대청소가 저택을 깨끗하게 변모시켰다.

사리아 저택은 단 한 번도 경험하지 못한 찬란한 시절을 맞이했다. 헤르만은 스스로도 설명할 수 없는 무한 에너지로 충만하여 끊임없이 그림을 그려냈고, 그의 작품들은 상류사회에서 최고로 평가받으며 급기야 블라우의 그림 한 점쯤 소장하는 것이 상류층의 필수조건이 되어버렸다. 헤르만의 부친은 장남의 성공에 뿌듯해하며 곳곳에서 "난 처음부터 내 아들의 재능을 믿었고, 반드시 성공할 줄 알았다"라든가, "우리 블라우 가문 혈통이 아니랄까봐. 역시 피는 못 속인다니까" "아버지로서 이렇게 기쁠 수가 없다" 등의 말들을 늘어놓았다. 그리고 그런 말을 거듭 쏟아내다보니 나중에는 정말로 그렇게 믿게 된 것 같았다. 한때는 그의 작품에 시큰둥한 반응을 보이던 미술상이나 갤러리에서도 그의 환심을 사기 위해 열심이었다. 허세와 오만에 빠질 법도 하건만 헤르만은 단 한 번도 살바트의 가르침을 잊지 않았다.

커스틴 역시 오페라 가수로서 순풍에 돛을 단 범선처럼 나아갔다. 더욱이 그즈음에 분당 78회전을 하는 SP 레코드가 첫선을 보였고, 그녀는 목소리를 레코드판에 담아 영원한 생명을 부여받게 된 최초의 가수 중 하나가 되었다. 그야말로 사리아 저택이 행복과 빛으로 충만하던 시절이었다. 불가능은 없어 보였고, 수평선 저 너머에서조차 불길한 그림자는 찾아볼 수 없을 것 같았다.

가끔 커스틴이 현기증을 느끼고 쓰러지는 일이 있었지만 모두들 대수롭지 않게 생각했다. 하지만 때는 너무 늦어버렸다. 성공과 잦은 여행, 공연 스트레스 등이 그 이유였다. 결국 커스틴은 카브릴스 박사를 찾아가게 되었고, 박사가 전한 두 가지 소식으로 세상은 완전히 뒤바뀌고 말았다. 첫번째 소식은 커스틴이 임신했다는 것. 두번째 소식은 불치의 혈액암으로 커스틴이 서서히 죽어가고 있다는 것. 남은 시간은 1년, 길어야 2년을 넘기지 못할 거라 했다.

그날, 병원 문을 나서자마자 커스틴은 아우구스타 거리에 있는 '헤네랄 스위스 시계 전문점'으로 가서 금시계를 구입해 헤르만에게 바치는 헌사를 새겨넣었다.

    빛의 소리를 발하는 그대, 헤르만에게
    K. A.
    1964년 1월 19일

그 시계로 두 사람은 남은 시간을 재기 시작했다.

커스틴은 은퇴하고 오페라 무대를 떠났다. 그녀의 마지막 갈라 무대는 바르셀로나 리세오 극장에서 공연된 〈라크메〉였다. 그녀가 가장 좋아하는 작곡가 들리브의 작품이었다. 이제 앞으로 그 누구도 그녀의 아름다운 목소리를 들을 수 없을 것이었다. 임신 기간 내내 헤르만은 꾸준히 아내의 초상화를 그렸다. 과거에 그렸던 그 어떤 작품들보다 훌륭했다. 물론 절대로 팔지 않을 그림들이었다.

  1964년 9월 26일, 사리아 저택에서 밝은 갈색 머리카락에 잿빛 눈동자를 가진, 엄마를 쏙 빼닮은 예쁜 여자아이가 태어났다. 마리나라고 이름 지은 그 아이는 어머니의 얼굴만 빼닮은 게 아니라 어머니의 이미지와 광채까지 그대로 물려받았다. 그로부터 6개월 후, 커스틴 아우어만은 헤르만과 함께 생애 가장 행복한 시간을 보냈고 자신의 딸을 낳은 바로 그 방에서 숨을 거두었다. 헤르만은 창백하고 떨리는 아내의 손을 자신의 두 손으로 감싸고 임종을 지켰다. 새벽의 여명이 훅 하고 내쉰 한숨처럼 그녀의 숨결을 거두어갈 무렵, 그가 쥐고 있던 손은 이미 싸늘하게 식어가고 있었다.

  아내가 세상을 떠나고 한 달 후, 헤르만은 아틀리에로 돌아왔다. 친근하던 그 공간이 이제는 냉담하게만 느껴졌다. 어린 마리나가 그의 발치에서 놀고 있었다. 헤르만은 붓을 집어들고 캔버스 위에 붓질을 해보려 했다. 그러나 눈물만 핑 돌 뿐, 결국 붓을 떨어뜨리고 말았다. 그리고 헤르만 블라우는 더이상 그림을 그리지 않았다. 그의 안에서 소리를 발하던 빛이 영원히 침묵하게 된 것이다.

9

 가을 내내 헤르만 아저씨와 마리나의 집을 방문하는 일이 어느새 내 일과가 되어버렸다. 낮 동안에는 하루 종일 교실에서 선잠을 자면서 이제나저제나 비밀의 골목길로 탈출하는 순간만을 고대하곤 했다. 그곳에는 마리나가 아버지의 치료를 위해 병원에 가는 월요일만 제외하고는 늘 나를 기다리는 친구들이 있었다. 우리는 어둑어둑한 거실에서 함께 커피를 마시며 담소를 나누었다. 헤르만 아저씨는 내게 체스의 기초를 가르쳐주었다. 아저씨에게서 기초를 배웠음에도 마리나는 툭하면 체크 메이트를 외치곤 했다. 그래도 나는 희망을 잃지 않았다.
 나 자신도 모르는 사이에 헤르만 아저씨와 마리나는 점차 나의 일부가 되어가고 있었다. 그들이 사는 집도, 대기를 둥둥 떠다니는 듯한 그들의 추억도 하나같이…… 알고 보니 마리나는 아버지를 혼자 둘 수 없어 학교를 그만두고 간호에 전념하고 있었다. 마리나의 말에 따르면 아저씨가 딸에게 읽기와 쓰기, 그리고 생각하기 등을 가르친다고 했다.

"스스로 생각할 줄 모르면 지리학도, 삼각법도, 대수학도 다 소용없어." 마리나는 주장했다. "그런데 문제는 어떤 학교에서도 생각하기를 가르치지는 않는다는 거지. 커리큘럼에 그런 과정 자체가 없다니까."

헤르만 아저씨는 예술과 역사, 과학 모두에 해박했다. 알렉산드리아 도서관만큼이나 엄청난 장서가 꽂혀 있는 사리아 고택은 마리나에게 우주 그 자체였다. 한 권 한 권의 책이 마리나에게는 새로운 세상과 새로운 사고로 진입하는 출입문이었던 것이다. 10월 하순의 어느 오후, 우리 셋은 2층 어느 창가에 앉아 저 멀리 내다보이는 티비다보의 불빛을 바라보고 있었다. 마리나는 언젠가 작가가 되는 게 꿈이라고 털어놓았다. 아홉 살 때부터 써온 단편과 원고 들이 트렁크 하나 가득 차 있다는 말도 했다. 하나 보여달라고 하자 마리나는 취한 듯 몽롱한 눈빛으로 나를 바라보다가 이렇게 한마디만 했다. "이것도 체스와 다를 바 없어." 기회를 잘 봐야 한다, 이 말이다.

가끔 두 사람이 다른 뭔가에 몰두하고 있을 때면, 예컨대 장난을 치거나 책을 읽거나 말없이 체스판을 앞에 놓고 앉아 있을 때면 나는 헤르만 아저씨와 마리나를 가만히 관찰하곤 했다. 두 사람을 이어주는 보이지 않는 고리와 모든 것으로부터 완전하게 동떨어져 있는 그들만의 세상은 그야말로 경이로운 마술이었다. 공연히 내가 끼어듦으로써 신기루가 사라져버리는 건 아닐지 걱정도 되었다. 학교로 돌아가는 길이면, 두 사람과 모든 것을 할 수 있다는 것만으로도 내가 세상에서 가장 행복한 사람이 된 것 같았다.

특별한 이유가 있는 건 아니었지만, 난 두 사람과의 우정을 비밀에 부쳤다. 심지어 내 절친한 친구인 JF에게도 두 사람에 대한 이야기를 하지 않았다. 불과 몇 주 만에 헤르만 아저씨와 마리나는 내 삶의 중대한 비밀이 되었을 뿐 아니라, 솔직히 말하면 내 삶 그 자체가 되었다고 해도 과언이 아니었다. 한번은 아저씨가 평소보다 좀 일찍 쉬러 들어갔다. 언제나처럼 19세기 기사인 양 깍듯이 인사를 건넨 뒤였다. 초상화로 가득한 거실에 마리나와 나, 이렇게 단둘이 남았다. 마리나가 묘한 미소를 띠더니 나를 주제 삼아 글을 쓰고 있다고 말했다. 놀라 까무러칠 일이었다.

"나를 주제 삼아 글을 쓴다고? 그게 무슨 뜻이야?"

"너에 대한 글을 쓰고 있다는 거지. 아무렴 내가 널 책상 삼아 글을 쓰겠니."

"그건 나도 알아."

마리나는 내 신경질적인 반응이 재미있었나보다.

"그런데 왜?" 마리나가 물었다. "혹시 너에 대한 글 따위는 쓸 필요조차 없다고 생각할 만큼 스스로를 하찮게 여기는 건 아니지?"

대답이 쉽게 나오지 않았다. 그래서 나는 전략을 바꿔 역공을 취해보기로 했다. 헤르만 아저씨가 체스 기술로 가르쳐준 것이었다. 전략의 기본은 상대 공격자의 허점이 보이면 큰소리로 말하며 역공을 펼치는 것이다.

"좋아, 그럼 내가 한번 읽어볼게."

마리나가 무슨 소린가 싶은 표정을 지었다.

"나에 대해 어떻게 썼는지 살펴보는 건 당연한 내 권리라고 생각하는데."

"썩 마음에 들지 않을 수도 있어."

"그럴 수도 있지만 반대로 맘에 들 수도 있잖아."

"생각해볼게."

"기대하겠어."

언제나 그렇듯 추위는 하늘에서 떨어지는 운석처럼 갑작스럽게 바르셀로나를 덮쳤다. 불과 하루 사이에 온도계는 영하를 넘보고 있었다. 가벼운 가을용 코트는 옷장 속에 모셔두었던 겨울용 외투로 순식간에 대체되었다. 살을 에는 듯한 찬바람에 길을 걷노라면 귀가 떨어져나갈 것만 같았다. 헤르만 아저씨와 마리나가 내게 깜짝 선물을 해주었다. 제법 비싸 보이는 털모자였다.

"머릿속 생각을 잘 지키라고 주는 걸세, 오스카르 군." 아저씨가 말했다. "머리는 늘 따뜻하게 해줘야 하는 법이거든."

11월 중순에 마리나는 일주일 정도 아버지와 함께 마드리드에 다녀와야 할 것 같다고 했다. 상당히 명망 있는 라파스 병원의 의사가 특수 치료법을 아저씨에게 적용해보겠다고 했다는 것이다. 아직 임상실험중이라 유럽 전역에서 단 두 명에게만 해주는 시술이었다.

"그야말로 신의 손이라 불리는 의사 선생님이래…… 정말 그런지는 나도 모르겠지만." 마리나가 말했다.

일주일 동안이나 두 사람을 볼 수 없다는 사실은 청천벽력과도 같았다. 감춰보려 했지만 아마도 내 감정이 고스란히 얼굴에 드러난 모양이다. 마리나가 훤히 들여다보기라도 한 듯 내 속내를 읽고는 손등을 톡톡 두드렸다.

"겨우 일주일인데 뭐. 안 그래? 금방 돌아올 거야."

크게 위로가 되지는 못했지만 그래도 나는 고개를 끄덕였다.

"어제 아빠하고 얘기했는데…… 우리가 없는 동안 네가 카프카를 돌보면 어떨까 하고 말야." 마리나가 나를 떠보듯 말했다.

"물론이지. 아무 걱정 마."

그제야 마리나의 얼굴이 환해졌다.

"그리고 그 의사 선생님이 소문만큼이나 정말 훌륭한 분이시면 좋겠다." 내가 덧붙였다.

마리나는 한참 동안이나 내 눈을 가만히 응시하더니 미소를 지었다. 잿빛 눈동자에는 내 가슴을 온통 뭉클하게 만드는 슬픔이 서려 있었다.

"정말 그랬으면 좋겠어."

마드리드행 열차는 오전 9시 정각에 프란시아 역을 출발할 예정이었다. 나는 동이 트기 무섭게 몰래 기숙사를 빠져나왔다. 그동안 꼭꼭 숨겨놓았던 저금을 털어 택시를 불렀다. 헤르만 아저씨와 마리나를 기차역까지 배웅하기 위해서였다. 그 일요일 아침의 거리는 온통 푸르스름한 안개 속에 가라앉은 채 서서히 옅은 호박색 여명으로 물들어가고 있었다. 우리는 한참 동안 아무 말 없이 앉아 있었다. 낡은 세아트 1500 택시의 미터기가 메트로놈처럼 똑딱거렸다.

"이렇게 번거롭게 해서 어쩌나, 오스카르 군."

"번거롭다니요? 천만의 말씀입니다. 살을 에는 추위라고 설마 기운까지 빠져버리신 건 아니죠?"

역에 도착해 헤르만 아저씨가 카페에서 잠시 기다리는 동안 마리나와 나는 창구로 가서 예매해두었던 표를 샀다. 출발 시간이 되자 아저씨가 나를 꼭 껴안았다. 난 금방이라도 눈물이 터져 나올 것 같았다. 승무원의 도움을 받아 헤르만 아저씨가 기차에 오르고 나자 다시 나와 마리나만 플랫폼에 남았다. 작별인사를 할 순간이었다. 북적이는 사람들의 목소리와 기적 소리가 뒤섞여 기차역의 거대한 돔 천장 쪽으로 날아올랐다. 우리 둘은 말없이 서로 힐끔거리기만 했다.

"자, 그럼……" 내가 먼저 입을 열었다.

"우유 데워주는 거 잊으면 안 돼. 카프카는……"

"카프카는 찬 우유 싫어하지. 특히 살생을 한 뒤에는 더 그렇고 말이야. 알아. 고귀하신 고양이님이시지."

"아빠는 네가 참 대단하다고 생각하셔."

"글쎄, 왜 그렇게 생각하시려나."

"우리 둘 다 네가 보고 싶을 거야."

"그건 네 생각이지. 자, 얼른 타!"

갑자기 마리나가 고개를 쑥 내밀더니 스치듯 내 입술에 입을 맞췄다. 그러고는 눈 깜짝할 사이에 객차로 뛰어올랐다. 나는 멍하니 선 채 기차가 안개를 뚫고 사라져가는 모습을 지켜보았다. 기차 소리가 완전히 사라진 뒤에야 출구를 향해 걷기 시작했다. 그러고 나서 생각해보니 지난번 폭풍우가 몰아치던 밤 마리나의 집에서 보았던 그 괴이한 형상에 대해 말하는 걸 깜빡해버렸다. 시간이 지나면서 나 스스로 그날의 기억을 잊어버리려 해서인지 어느덧 그 모든 게 상상일 뿐이었다고 생각되는 것도 사실이었다. 널찍한 역사 입구에 다다랐을 때, 젊은 역무원 한 사람이 나를 향해 성급히 다가왔다.

"이거…… 학생한테 전해달라던데."

그러면서 역무원은 누런 봉투 하나를 내밀었다.

"사람을 잘못 보신 모양인데요."

"아니, 아니야. 어떤 여자분이 학생한테 전해달라고 했어." 역무원이 힘주어 말했다.

"여자분이라고요?"

역무원이 뒤로 돌아 콜론 거리 쪽으로 난 출구를 가리켰다. 자욱한 안개가 출구 아래로 이어지는 계단을 뒤덮고 있었다. 그곳에는 아무도 없었다. 역무원은 어깨를 으쓱하더니 가버렸다.

당혹스러워진 나는 출구 밖으로 뛰어나갔다. 그리고 그 여자를 보았다. 지난번 사리아 공원묘지에서 보았던 검은 망토를 두른 여자가 유행이 한참 지난 낡은 마차에 올라타는 모습이 보였다. 여자는 잠시 돌아서서 나를 바라보았다. 얼굴은 검은 망사 베일로 가리고 있었다. 잠시 후 마차 문이 닫히자 잿빛 코트를 휘감은 마부가 말 등에 채찍을 휘둘렀다. 마차는 콜론 거리의 차량 행렬을 따라 전속력으로 달려가더니 람블라스 거리 쪽으로 사라져버렸다.

한참을 멍하니 서 있다가 역무원이 주고 간 봉투에 겨우 생각이 미쳤다. 정신을 차리고 봉투를 열어보았다. 그 속에는 주소가 적힌 낡은 명함이 하나 들어 있었다.

미하일 콜베니크
프린세사 거리 33번지 4층 2호

명함을 뒤집어보니 뒷면에는 공원묘지의 이름 없는 묘비와 버려진 온실에서 보았던 그 문양이 새겨져 있었다. 날개를 활짝 편 검은 나비 문양이.

10

 프린세사 거리를 걷다보니 무척 허기가 졌다. 산타 마리아 델 마르 성당 건너편 빵집에 잠시 들러 빵을 하나 샀다. 성당 종소리가 울릴 때마다 달콤한 빵 냄새가 허공으로 피어올랐다. 프린세사 거리는 구시가지를 가로지르며 이어지는 어둑하고 좁다란 길이다. 길 양편으로 이 도시보다 더 유구한 역사를 지닌 듯 보이는 낡아빠진 저택과 건물 들이 줄지어 서 있었다. 그 저택 중 한 곳에 희미하게 '33'이라고 쓰인 문패가 붙어 있었다. 현관문을 들어서니 꼭 오래된 예배당 회랑으로 들어가는 느낌이 들었다. 색이 바래고 녹슨 공동 우편함이 에나멜 칠이 벗겨진 벽면에 붙어 있었는데, 아무리 찾아봐도 미하일 콜베니크라는 이름은 없었다. 그때 등뒤에서 가쁜 숨소리가 들렸다.

놀라서 돌아보니 양피지처럼 쭈글쭈글한 얼굴의 웬 노파가 수위실 안에 있는 게 보였다. 상복 차림의 노파는 밀랍 인형처럼 꼼짝 않고 앉아 있었다. 문득 한줄기 햇살이 비치자 대리석처럼 하얀 눈알이 눈에 띄었다. 눈동자가 없는 하얀 눈. 노파는 맹인이었다.

"누굴 찾으시우?" 수위 노파가 쉰 목소리로 물었다.

"미하일 콜베니크 씨를 찾고 있습니다."

눈동자가 없는 허연 눈알 위로 눈꺼풀이 두어 번 내리덮이더니 노파가 고개를 저었다.

"주소가 여기로 되어 있는데요." 내가 다시 말했다. "미하일 콜베니크, 4층 2호."

노파는 한 번 더 고개를 가로젓고는 예의 그 미동도 않는 자세로 돌아가버렸다. 수위실 탁자 위로 뭔가 움직이는 게 보였다. 새까만 거미 한 마리가 노파의 주름진 손등으로 기어오르고 있었다. 노파의 허연 눈알은 허공을 응시하고 있었다. 나는 살그머니 계단 쪽으로 걸어갔다.

아마 30년 동안 아무도 전구를 교체하지 않은 모양이었다. 계단은 반질반질하게 닳아 미끄러웠다. 층계참 너머로는 어둠과 정적만이 감돌았다. 꼭대기층에 난 천창으로 스며든 가느다란 햇살이 사납게 흔들리고 있었는데, 창문 사이에 발이 낀 비둘기가 퍼덕거리며 날갯짓을 하는 탓이었다. 4층 2호의 현관문은 기다란 철제 걸쇠가 달린 두툼한 목제 문짝이었다. 벨을 두 번 눌렀다. 집 안에서 딩동거리는 울림이 들렸다. 몇 분이 흘렀다. 다시 벨을 눌렀다. 그리고 2분간 더 기다렸다. 수백 채는 됨직한 바르셀로나 구시가지의 괴기스러운 건물 안에 들어와 있으니, 꼭 무덤 속에 들어앉은 기분이었다.

문짝에 달린 작은 창이 느닷없이 열렸다. 빛줄기가 어둠을 가르며 쏟아져나왔다. 걸걸한 쉰 목소리가 들려왔다. 지난 몇 주간, 아니 어쩌면 몇 달 동안 한마디도 하지 않다가 갑자기 말문을 연 듯한 그런 목소리였다.

"누구요?"

"콜베니크 씨 되십니까? 미하일 콜베니크 씨세요? 잠시 뵐 수 있을까요?"

격자창이 탁 소리를 내며 닫혔다. 침묵. 막 다시 벨을 누르려는데 문이 덜컹하고 열렸다.

사람 그림자 하나가 문간으로 불쑥 튀어나왔다. 집 안에서 수돗물 트는 소리가 들렸다.

"당신, 뭐요?"

"콜베니크 씨?"

"난 콜베니크가 아니오." 남자가 말했다. "센티스, 내 이름은 벤하민 센티스요."

"실례합니다, 센티스 씨. 제가 주소를 가지고 왔는데……"

그러면서 나는 역무원이 건네준 명함을 내밀었다. 얼굴은 보이지 않는 남자가 다소 경직된 손으로 명함을 받아들더니 한참 동안 가만히 서서 들여다보다가 내게 돌려주었다.

"미하일 콜베니크는 벌써 몇 해 전부터 여기 살지 않소."

"그분을 아세요? 아시면 저 좀 도와주세요."

또다시 긴 침묵이 흘렀다.

"들어와요." 마침내 센티스 씨가 말했다.

거구의 벤하민 센티스는 검붉은색 플란넬 실내복 차림이었다. 입에는 불 꺼진 파이프 담배를 물고 있었고, 쥘 베른처럼 콧수염과 구레나룻이 이어져 있었다. 아파트 안에는 구시가지에서 주워온 듯한 기왓장들이 잔뜩 널려 있었고, 에테르 냄새로 가득했다. 창밖으로는 저 멀리 성당의 종루와 몬주익 언덕이 내다보였다. 벽에는 아무 장식도 없었다. 피아노도 한 대 있었는데 덮개 위에 먼지가 쌓여 있었고, 날짜 지난 신문을 담아놓은 박스들이 바닥 여기저기에 놓여 있었다. 집 안 그 어느 곳에서도 현재 숨 쉬고 있는 것이라고는 찾아볼 수 없었다. 벤하민 센티스는 한마디로 '과거완료 시제'를 살고 있는 셈이었다.

우리 둘은 발코니 쪽으로 난 거실에 마주 앉았다. 센티스가 다시 한번 명함을 꼼꼼히 살펴보았다.

"그런데 콜베니크는 뭣하러 찾는 거요?" 그가 물었다.

나는 처음 공원묘지에 갔던 일부터 그날 아침 검은 옷을 입은 이상한 여자가 프란시아 역에 나타났던 것까지 자초지종을 모두 말해버리기로 했다. 센티스 씨는 초점 잃은 눈으로 내가 하는 말을 들었다. 아무런 감정의 동요도 보이지 않았다. 이야기가 끝나고도 한동안 불편한 침묵이 감돌았다. 센티스 씨가 가만히 나를 뜯어보았다. 차갑고 날카로운 늑대의 눈빛이었다.

"미하일 콜베니크는 바르셀로나에 정착한 직후, 약 4년간 이 집에 살았었소." 마침내 그가 입을 열었다. "그 양반 책이 아직 몇 권 남아 있는데, 현재로서는 그 양반과 관계된 건 그 책들이 전부요."

"그럼 현주소를 알고 계신가요? 어딜 가면 만날 수 있을까요?"

센티스 씨가 웃었다.

"지옥에나 가면 만날 수 있겠지."

나는 이해할 수 없다는 표정으로 그를 바라보았다.

"미하일 콜베니크는 1948년에 죽었으니까."

그날 아침 벤하민 센티스 씨가 해준 설명에 따르면, 미하일 콜베니크가 바르셀로나에 입성한 건 1919년 말쯤이었다. 당시 그의 나이는 스물 남짓이었다. 콜베니크는 프라하 태생이었는데, 전쟁으로 폐허가 되어버린 고향을 떠나 이곳으로 온 것이었다. 그는 스페인어도 할 줄 몰랐고, 바르셀로나에서 쓰는 카탈루냐어도 할 줄 몰랐다. 대신 프랑스어와 독일어는 유창하게 구사할 수 있었다. 돈도 친구도 지인도 없는 상황에서 바르셀로나는 그에게 험난하고 적대적인 타향일 수밖에 없었다. 바르셀로나에서 맞이한 첫날 밤, 그는 추위를 피하려고 어느 집 문간에서 잠을 청했다가 잡혀가 철창신세를 지게 되었는데, 감방에 함께 갇힌 절도범과 방화범에게 몰매를 맞고 말았다. 콜베니크 같은 외국인들 때문에 이 나라에까지 전쟁의 파도가 몰려온다는 이유에서였다. 갈비뼈 세 대가 나가고 타박상에 내부 장기까지 손상을 입었지만, 그래도 이런 부상은 시간이 지나면 치유될 수 있는 상처였다. 문제는 왼쪽 귀의 청력을 영영 잃고 만 것이었다. 신경계에 손상을 입어 어쩔 수 없다고 의사들은 말했다. 시작부터 영 좋지가 않았다. 하지만 콜베니크는 처음부터 최악이면 더 나빠질 것도 없는 법이라고 늘 되뇌었다. 그리고 그로부터 10년 후, 미하일 콜베니크는 바르셀로나에서도 가장 부유하고 힘 있는 재력가 중 한 사람으로 우뚝 서게 되었다.

교도소 보건실에서 치료를 받는 동안 그는 훗날 가장 가까운 친구가 되는 영국 태생의 젊은 의사 조앤 셸리를 만났다. 셸리 박사는 독일어를 할 줄 알았고, 무엇보다 스스로 경험해보았기 때문에 외국인으로서 이곳 타향에서 겪는 외로움이 어떤 것인지 충분히 이해했다. 박사 덕분에 콜베니크는 교도소에서 나가면서 '벨로 그라넬'이라는 작은 회사에 일자리를 얻게 되었다. 벨로 그라넬은 정형외과 기구와 의족을 만드는 회사였다. 모로코에서의 분쟁과 유럽에서 벌어지는 세계대전으로 이런 상품과 관련된 시장이 한창 커지던 시기였다. 은행장이나 장관, 군 장성, 주식 투자자, 사제가 되는 것보다 전장에서 싸우는 것을 더 큰 영광으로 여겼던 수많은 젊은이들이 자유와 민주주의의 이름으로, 그리고 제국과 민족과 이념의 깃발 아래 싸우다가 사지가 잘리고 평생 불구가 되어 돌아왔다.

벨로 그라넬의 작업장은 보르네 시장 인근에 자리잡고 있었다. 작업장 내부 진열실에 늘어선 의수와 의안, 의족, 인공 관절 들을 보고 있노라면 인간의 신체가 얼마나 약한지 새삼 깨닫게 되었다. 급여는 그리 많지 않았지만, 회사에서 추천해준 덕분에 미하일 콜베니크는 프린세사 거리의 아파트를 숙소로 잡을 수 있었다. 책벌레였던 그는 불과 1년 반 만에 스페인어와 카탈루냐어를 제법 잘 구사할 수 있게 되었다. 아울러 타고난 총명함과 재능으로 짧은 시간에 벨로 그라넬에서 꼭 필요한 인재가 되었다. 콜베니크는 의학과 외과학, 해부학에 조예가 깊었다. 그는 공기 압력을 이용해 의족과 의수를 끼고도 관절을 움직일 수 있는 혁신적인 장치를 개발해냈다. 그 장치는 근육의 자극에도 반응하여 환자들에게 전에 없는 가동성을 부여해주었다. 이 장치들로 벨로 그라넬은 동종 업계 최고의 자리에 오르게 되었다. 하지만 이것은 첫걸음에 불과했다. 이런 놀라운 발전을 이룩하고도 콜베니크의 설계 책상에는 불이 꺼지는 날이 없었다. 마침내 그는 제품 개발실 실장으로 임명되었다.

몇 달 후, 끔찍한 사고가 발생하면서 콜베니크의 능력이 시험대에 올랐다. 벨로 그라넬 창립자의 외아들이 공장에서 큰 사고를 당했는데, 용의 목이 잘려나가듯 유압 압착기에 두 손이 싹둑 잘려버린 것이다. 콜베니크는 몇 주 동안 밤낮없이 작업에 몰두해서 나무와 금속과 유리를 이용해 새로운 의수를 제작했다. 팔의 근육과 힘줄을 자극해서 손가락까지 움직일 수 있는 제품이었다. 콜베니크는 전기로 팔의 신경을 자극함으로써 관절을 움직이게 하는 기술을 적용했다. 사고 발생 4개월 만에 창립자의 아들은 의수를 장착하고 물건을 집거나 담배에 불을 붙이거나 다른 사람의 도움 없이 셔츠 단추를 채울 수 있게 되었다. 모두들 콜베니크가 상상을 뛰어넘는 엄청난 개가를 올렸음을 인정했다. 칭찬에 도취된 삶과는 거리가 먼 콜베니크는 이번 일도 새로운 기술개발의 일환일 뿐이라고 말했다. 그의 노고에 대한 대가로 벨로 그라넬의 창업자는 그를 전무이사로 승진시킴과 동시에 주식 상당 부분을 증여해, 자신의 모든 재능을 다 바쳐 회사에 헌신한 그를 명실상부한 사주의 일원으로 삼았다.

콜베니크의 진두지휘 아래 벨로 그라넬은 새로운 방향으로 나아가기 시작했다. 콜베니크는 제품을 다각화하고 시장을 확대해나갔다. 그리고 회사 로고로 날개를 활짝 편 검은 나비 형상을 채택했다. 그 문양이 어떤 의미를 지니는지는 콜베니크가 그 누구에게도 말하지 않아 알 수 없었지만 말이다. 회사가 점점 성장하면서 새로운 장치, 즉 관절이 있는 의수 및 의족, 순환계용 판막, 골섬유를 비롯해 무수한 독창적 제품들을 시장에 선보였다. 티비다보의 놀이동산에는 콜베니크가 오락 및 체험놀이용으로 고안한 로봇 인형들이 배치되었다. 벨로 그라넬의 제품들은 유럽 전역과 아메리카, 아시아에까지 수출되었다. 회사 주가가 솟구치고 덩달아 콜베니크의 개인 자산도 엄청나게 늘어났다. 그런데도 그는 처음 자리잡았던 프린세사 거리의 자그마한 보금자리를 떠나지 않았다. 그의 말로는 굳이 이사를 해야 할 필요가 없기 때문이라고 했다. 어차피 독신인데다 생활 습관도 단순했고, 아파트가 좁다지만 그가 소장한 장서들을 보관하는 데에는 부족함이 없기 때문이었다.

그런데 체스판 위에 새로운 말 하나가 등장하면서 모든 것이 바뀌고 말았다. 레알 극장에서 성황리에 공연되고 있는 오페라의 간판스타, 에바 이리노바였다. 러시아 태생의 그녀는 이제 열아홉 살이었다. 풍문에 따르면 어찌나 미모가 빼어난지 파리와 빈을 비롯한 각지에서 그녀 때문에 청년 여럿이 목숨을 끊었다고 했다. 에바 이리노바의 곁에는 항상 세르게이 글라주노프와 타티아나 글라주노프라는 정체를 알 수 없는 쌍둥이 남매가 붙어 있곤 했다. 글라주노프 남매는 에바 이리노바의 대리인 겸 후견인으로 행세했다. 일설에 따르면 세르게이와 나이 어린 디바가 연인 관계라고도 했고, 음산한 분위기를 풍기는 타티아나는 밤마다 레알 극장 무대에 마련된 무덤 속 관에 들어가 잠을 잔다는 이야기도 있었으며, 세르게이가 로마노프 왕가 살해범 중 하나라는 소문, 에바가 망자의 영혼과 소통하는 신통력이 있다는 소문도 있었다. 한마디로 바르셀로나 전체를 쥐락펴락하는 아름다운 여인 이리노바의 명성 뒤에서 황당하기 그지없는 악성 소문들이 꼬리에 꼬리를 물고 퍼져나가고 있었던 것이다.

이리노바의 명성은 콜베니크의 귀에까지 들어갔다. 호기심이 동한 콜베니크는 어느 날 온갖 소문을 몰고 다니는 아가씨의 정체도 확인해볼 겸 극장을 찾았다. 그리고 한눈에 그녀에게 반해 버리고 말았다. 그날 이후 이리노바의 분장실은 말 그대로 장미 정원으로 탈바꿈했다. 자신의 연정을 드러낸 지 두 달 만에 콜베니크는 칸막이가 있는 특별석을 통째로 임대했다. 그리고 매일 밤 황홀한 표정으로 열망하는 여인의 공연을 감상했다. 그런 그의 행동은 두말할 것 없이 도시 전역의 가십거리가 되었다. 콜베니크는 급기야 휘하의 변호사들을 불러 기업가 다니엘 메스트레스에게 제안을 넣도록 지시했다. 그가 소유하고 있던 낡은 레알 극장을 사들이기 위해서였다. 그 일로 콜베니크는 제법 큰돈을 대출받기도 했다. 그는 극장을 토대부터 완전히 새롭게 고쳐 유럽 최고의 무대로 바꿔버리고 싶었다. 온갖 첨단 시설을 다 갖춘 멋진 극장을 만들어 사랑하는 에바 이리노바에게 헌정하고 싶었다. 그가 워낙 좋은 값을 제시했기 때문에 극장 주인은 건물을 양도하기로 했다. 극장 개조 프로젝트에는 '레알 대극장 사업'이라는 이름이 붙었다. 그리고 바로 다음날, 콜베니크는 완벽한 러시아어로 에바 이리노바에게 청혼했다. 그녀는 청혼을 받아들였다.

두 사람은 결혼식을 치른 후 콜베니크가 구엘 공원 인근에 건축중인 꿈의 저택에 신혼살림을 차리기로 했다. 콜베니크는 자신이 직접 기초 설계를 한 초호화 주택의 설계도를 '수니에르, 발셀스, 바로' 건축사무소에 넘겨준 상태였다. 일설에 따르면 바르셀로나 역사상 이렇게 큰돈을 들여 개인 저택을 지은 예는 지금까지 없었다고 한다. 문제는 이런 아름다운 사랑 이야기에 세상 모두가 박수를 보내는 건 아니라는 점이었다. 벨로 그라넬의 동업자는 콜베니크가 여자에 지나치게 집착하는 게 마땅찮았다. 레알 극장을 세계 8대 불가사의로 환골탈태시키려는 이 정신 나간 프로젝트에 회사 공금이 유용된 건 아닌지 걱정하는 것은 물론이었다. 그도 그럴 것이, 콜베니크가 너무 무리한 일들을 벌이고 있다는 소문이 이미 도시 전역에 자자했기 때문이었다. 일각에서는 이번 일에 지나치게 심취하는 그를 두고 과거 행적과 자수성가한 과정에 대해서까지 의문을 제기하기에 이르렀다. 그나마 이런 소문들이 언론에 실리지 않았던 것은 모두 벨로 그라넬 법무팀의 일사불란한 노력 덕분이었다. 콜베니크는 늘 말했었다. 돈으로 행복을 살 수는 없지만 행복을 제외한 다른 모든 것들은 살 수 있는 법이라고.

한편, 그동안 에바 이리노바를 지켜온 음산한 분위기의 쌍둥이 남매 세르게이와 타티아나는 미래가 위태로워지게 되었다. 새로 짓고 있는 호화 저택에도 그들을 위한 방은 마련되지 않았다. 그들 쌍둥이 남매와 어떤 식으로든 문제가 생길 것을 예상한 콜베니크는 큰돈을 제시하며 이리노바와의 모든 계약을 해지하자고 제안했다. 그리고 이 나라를 떠나 다시는 돌아오지 않을 것과, 두 번 다시 에바 이리노바와 연락하지 않을 것을 약속하라는 조건을 달았다. 콜베니크의 제안에 세르게이는 불같이 화를 내며 단호히 거절했다. 그리고 절대 가만두지 않겠노라고 호언장담했다.

다음날 새벽, 세르게이와 타티아나가 집을 나서 산트 파우 거리로 나가려던 참에 지나가던 마차에서 총탄이 빗발치듯 날아오는 사건이 터졌다. 두 사람은 겨우 목숨을 부지했다. 사건은 무정부주의자들의 소행으로 무마되었다. 그리고 일주일 후, 쌍둥이 남매는 에바 이리노바를 자유롭게 놓아주고 이 땅에서 영원히 사라지겠다는 각서에 서명했다. 미하일 콜베니크와 에바 이리노바의 결혼식 날짜는 1935년 6월 24일, 장소는 바르셀로나 대성당으로 정해졌다.

국왕 알폰소 13세의 대관식에 필적할 만큼 성대한 결혼식이 열리는 날 아침, 날씨는 화창했다. 성당 인근의 거리는 화려하고 장엄한 결혼식을 구경하기 위해 몰려든 사람들로 북적였다. 에바 이리노바는 그 어느 때보다도 아름다웠다. 성당 계단에 자리 잡은 리세오 오케스트라가 연주하는 바그너의 〈결혼행진곡〉에 맞춰, 신랑 신부는 계단 아래 대기하고 있는 마차를 향해 걸어갔다. 백마가 이끄는 마차까지 불과 몇 미터 앞둔 순간, 웬 남자가 안전선을 뚫고 두 사람을 향해 돌진했다. 사람들이 비명을 질러댔다. 뒤돌아선 콜베니크의 눈앞에 세르게이 글라주노프의 핏발 선 눈동자가 보였다. 그리고 그 현장을 목격한 사람 모두가 평생 잊지 못할 끔찍한 광경이 벌어졌다. 세르게이가 유리병을 꺼내

들더니 그 내용물을 에바 이리노바의 얼굴에 뿌린 것이다. 염산이 신부의 면사포를 태워버렸고 연기가 치솟았다. 처절한 비명이 허공을 갈랐다. 사람들이 혼란에 빠진 사이 염산을 투척한 세르게이는 군중을 뚫고 달아나버렸다.

콜베니크가 신부 옆에 무릎 꿇고 앉아 신부를 꼭 끌어안았다. 에바 이리노바의 얼굴은 물이 번진 수채화처럼 강한 산에 녹아 흘러내리고 있었다. 타버린 양피지처럼 김이 모락모락 피어나는 신부의 얼굴에서는 고기 타는 냄새가 진동했다. 다행히 눈은 다치지 않은 모양이었다. 신부의 두 눈동자에 서린 엄청난 고통과 공포를 그대로 읽을 수 있었다. 콜베니크는 두 손으로 부지런히 아내의 얼굴을 닦아냈다. 그러나 하얀 장갑을 낀 손에는 타버린 살점만이 덕지덕지 묻어났고, 독한 염산이 장갑까지 구멍 내버렸다. 결국 에바는 정신을 잃고 말았다. 그녀의 얼굴에 남아 있는 건 아직 붙어 있는 살점과 뼈로 이루어진 그로테스크한 가면뿐이었다.

재건축이 완료된 레알 극장은 끝내 문을 열지 못했다. 비극의 순간이 지난 후, 콜베니크는 구엘 공원 옆에 짓고 있던 미완의 저택으로 아내를 데려갔다. 에바 이리노바는 집 밖으로 한 발짝도 나오지 않았다. 염산은 얼굴도 완전히 뭉개버렸지만 성대에도 손상을 입혔다. 들리는 소문에 따르면 두 부부는 각자의 방에 틀어박혀 몇 날 며칠을 나오지 않았고, 서로 나눌 이야기가 있으면 메모지에 내용을 적어 교환했다고 한다.

그 무렵 벨로 그라넬의 재정 문제가 불거지기 시작했는데, 그 내용이 염려했던 것보다 훨씬 심각했다. 궁지에 몰렸다고 느낀 콜베니크는 끝내 회사에 모습을 드러내지 않았다. 이상한 병에 걸려 점점 더 집 안에만 숨어 있게 되었다는 소문도 돌았다. 벨로 그라넬의 운영상의 문제점과 과거 콜베니크 스스로 자행한 불법 주식 거래 내용 등이 수면 위로 떠올랐다. 온갖 뒷이야기와 원색적인 비난들이 가공할 폭발력으로 터져나왔다. 그렇게 사랑하는 여인 에바와 함께 저택 안으로 은둔해버린 콜베니크는 어두운 전설의 주인공으로 변모해갔다. 마치 페스트 환자라도 된 양. 정부에서 나서서 벨로 그라넬 재단을 접수해버렸고, 사법당국도 조사에 착수했다. 초기 수사 관련 서류만 해도 천 페이지가 넘는 방대한 분량이었다고 한다.

그 후 몇 년에 걸쳐 콜베니크의 재산은 바닥이 나버리고 말았다. 저택은 어둠에 싸인 폐허의 성곽처럼 변해버렸다. 몇 달이 되도록 급료가 제대로 나오지 않자 일하던 하인들도 떠나버렸다. 끝까지 남은 이는 콜베니크의 개인 운전기사 단 한 사람뿐이었다. 머리털이 쭈뼛 설 법한 온갖 무시무시한 소문들이 퍼지기 시작했다. 콜베니크 부부가 쥐들과 뒤엉켜 살면서 평생을 갇혀 지내게 된 그 무덤 같은 저택 안을 하루 종일 어슬렁거린다는 말도 있었다.

1948년 12월, 끔찍한 화재가 콜베니크의 저택을 태워버렸다. 마타로 시에서도 불길이 보일 정도였다고 일간지 〈엘 브루시〉는 보도했다. 그날의 화재를 목격했던 사람들은 바르셀로나 하늘이 통째로 붉은 캔버스로 변해버린 것 같았고, 다음날 아침에는 도시 전역에 시커먼 재가 내려앉았다고 전했다. 화재 현장에 몰려든 구경꾼들은 말없이 서서 연기만 뿜어내는 흉물스러운 폐허를 지켜보고 있었다. 서로 부둥켜안은 콜베니크와 에바의 시신이 저택 꼭대기 다락방에서 새까맣게 그을린 채 발견되었다. 그 장면을 찍은 사진은 '한 시대의 종말'이라는 제목을 달고 〈라 방과르디아〉 1면에 실렸다.

1949년 초, 바르셀로나는 어느덧 미하일 콜베니크와 에바 이리노바의 이야기를 잊어가고 있었다. 거대한 세상은 시시각각 변해갔고, 벨로 그라넬의 미스터리는 영원히 사라져버린 과거의 전설로 남게 된 것이다.

11

 벤하민 센티스에게서 들은 이야기가 한 주 내내 은밀한 그림자처럼 달라붙어 머릿속을 떠나지 않았다. 생각하면 할수록 뭔가 전체 이야기의 퍼즐이 딱 들어맞지 않는다는 느낌을 떨칠 수 없었다. 어떤 조각이 빠져 있는가 하는 것은 다른 문제였지만. 여하튼 헤르만 아저씨와 마리나가 돌아오기를 초조하게 기다리는 동안 이런 생각이 하루하루 나를 갉아먹고 있었다.
 날마다 오후 수업이 끝나기가 무섭게 나는 마리나의 집으로 달려가 별문제가 없는지 살펴보았다. 카프카는 대문 앞에 앉아 나를 기다리곤 했다. 어떤 날은 앞발 사이에 사냥에서 얻은 전리품이 놓여 있기도 했다. 나는 카프카의 접시에 우유를 따라주고 수다를 떨었다. 말하자면 카프카가 우유를 핥아먹는 동안에 나 혼자서 주저리주저리 이야기를 늘어놓는 것이다. 몇 번인가는 주인 없는 틈을 타 이 저택의 다른 곳도 구경해보고 싶다는 생각이 들기도 했지만 겨우 억눌렀다. 집 안 곳곳에서 마리나의 흔적이 메아리치는 듯했다. 나는 어느새 눈에 보이지도 않는 마리나의 온기와 더불어 텅 빈 집에서 저녁을 맞는 데 익숙해졌다. 주로 초상화들이 걸려 있는 커다란 방에 앉아, 15년 전에 헤르만 블라우가 아내를 모델 삼아 그린 작품들을 몇 시간이고 감상하곤 했다. 그림 속에서 어른이 된 마리나의 모습이, 이미 여인이 되어가고 있는 마리나의 모습이 보였다. 나도 언젠가 이처럼 가치 있는 무언가를 창조해낼 수 있을지 궁금해졌다. 그 가치가 무엇이건 간에.

일요일, 나는 프란시아 역에 못 박힌 듯 서 있었다. 마드리드발 고속열차가 도착하려면 아직 두 시간이나 남아 있었다. 이따금 역사 안을 어슬렁거리기도 했다. 둥그런 돔 천장 아래서 기차들과 낯모르는 사람들이 마치 순례자처럼 서로 만나고 헤어졌다. 항상 나는 오래된 기차역이야말로 세상에 남아 있는 몇 안 되는 마법의 공간 중 하나라고 생각해왔다. 오래된 기차역에서는 추억이라는 환영과 이별, 돌아올 수 없는 머나먼 곳으로의 숱한 떠남이 한데 어우러지기 때문이다. 나는 생각했다. '혹 언젠가

내가 어딘가로 사라져버린다면, 기차역에서 나를 찾을 수 있겠지.'

멍하니 생각에 빠져 있던 나는 마드리드에서 오는 기차의 기적 소리에 퍼뜩 정신을 차렸다. 기차가 전속력으로 진입하고 있었다. 철로를 따라 달리던 기차는 요란한 소리를 내며 속도를 줄이더니 묵직한 몸체에 걸맞게 아주 천천히 철로 위에 멈춰 섰다. 이름 모를 승객들이 내리기 시작했다. 승강장을 열심히 둘러보는데 심장이 격렬하게 방망이질쳤다. 수십 명의 낯선 얼굴들이 내 앞을 스쳐지났다. 순간 가슴이 덜컹했다. 혹시 날짜를 착각했나? 도착 시간이나 기차역을 잘못 알고 있었던 건 아닐까? 다른 도시 혹은 다른 행성으로 가버린 걸까? 그런데 바로 그때 등뒤에서 귀에 익은 목소리가 들렸다.

"아이쿠, 이게 누군가? 우리 친구 오스카르 군 아닌가! 정말 보고 싶었네."

"저도 그랬습니다." 노화가 헤르만 아저씨의 손을 잡으며 내가 말했다.

마리나도 객차에서 내려서고 있었다. 떠날 때 입었던 바로 그 원피스 차림이었다. 마리나는 나를 보고 아무 말 없이 미소를 지었다. 두 눈이 반짝반짝 빛났다.

"마드리드는 어땠던가요?" 내가 아저씨의 가방을 받아들며 물었다.

"멋지더군. 마지막으로 가봤을 때보다 족히 일곱 배는 커진 것 같았네. 그렇게 계속 팽창하다가는 중부 고원 지대까지 다다르겠던걸."

헤르만 아저씨의 목소리에서 유쾌함과 넘치는 기운이 느껴졌다. 아마도 라파스 병원의 의사 선생님으로부터 희망적인 이야기를 듣고 온 모양이었다. 출구로 걸어가는 동안 아저씨는 어리둥절해하는 역무원을 붙들고 철도 과학이 참 대단한 발전을 이룩한 것 같다는 등의 이야기를 쏟아내고 있었다. 덕분에 잠시 마리나와 단둘이 이야기를 나눌 수 있었다. 마리나가 내 손을 꼭 잡았다.

"갔던 일은 어땠어?" 내가 나지막이 물었다. "아저씨는 기분 좋아 보이시는데."

"아주 잘됐어. 마중 나와줘서 고마워."

"돌아와줘서 나 역시 고마워. 요 며칠 바르셀로나가 텅 빈 것 같더라…… 너한테 할 말이 얼마나 많은지 몰라."

역 앞에 택시가 한 대 멈췄다. 구형 닷지였는데, 엔진이 마드리드발 고속열차보다 더 요란한 굉음을 질러댔다. 람블라스 거리 쪽으로 올라가는 동안 헤르만 아저씨는 창밖으로 지나는 행인들과 시장, 꽃가게 등을 바라보며 행복한 미소를 지었다.

"자네는 어떻게 생각하는지 모르겠지만, 세상 어딜 가도 이렇게 아름다운 거리는 없는 것 같네, 오스카르 군. 뉴욕에 비할 바가 아니지."

마드리드에 다녀오면서 부쩍 생기 넘치고 젊음을 되찾은 듯한 아버지의 말에 마리나가 맞장구를 쳤다.

"내일 쉬는 날 아닌가?" 느닷없이 헤르만 아저씨가 물었다.

"맞습니다."

"그럼 수업이 없겠군……"

"얼마든지 없을 수 있습니다."

아저씨가 너털웃음을 터뜨렸다. 한순간 나는 수십 년 전 소년 헤르만의 모습을 볼 수 있었다.

"그럼 내일 시간 좀 내줄 수 있겠나, 오스카르 군?"

헤르만 아저씨가 부탁한 대로 나는 아침 8시에 이미 그 집에 도착해 있었다. 간밤에는 담임 수사님을 만나 휴일인 월요일에 외출을 허락해준다면 일주일 내내 밤마다 공부 시간을 두 배로 늘리겠다고 약속했다.

"도대체 뭘 하려고 그러는 건지 모르겠구나. 여긴 호텔도 아니지만 그렇다고 감옥도 아니다. 다만 네 행동에 대해 너 스스로가 책임을 져야겠지……" 세기 수사님이 의심의 눈초리를 던졌다. "잘 생각하고 행동하도록 해라, 오스카르."

사리아 저택에 도착해보니 마리나는 주방에서 점심으로 먹을 샌드위치와 음료를 담은 보온병을 소풍 바구니에 넣고 있었다. 카프카는 입맛을 다시며 마리나의 뒤를 조심스럽게 따라다니고 있었다.

"어디 가는 거야?" 내가 물었다.

"안 가르쳐주지!" 마리나가 대답했다.

잠시 후 헤르만 아저씨가 유쾌하고 신이 난 얼굴로 나타났다. 1920년대 자동차 경주에서나 입을 법한 옷차림이었다. 내게 악수를 청한 뒤 아저씨는 차고에 가서 자신을 좀 도와줄 수 있겠느냐고 했다. 나는 고개를 끄덕였다. 사실 이 고택에 차고가 있다는 것도 그때 처음 알았다. 아저씨와 집을 빙 둘러 가보니 차고가 세 개나 있었다.

"자네와 함께 가게 되어 참 좋네, 오스카르 군."

헤르만 아저씨는 세번째 차고 앞에서 멈춰 섰다. 작은 집채만 한 차고 문은 담쟁이덩굴로 덮여 있었다. 지렛대를 젖히자 요란한 소리를 내며 문이 열렸다. 먼지구름이 어두컴컴한 주차장을 가득 메웠다. 족히 20년은 닫혀 있었던 것 같았다. 차고 안에는 낡은 오토바이 부품과 녹슨 연장들, 쌓여 있는 상자들이 페르시아 양탄자 같은 두툼한 먼지를 뒤집어쓰고 있었다. 그리고 그 먼지 속에 큼지막한 잿빛 텐트 천으로 덮인 물체가 어슴푸레 보였다. 자동차인 듯싶었다. 아저씨가 그 덮개 한 귀퉁이를 붙잡더니 내게도 한쪽을 잡으라고 했다.

"하나, 둘, 셋 하면 당기는 거야."

아저씨의 신호에 맞춰 우리 둘은 덮개를 힘껏 잡아당겼다. 마치 결혼식에서 신부의 베일이 걷히듯 덮개가 벗겨졌다. 먼지구름이 가라앉자 나뭇잎 사이로 스며든 희미한 햇살에 덮개로 가려졌던 물체가 모습을 드러냈다. 50년대에 거리를 활보하던 화려한 와인빛 터커가 크롬 도금이 된 타이어를 장착한 채 그 시커먼 동굴 속에 잠들어 있었다. 내가 놀란 표정으로 헤르만 아저씨를 쳐다보자 아저씨는 의기양양한 미소를 지었다.

"요즘 차들하고는 좀 다르지, 오스카르 군?"

"움직이기는 할까요?" 언뜻 보기에도 박물관에나 가져다놓아야 할 듯싶은 구식 자동차를 쳐다보며 내가 물었다.

"이게 이래 봬도 터커네, 오스카르 군. 움직이는 정도가 아니라 힘차게 달릴 걸세."

한 시간 뒤, 우리는 해안도로를 달리고 있었다. 핸들을 잡은 헤르만 아저씨는 초창기 자동차 경주 선수 같은 차림으로 환한 미소를 띠고 있었다. 마리나와 나는 나란히 앞좌석에 앉았고, 카프카는 뒷좌석을 혼자 차지한 채 편안히 잠들어 있었다. 많은 자동차들이 우리 차를 앞질러 갔는데, 그 차에 탄 사람들은 터커를 돌아보며 놀라움과 감탄을 드러냈다.

"격조만 있으면 속도 같은 건 별로 중요하지 않은 법이지." 헤르만 아저씨가 말했다.

자동차가 블라네스 인근을 지날 때까지도 나는 여전히 우리의 목적지가 어디인지 알지 못했다. 헤르만 아저씨가 어찌나 운전에 열중하는지 행선지를 물어보기가 힘들었다. 아저씨는 평소와 마찬가지로 무척 점잖게 운전했다. 심지어 지나가는 개미한테도 길을 양보할 기세였다. 아저씨는 거리의 행인들과 자전거를 탄 사람들, 오토바이를 탄 무장경찰들까지 만나는 모든 이에게 인사를 건넸다. 블라네스를 지나자 이정표에 '토사 데 마르'라는 해안 마을 이름이 나왔다. 아마 토사 성으로 가는 모양이라고 생각하는 순간, 터커가 마을 쪽으로 가더니 곧이어 해안을 따라 난 좁다란 도로로 접어든 뒤 곧장 북쪽으로 달렸다. 그 길은 도로라기보다는 하늘과 낭떠러지 사이에 매달린, 수백 번 휘어진 가느다란 리본 같아 보였다. 가파른 절벽 가장자리를 따라 난 우거진 소나무 가지 사이로 푸르른 바다가 보였다. 100여 미터 아래로는 열 개쯤 되는 굽이와 모래톱이 토사 데 마르와 푼타 프리마 사이를 가로지르는 비밀 통로를 형성하고 있었고, 거기서 다시 20여 킬로미터 떨어진 곳에는 산트 펠리우 데 긱솔스 항구가 자리잡고 있었다.

20분쯤 지나 헤르만 아저씨가 자동차를 길가에 세웠다. 마리나가 날 바라보았다. 목적지에 다다랐다는 뜻이었다. 모두 차에서 내리는데, 카프카가 마치 잘 아는 동네인 양 소나무 숲으로 뛰어들어갔다. 헤르만 아저씨가 터커가 자칫 비탈길 아래로 굴러내려가지 않도록 제대로 주차시키는 동안, 마리나는 바다를 향해 경사지며 펼쳐진 백사장으로 걸어나갔다. 나는 마리나와 함께 풍광을 지켜보았다. 발아래 펼쳐진 반달 모양의 백사장 위로 맑고 푸른 바닷물이 혀를 널름거리며 밀려왔다 밀려가곤 했다. 저 멀리 바위와 어우러진 모래사장이 활처럼 휘어진 지형을 그리며 푼타 프리마로 이어지고 있었고, 그 위로는 산트 엘름 수도원이 산꼭대기의 파수꾼처럼 우뚝 솟아 있었다.

"자, 가자." 마리나가 말했다.

마리나를 따라 소나무 숲을 걸었다. 오솔길은 오래도록 버려져 온통 관목으로 뒤덮인 고택의 정원을 가로질러 나 있었다. 그곳에서부터 바위를 깎아 만든 돌계단이 금빛 모래사장까지 나 있었다. 갈매기떼가 우리를 발견하고는 하늘 위로 높이 날아오르더니 저만치 백사장 한쪽에 빛과 바다와 바위로 지은 성당처럼 우뚝 솟아 있는 낭떠러지 쪽으로 날아갔다. 바다는 더없이 맑고 깨끗해 물속 모래의 결까지 전부 들여다보일 정도였다. 그 물 한가운데 불쑥 튀어나온 바위는 마치 난파선의 뱃머리 같았다. 진한 바다 냄새가 풍겨왔고, 바람결에 소금기가 느껴졌다. 마리나의 시선은 흐릿한 은빛으로 빛나는 수평선 저 너머를 향해 있었다. 마리나가 말했다.

"여기가 세상에서 내가 제일 좋아하는 곳이야."

마리나는 절벽을 따라 굽이진 해안 곳곳을 구경시켜주었다. 나는 금방이라도 미끄러져 머리가 깨지거나 바닷속으로 떨어져 버릴 것만 같았다.

"난 산양이 아니라구." 내가 항변하듯 말했다. 밧줄도 없이 등반에 나서는 건 상식적이지 않음을 알려줄 겸.

하지만 마리나는 내 말 따위는 들은 척도 않고 반질반질한 절벽을 올라가거나, 마치 돌로 굳어진 고래가 물을 뿜어내는 듯한 형상의 바위 구멍들을 딛고 올라갔다. 나는 자존심이고 뭐고 생각할 여력이 없었다. 중력의 법칙이 언제 내게 작용할지 알 수 없었기 때문이다. 그런데 그런 기우가 현실로 변해버리기까지는 그리 오랜 시간이 걸리지 않았다. 마리나가 바위틈에 난 동굴을 탐사해보겠다며 저쪽 편에 솟아오른 바위섬으로 펄쩍 뛰어 건너갔다. 마리나가 할 정도면 나도 못 할 것 없겠다는 생각이 들었다. 그런데 순식간에 두 다리가 지중해 속으로 풍덩 빠져버리고 말았다. 나는 추위와 창피함에 온몸을 덜덜 떨었다. 마리나가 놀란 눈으로 바위 위에서 날 보고 있었다.

"괜찮아. 다치지 않았어." 내 목소리는 신음에 가까웠다.

"춥지?"

"글쎄?" 내가 더듬더듬 둘러댔다. "견딜 만해."

마리나가 미소를 짓더니 놀란 빛이 역력한 내 눈앞에서 하얀 원피스를 벗고는 물속으로 뛰어들었다. 잠시 후 마리나는 내 옆에서 웃고 있었다. 이 추운 겨울에 이런 행동을 하다니, 완전히 미친 짓이었다. 하지만 나도 그대로 따라하기로 했다. 우리는 열심히 팔다리를 저어가며 수영을 하다가 쏟아지는 햇살에 미지근히 데워진 바위 위에 누웠다. 심장박동이 관자놀이에서 요란하게 느껴졌는데, 얼음장처럼 차가운 물 때문인지 물에 젖은 속옷 너머로 훤히 들여다보이는 마리나의 몸매 때문인지 알 수가 없었다. 마리나가 내 시선을 느꼈는지 일어나 바위 위에 펼쳐놓았던 옷을 입으러 갔다. 나는 바위 사이를 이리저리 빠져나갈 때 물기 어린 마리나의 근육 하나하나가 긴장되고 이완되는 모습을 지켜보았다. 입맛을 다시니 입술에서 짭짤한 소금기가 느껴졌다. 갑자기 허기가 밀려왔다.

우리는 아무도 오지 않는 그 백사장에서 바구니에 넣어가지고 온 샌드위치를 먹으며 오후 내내 놀았다. 마리나는 소나무 숲 사이로 보이는 폐허가 되어버린 빈집 주인에 대한 기이한 이야기를 들려주었다.

원래 그 집은 네덜란드 출신 여성 작가의 집이었다고 한다. 그 작가는 점점 눈이 멀어가는 희귀병에 걸렸는데, 장차 자신에게 닥칠 운명을 예견하고 절벽 위에 그 집을 짓고는 은둔 생활을 하며 시력을 완전히 상실하는 그날까지 날마다 해변에 나와 앉아 바다를 바라보았다고 한다.

"저기 저 집에서 독일산 개 사차만 데리고 책에 둘러싸인 채 살았어." 마리나가 말했다. "그러다가 결국 시력을 완전히 잃고 말았지. 이제 더이상 바다 위로 떠오르는 태양을 볼 수 없다는 걸 알고, 그 작가는 늘 인근에 배를 정박시키는 어부들을 찾아가 사차를 부탁했어. 그리고 며칠 후, 동틀녘에 보트를 타고 노를 저어 바다로 들어갔지. 그날 이후로 작가의 모습을 끝내 다시 볼 수 없었고."

딱히 특별한 이유가 있는 건 아니었지만, 어쩐지 마리나가 들려준 네덜란드 작가 이야기가 다 꾸며낸 이야기라는 느낌이 들었다. 그렇게 말했더니 마리나가 대답했다.

"때로 진짜 사실감 넘치는 이야기들은 상상 속에서만 일어날 뿐이야, 오스카르. 사람들은 실제로 일어나지 않았던 일들만 기억하는 법이지."

헤르만 아저씨는 얼굴 위에 모자를 올려놓고 잠들어 있었다. 발치에서 카프카도 자고 있었다. 마리나가 슬픔에 젖은 눈길로 아버지를 바라보았다. 아저씨가 자는 사이 우리는 손을 잡고 해변 반대편으로 걸어갔다. 그리고 오랜 세월 파도에 스쳐 반들반

들해진 바위 위에 나란히 앉았다. 나는 마리나가 없는 동안 있었던 일들에 대해 이야기했다. 프란시아 역에 나타났던 검은 옷을 입은 이상한 여자 이야기부터 시작해서 벤하민 센티스가 들려준 미하일 콜베니크와 벨로 그라넬 이야기까지 하나도 빠짐없이. 물론 폭풍우가 몰아치던 밤 사리아 고택에서 보았던 그 괴기스러운 형상에 대한 이야기도 잊지 않았다. 마리나는 발치까지 밀려왔다 다시 밀려나가는 파도를 멍한 표정으로 응시한 채 내 이야기를 들었다. 그렇게 우리는 저 멀리 보이는 산트 엘름 수도원을 바라보며 한참을 말없이 앉아 있었다.

"라파스 병원의 의사 선생님은 뭐라셔?" 한참 후에 내가 물었다.

마리나가 고개를 들었다. 어느덧 해가 저물기 시작했고, 호박색 노을이 눈물로 촉촉하게 젖은 마리나의 눈동자를 물들이고 있었다.

"얼마 남지 않았대……"

돌아보니 저만치서 헤르만 아저씨가 우리를 보며 손을 흔들고 있었다. 명치끝이 아리면서 식도 한가운데 뭐가 걸리기라도 한 듯 목이 메어왔다.

"아빠는 모르셔. 그냥 모른 채 계시는 게 나을 것 같아서."

다시 마리나를 바라보니 힘을 내야지 하는 표정으로 재빨리 눈물을 훔치고 있었다. 나는 그애의 얼굴을 뚫어져라 쳐다보는 나 자신에게 놀랐다. 그리고 도대체 어디서 그런 용기가 솟아난 건지, 나도 모르게 고개를 살짝 숙이며 마리나의 입술을 찾았다. 그런데 마리나가 손가락을 내 입술 위에 가져다대며 부드럽게 입맞춤을 거부했다. 그리고 잠시 후 일어서더니 혼자 저만치 걸어가기 시작했다. 한숨이 나왔다.

나도 일어나 헤르만 아저씨에게로 갔다. 가까이 다가가보니 아저씨가 작은 스케치북을 들고 뭔가를 그리고 있었다. 듣기로는 꽤나 여러 해 동안 연필도 붓도 잡지 않았다고 했는데…… 헤르만 아저씨가 고개를 들고 나를 보며 미소지었다.

"닮았는지 한번 봐주겠나, 오스카르 군?" 아저씨가 스케치북을 내밀며 쾌활하게 말했다.

헤르만이 연필로 스케치한 대상은 바로 마리나였다. 종이 위 마리나의 얼굴은 놀랄 만큼 완벽했다.

"와! 놀라운걸요!" 내 입에서 감탄이 터져나왔다.

"마음에 드나? 그랬으면 좋겠는데."

저쪽 해안가에 가만히 앉아 바다를 응시하는 마리나의 모습이 눈에 들어왔다. 헤르만 아저씨는 잠시 딸을 바라보더니 다시 시선을 내게로 돌렸다. 그리고 스케치북에서 그림을 떼어내고는 내게 내밀었다.

"자네한테 주는 선물이네, 오스카르 군. 내 딸 마리나를 언제나 기억해달라는 의미에서."

돌아오는 길에 바라본 바다는 노을에 물들어 마치 구리가 녹아 있는 물웅덩이 같았다. 헤르만 아저씨는 미소 띤 얼굴로 끊임없이 과거 낡은 터커를 몰고 다니던 시절의 일화들을 늘어놓았다. 마리나는 아버지의 이야기에 귀기울이다가 가끔씩 웃음을 터뜨리기도 하면서 드러나지 않는 절묘한 솜씨로 이야기가 지속되도록 했다. 나는 입을 꾹 다물고 있었다. 눈은 유리창을 향하고 있었지만, 영혼은 주머니 속 깊은 곳에 넣어두었던 것이다. 한참을 가는데 마리나가 말없이 내 손을 잡더니 두 손으로 꼭 감싸쥐었다.

바르셀로나에 도착했을 때는 벌써 밤이었다. 헤르만 아저씨가 기숙학교 정문 앞까지 태워다주었다. 철책 앞에 터커를 세운 아저씨는 악수를 청했다. 마리나도 차에서 내려 나와 함께 정문 안까지 들어갔다. 마리나와 함께 있다는 것만으로도 입안이 바싹바싹 말랐고, 이 상황에서 어떻게 헤어져야 하는지 알 길이 없었다.

"오스카르, 혹시 오늘……"

"괜찮아."

"오스카르, 이해하기 힘들겠지만……"

"그래, 이해 못 해." 내가 말허리를 잘랐다. "잘 가."

나는 휙 돌아서 얼른 정원 쪽으로 달아나려고 했다.

"잠깐만!" 철문 앞에 선 마리나가 말했다.

나는 가다 말고 연못가에 멈춰 섰다.

"오늘이 내 평생 가장 행복했던 날이었다는 것만은 기억해주기 바랄게." 마리나가 말했다.

무어라 대답하려 했지만 이미 마리나는 돌아선 뒤였다.

방으로 향하는 계단을 올라가는데 마치 납으로 만든 묵직한 갑옷이라도 입은 듯한 느낌이었다. 친구들 몇을 만났는데, 하나같이 처음 보는 사람인 양 나를 흘끔거렸다. 아마도 내가 툭하면 어딘가로 사라져버린다는 소문이 학교에 쫙 퍼진 모양이었다. 하지만 난 개의치 않았다. 복도 한구석 탁자 위에 놓인 신문을 집어들고 방으로 들어온 나는 신문을 가슴 위에 올려놓고 침대에 드러누웠다. 복도에서 아이들이 수군거리는 소리가 들렸다. 스탠드를 켜고 나에게는 비현실적 세계인 신문 속으로 빠져들었다. '마리나'라는 이름이 줄마다 쓰여 있는 것 같았다. '곧 괜찮아질 거야.' 스스로에게 주문을 걸었다. 잠시 후 언제나처럼 신문 기사를 읽어내려가자 마음이 진정되었다. 남의 문제에 몰두하는 것만큼 내 문제를 잊어버릴 수 있는 좋은 방법도 없다. 전쟁, 사기, 살인, 부정부패, 미담, 축제, 축구. 세상은 여전히 아무런 변화 없이 돌아가고 있었다. 나는 한결 차분해진 마음으로 신문 기사에 몰두했다. 처음에는 눈에 띄지 않았다. 아주 작은, 불과 몇 줄짜리 단신이었으니까. 나는 펼쳐든 신문을 반으로 접고는 일어나 스탠드 앞에 앉았다.

고딕 지구 하수도 수로에서 시신 한 구 발견
(바르셀로나) 구스타보 베르세오 기자

금요일 새벽, 시우타트 베야의 하수도망 제4집수장 인근 수로에서 바르셀로나 태생 벤하민 센티스(83세)의 시신이 발견되었다. 이미 1941년에 폐쇄된 이 하수로에서 왜 시신이 발견된 것인지에 대해서는 아직 밝혀진 바 없다. 사인은 심장마비로 확인되었으나, 소식통에 따르면 망자는 두 손이 잘려나가고 없는 상태였다고 한다. 은퇴 후 연금을 받으며 살았던 벤하민 센티스는 1940년대 저명인사로, 벨로 그라넬 스캔들에 연루된 바 있으며, 동 기업의 대주주였던 것으로 확인되었다. 최근에는 거의 파산 상태로, 일가친척 하나 없이 프린세사 거리의 작은 아파트에서 조용히 살아왔다.

12

 밤을 꼬박 지새우며 나는 센티스가 했던 말을 곱씹고 또 곱씹어보았다. 그리고 그의 사망 관련 기사를 읽고 또 읽었다. 혹시 행간에 숨겨진 비밀을 찾아내기라도 할까 싶어서였다. 센티스 씨는 자신이 콜베니크와 더불어 벨로 그라넬의 대주주였다는 사실을 내게 숨겼다. 만일 다른 이야기가 모두 진실이라면, 센티스 씨는 창업주의 아들, 즉 콜베니크가 전무이사 자리를 맡았을 당시 회사 지분의 50%를 상속받은 사주의 외아들이었음이 분명했다. 어렵사리 끼워맞췄던 퍼즐의 위치가 이제 온통 뒤바뀌게 되었다. 센티스가 자신이 동업자였다는 내용을 숨긴 이상, 다른 이야기도 진실이라고 믿을 수 없었기 때문이다. 센티스가 한 이야기의 숨은 의미와 그의 사망이 갖는 의미에 대해 고민하는 사이 어느새 아침이 밝아왔다.

화요일 점심시간을 이용해 학교를 빠져나온 나는 득달같이 마리나에게 달려갔다.

이번에도 텔레파시가 통했는지 마리나는 어제 신문을 들고 정원 입구에서 날 기다리고 있었다. 눈빛만으로도 그녀가 센티스 사망 기사를 읽었음을 알 수 있었다.

"그 사람이 네게 거짓말을 했나봐……"

"이젠 죽었고."

마리나는 혹 헤르만 아저씨가 들을세라 집 쪽을 흘낏 돌아보았다.

"잠시 산책하자."

나는 30분 이내에 학교로 돌아가야 한다는 사실을 뻔히 알고 있었지만 그러자고 했다. 우리는 페드랄베스 구역 경계선상에 있는 산타 아멜리아 공원으로 갔다. 한때 대저택이었지만 최근에 재건축을 해 주민센터로 개장한 건물이 공원 한가운데 우뚝 서 있었다. 저택 안의 큼지막한 홀이 지금은 카페로 바뀌어 있었다. 우리는 통유리창 옆자리에 앉았다. 마리나가 큰 소리로 신문 기사를 읽어내려갔다. 나는 이미 그 기사를 거의 외울 정도였다.

"어딜 봐도 살인사건이라는 말은 없어." 마리나가 다소 미심쩍은 표정으로 말했다.

"그렇다고 아니라는 말도 없지. 장장 20년 동안 은둔해 살던

한 노인이 하수도 수로에서 시신으로 발견되었어. 게다가 시신을 버리기 전에 의수마저 떼어내는 장난까지 쳤고……"

"맞아. 살인이 분명해."

"살인 그 이상이라고 봐야지." 내가 날이 선 목소리로 말했다. "도대체 한밤중에 센티스 씨는 폐쇄된 하수로 속에서 뭘 하고 있었던 걸까?"

심드렁한 얼굴로 안쪽에서 컵을 씻고 있던 종업원이 귀를 쫑긋 세웠다.

"목소리 좀 낮춰." 마리나가 속삭였다.

나는 마음을 가라앉히며 고개를 끄덕였다.

"아무래도 경찰에 신고하고, 우리가 알고 있는 내용들을 털어놔야 할 것 같아." 마리나가 말했다.

"알고 있는 게 아무것도 없잖아." 나는 반론을 제기했다.

"그래도 경찰보다는 많이 알 거야. 일주일 전에 낯선 여자가 네게 센티스 씨의 주소와 검은 나비 문양이 찍힌 명함을 줬잖아. 그래서 센티스 씨의 집을 찾아간 거고. 그 사람은 아무것도 모른다면서도, 미하일 콜베니크와 40년 전 온갖 스캔들에 휩싸였던 벨로 그라넬 회사에 대한 이상한 이야기를 해줬어. 왜 그랬는지는 알 수 없지만, 자신도 그 이야기 속 주인공이라는 사실과, 콜베니크가 공장 사고 이후 의수를 만들어준 창업주의 아들이 바로 자신이라는 이야기는 빼먹었지만 말이야. 그러고는 일주일

마리나

만에 하수로 속에서 시신으로 발견되었고……"

"의수는 사라져버린 채 말이야……"

생각해보니 처음 만나러 갔을 때 센티스 씨는 내게 악수를 청하지 않았었다. 경직된 듯 보이던 그의 손을 떠올리니 등골이 오싹해졌다.

"아무튼 간에, 그 온실에 들어간 순간부터 뭔가가 시작된 거야." 내가 기억을 더듬으며 말했다. "그리고 지금은 그 한가운데로 들어선 거고. 그 검은 망토의 여자는 날 노리고 그 명함을 준 거지……"

"오스카르, 그 여자가 정말 널 노린 건지, 그렇다면 그 이유가 뭔지 우린 아무것도 몰라. 심지어 그 여자가 누군지조차도……"

"하지만 그 여자는 우리가 누군지 알고 있어. 우리가 어디에 살고 있는지도. 그 여자는 모든 것을 알고 있다고……"

마리나가 한숨을 내쉬며 말했다.

"그러니까 지금 당장 경찰서에 신고하자. 그리고 최대한 빨리 이 문제를 잊어버리는 거야. 난 이런 일에 얽히는 거 싫어. 더구나 우리가 관여할 일도 아니고."

"공원묘지에서 그 여자 뒤를 밟기로 한 순간부터 우리는 이 일에 관여하게 된 거야."

마리나가 공원으로 눈길을 돌렸다. 두 아이가 부는 바람에 연을 띄워보려고 열심이었다. 아이들에게 시선을 고정한 채 마리나가 느릿느릿 물었다.

"그래서 이제 어쩌려고?"

나는 이제부터 내가 뭘 하려는지 똑똑히 알고 있었다.

 마리나와 내가 온실로 향하는 보나노바 거리로 접어들었을 때, 해는 벌써 사리아 광장의 성당 너머로 뉘엿뉘엿 지고 있었다. 우리는 미리 손전등과 성냥을 챙겨왔다. 이라디에르 거리에서 모퉁이를 돌자 철길을 따라 황량한 골목길이 이어졌다. 나뭇가지 사이로 발비드레라 쪽으로 올라가는 상행 열차 소리가 메아리처럼 울려퍼졌다. 지난번 검은 옷을 입은 여인이 감쪽같이 사라졌던 그 골목길이 나왔다. 그리고 저 안쪽으로 온실이 숨어 있는 철문도 보였다.

 돌길 위에 마른 낙엽들이 수북이 쌓여 있었다. 우거진 풀숲을 헤치고 지나가는 우리 둘 주변에 온통 흐늘거리는 그림자들이 가득했다. 바람결에 잡초 흔들리는 소리가 들리는 가운데 구름 사이로 가끔씩 달이 얼굴을 드러내곤 했다. 밤에 보니 온실을 뒤덮은 담쟁이덩굴 잎은 마치 뱀 비늘 같았다. 우리는 온실 외곽을 빙 돌아 뒷문으로 갔다. 성냥 하나를 켜서 이끼 덮인 콜베니크와 벨로 그라넬의 상징물을 확인했다. 내가 침을 한 번 꼴깍 삼키며 마리나를 돌아봤다. 얼굴색이 창백했다.

"여기 다시 와보자고 한 건 너였어……" 마리나가 말했다.

손전등을 켜자 불그스레한 빛이 온실 입구를 비췄다. 들어서기 전에 주변을 한 번 돌아보았다. 낮에 보았을 때에도 무척이나 괴기스러웠지만, 밤에 보니 그야말로 악몽에나 나올 법한 그런 모습이었다. 손전등 불빛에 바닥에 깔린 각종 잔해가 비쳐 보였다. 내가 앞장서 손전등을 비추며 걸었고, 그 뒤로 마리나가 바짝 따라왔다. 축축하게 젖은 바닥은 걸음을 내디딜 때마다 끽끽 소리를 연발했다. 꼭두각시 인형들이 서로 부딪치면서 내는 괴이한 소리에 모골이 송연했다. 저만치 온실 한가운데서 그림자들이 무더기로 흔들리고 있었다. 얼핏, 지난번 이곳에 왔을 때 인형들을 천장으로 올려놓았었는지 내려둔 채 갔는지가 궁금해졌다. 마리나를 돌아보니 나와 같은 생각을 하고 있었던 모양이다.

"우리가 다녀간 뒤에 분명 누군가 왔던 게 틀림없어……" 마리나가 중간 높이로 매달린 인형들을 가리키며 말했다.

수많은 발들이 흔들거리고 있었다. 누군가가 인형들을 반쯤 내려놓았다고 생각하니 목덜미가 서늘해졌다. 나는 망설일 틈 없이 책상 앞으로 가 손전등을 마리나에게 넘겼다.

"뭘 찾는데?" 마리나가 속삭였다.

나는 책상 위에 놓인 앨범을 가리켰다. 그러고 나서 등에 메고 온 가방 속에 앨범을 집어넣었다.

"그 앨범 우리 거 아니야, 오스카르. 그랬다가 혹시……"

나는 마리나의 만류를 무시한 채 쪼그리고 앉아 책상 서랍을 열어보기 시작했다. 첫번째 서랍에는 잔뜩 녹슨 연장들, 칼, 송곳, 날이 무뎌진 톱 등이 들어 있었다. 두번째 서랍은 텅 비어 있었다. 조그맣고 새까만 거미들이 서랍 안에서 숨을 곳을 찾아 바삐 움직이고 있었다. 서랍을 도로 닫고 세번째 서랍을 열어보았다. 자물쇠가 걸려 있었다.

"왜 그래?" 마리나가 불안한 목소리로 속삭였다.

나는 첫번째 서랍에서 칼을 한 자루 꺼내 자물쇠를 열기 시작했다. 마리나는 등뒤에서 손전등을 높이 들고 비춰주면서 온실 유리벽 위에서 미끄러지며 춤을 춰대는 그림자를 지켜보고 있었다.

"아직 안 됐어?"

"거의 다 됐어. 조금만 기다려봐."

칼끝에 자물쇠가 느껴졌다. 나는 칼로 자물쇠걸이 주변을 파기 시작했다. 바싹 마른데다 이미 썩기 시작한 나무는 큰 힘을 들이지 않아도 쩍쩍 갈라졌다. 나무 갈라지는 소리가 요란하게 울렸다. 갑자기 마리나가 손전등을 바닥에 내려놓으며 내 옆에 웅크리고 앉았다.

"이게 무슨 소리지?" 마리나가 물었다.

"아무것도 아니야. 나무 갈라지는 소리야······"

마리나가 움직이지 말라는 의미로 내 손등에 한 손을 얹었다.

마리나 141

사방에 침묵이 내려앉았다. 내 손 위에 얹힌 마리나의 손이 바르르 떨리는 게 느껴졌다. 그때, 나도 그 소리를 들었다. 머리 위 허공에서 울리는 나무 쪼개지는 소리였다. 공중에 매달린 나무 인형들 사이로 뭔가가 움직이고 있는 것이었다. 두 눈을 마구 비벼 보았다. 주변의 물체들이 막 눈에 들어오기 시작할 무렵, 팔 하나가 흔들거리며 이쪽으로 뻗어오는 게 눈에 띄었다. 허공에 매달려 있던 인형 중 하나가 아래로 내려와 마치 코브라가 기어오듯 꿈틀거리며 다가오는 것이었다. 동시에 다른 인형도 움직이기 시작했다. 나는 쥐고 있던 칼자루를 더욱 힘주어 잡으며 벌떡 일어섰다. 온몸이 떨렸다. 바로 그때, 사람인지 뭔지 모를 무언가가 우리 발치에 놓여 있던 손전등을 휙 채가서는 한쪽 구석으로 던져버렸다. 이제 사방은 칠흑 같은 어둠뿐이었다. 쉭쉭 소리가 가까이 다가오고 있었다.

나는 마리나의 손을 잡고 출구 쪽으로 내달렸다. 허공에 매달려 있던 인형들이 천천히 내려오면서 팔과 다리가 우리 머리에 닿는가 싶더니 옷자락을 붙들고 늘어지기 시작했다. 차가운 금속 손톱이 목덜미에 닿았다. 옆에서 마리나가 비명을 질러댔다. 나는 얼른 마리나를 잡아당겨 내 앞쪽에 놓고는 등을 떠밀며 어둠 속에서 꼭두각시 인형들이 내려앉고 있는 그 지옥 같은 터널을 빠져나가려고 애썼다. 담쟁이덩굴 잎사귀 사이로 스며든 희미한 달빛에 꼭두각시들의 깨진 얼굴과 유리 눈알, 에나멜 치아가 보였다.

　나는 들고 있던 칼을 좌우 사방에 대고 마구 휘둘렀다. 뭔가 딱딱한 몸통 같은 것을 가르는 느낌이 들었다. 끈적끈적한 액체가 손가락을 타고 흘렀다. 뭔가가 마리나를 확 잡아당기는 바람에 손을 놓치고 말았다. 마리나가 공포의 비명을 질렀다. 얼굴에 눈알은 없고 시커먼 눈구멍만 뻥 뚫린 나무 무희 인형이 칼날처럼 날카로운 손가락으로 마리나의 목을 감싸쥐고 있었다. 인형의 얼굴은 죽은 피부로 뒤덮여 있었다. 나는 있는 힘껏 돌진해 인형을 바닥에 쓰러뜨렸다. 그리고 다시 마리나의 손을 붙들고 문을 향해 뛰었다. 목이 떨어져나간 무희 인형이 다시 일어서더니 보이지 않는 줄에 매달린 듯한 두 팔을 앞으로 내밀고 가위질하듯 손가락으로 요란한 쇳소리를 냈다.

　온실 밖으로 나왔지만 앞쪽에서 시커먼 그림자들이 대문으로 가는 길을 가로막고 있었다. 우리는 출구 반대편, 철길 쪽 벽에 붙여 지은 창고를 향해 달렸다. 창고 유리문에는 수십 년 동안 쌓여온 이끼가 두껍게 붙어 있었다. 문은 잠긴 채였다. 팔꿈치로 유리를 깨고 안쪽을 더듬어보니 자물쇠 채우는 고리가 만져졌다. 고리를 풀자 문이 열렸다. 우리는 서둘러 창고 안으로 들어갔다. 맞은편 철길 쪽으로 창문 두 개가 우윳빛 점처럼 나 있었다. 유리창 너머로 거미줄처럼 얽힌 기차용 전선이 어슴푸레 보였다. 마리나가 뒤를 돌아보았다. 나무 인형들이 창고 입구로 들이닥치고 있었다.

"서둘러!" 마리나가 소리쳤다.

나는 절망적으로 사방을 둘러보았다. 유리창을 깰 도구가 필요했던 것이다. 어둠 속에서 녹이 슨 채 방치된 자동차 부품들이 보였다. 바로 앞에 핸들이 있었다. 나는 핸들을 집어들고 유리파편이 쏟아져내릴 것에 대비해 몸을 잔뜩 웅크린 채 창문을 몇 차례 세게 때렸다. 차가운 밤공기가 얼굴을 스쳤고, 기차 터널 속의 텁텁한 공기가 밀려왔다.

"얼른 와!"

마리나가 창틀을 기어오르는 동안, 나는 창고 바닥에 드리워지며 서서히 다가오는 검은 그림자들을 지켜보았다. 두 손으로 핸들을 움켜쥐고 마구 휘둘렀다. 내 앞에 멈춰 섰던 인형들이 한 발짝 뒷걸음질쳤다. 어떻게 된 일인지 몰라 멍하니 쳐다보는데, 머리 위에서 예의 그 금속성 숨소리가 들렸다. 나는 본능적으로 창문 앞으로 몸을 날렸다. 바로 그 순간 천장에서 인형 하나가 뛰어내렸다. 팔 없는 경찰 인형이었다. 그 인형의 얼굴도 온통 죽은 피부로 덮여 있었다. 심하게 화상 입은 피부였다. 곳곳에 베인 상처에서는 피가 흘러내리고 있었다.

"오스카르!" 벽 너머에서 마리나의 목소리가 들려왔다.

나는 유리들이 삐죽삐죽 튀어나온 창틀을 향해 몸을 날렸다. 날카로운 유리조각 하나가 바지를 뚫고 다리를 찢는 느낌이 들었다. 반대편 바닥으로 뛰어내린 순간 극심한 통증이 엄습했다. 바지 아래로 뜨끈한 피가 흘러내렸다. 마리나가 나를 부축해 일으켜세운 뒤 철로를 따라 터널 입구를 향해 걸어가기 시작했다. 그런데 뭔가가 갑자기 내 발목을 움켜쥐는 바람에 그만 철길 위로 나자빠지고 말았다. 놀란 눈으로 돌아보니 꼭두각시 인형의 손이 내 발목을 잡고 있는 게 아닌가. 철로 위에 쓰러져 있는데 몸 아래 깔린 철로에서 진동이 느껴졌다. 저 멀리서 쏟아지는 기차 전조등 불빛이 터널 벽을 환히 물들이기 시작했다. 쇠바퀴가 요란스레 굴러오는 소리와 함께 내 몸 아래서 지축이 흔들리는 진동이 일었다.

마리나는 기차가 전속력으로 돌진해오고 있음을 깨닫고는 비명을 질렀다. 그리고 내 옆에 쪼그리고 앉아 발목을 움켜쥔 인형 손을 떼어내려 있는 힘껏 잡아당겼다. 기차 불빛이 점점 강해졌다. 이제 기적 소리도 들렸다. 인형의 손은 꿈쩍도 않고 내 발목을 잡고 늘어졌다. 마리나는 두 손으로 손가락을 벌리려고 버둥거렸지만, 겨우 손가락 하나를 떼어내는 데 그쳤다. 마리나가 숨을 몰아쉬었다. 그때 그 손의 주인으로 보이는 몸통이 쑥 나타나더니 남아 있는 다른 한 손으로 마리나의 손목을 틀어잡았다. 나는 아직 손에 쥐고 있던 자동차 핸들로 인형의 얼굴을 있는 힘껏 가격해 머리통을 부숴버렸다. 정말 끔찍한 것은 그때까지 나무인 줄로만 알고 있던 인형의 재료가 진짜 뼈라는 것이었다. 한마디로 그 인형들은 정말로 살아 있었다.

이제 기차 소리는 귀가 먹먹한 포효로 변해 우리의 비명 소리는 들리지도 않았다. 철로 사이에 깔린 자갈들이 요동쳤다. 이미 기차의 전조등 불빛이 우리를 비추고 있었다. 나는 두 눈을 꾹 감고 죽을힘을 다해 다시 핸들을 내리쳤다. 결국 깨진 머리통이 인형의 몸에서 분리되며 날아가버렸다. 그제야 발목을 움켜쥐고 있던 손이 풀렸다. 눈이 부셔 제대로 뜨지도 못한 채 우리 둘은 자갈 위로 몸을 굴렸다. 수톤의 철제 기차가 불과 몇 센티미터 간격으로 우리 옆을 스쳐지났다. 바퀴에서 불꽃이 빗물처럼 튀었다. 조각난 인형 파편이 마치 화톳불에서 탁탁 튕기는 숯조각처럼 퉁겨나왔다.

기차가 다 지나가고 나서야 우리는 눈을 떴다. 마리나를 쳐다보고 그애가 안전하다는 것을 확인하고 나니 겨우 안심이 되었다. 천천히 일어서는데 그제야 다리에서 찌르는 듯한 통증이 느껴졌다. 마리나가 내 팔을 제 어깨에 두르고 부축했다. 겨우 터널 밖으로 나온 우리는 뒤를 돌아보았다. 달빛 아래로 뭔가가 철로 위에서 움직이고 있었다. 기차 바퀴에 깔려 너덜너덜해진 인형의 손이었다. 경련을 일으키던 그 손은 점차 움직임이 줄어들더니 한참 후에야 완전히 멈췄다. 우리 둘은 아무 말 없이 관목 사이를 걸어올라와 앙글리 거리로 통하는 골목으로 나왔다. 저 멀리서 성당 종소리가 울렸다.

다행히 우리가 도착했을 때까지도 헤르만 아저씨는 잠들어 있었다. 마리나가 촛불을 켜고 내 다리의 상처를 씻어주겠다며 조심스레 나를 욕실로 데려갔다. 욕실 벽과 바닥은 모두 유광 타일로 되어 있어서 촛불을 환하게 반사시켰다. 욕실 한가운데 네 발 달린 거대한 욕조가 놓여 있었다.

"바지 벗어." 마리나가 구급상자를 찾으며 등뒤에서 말했다.

"뭘 하라고?"

"못 알아들었어?"

나는 그애가 시키는 대로 바지를 벗은 뒤 다리를 욕조 가장자리에 올렸다. 유리에 베인 상처는 생각보다 깊었고, 상처 주위는 온통 보랏빛으로 멍들어 있었다. 상처를 보니 구역질이 치밀었다. 마리나가 내 옆에 무릎을 꿇고 앉아 주의깊게 상처를 살폈다.

"아파?"

"쳐다보면 아파."

일일 간호사로 변신한 마리나가 알코올 적신 솜을 상처에 대면서 말했다.

"좀 쓰릴 거야……"

알코올이 상처에 닿는 순간 나는 욕조 가장자리를 세게 움켜쥐었다. 아마도 내 손자국이 욕조에 깊이 새겨졌을 것이다.

"미안해." 마리나가 베인 상처를 호호 불며 나지막이 말했다.

"정말 미안한 건 나지."

나는 심호흡을 한 뒤 두 눈을 꼭 감았다. 마리나는 계속해서 세심하게 상처를 치료해주었다. 마침내 마리나가 구급상자에서 붕대를 꺼내 상처 위에 올린 뒤 눈길 한 번 돌리지 않고 능숙하게 반창고로 고정시켰다.

"우릴 쫓아온 게 아냐." 마리나가 말했다.

난 뭘 말하는 건지 몰라 멀뚱멀뚱 쳐다보았다.

"온실 속 그 인형들 말이야." 마리나가 내게 눈길을 주지 않은 채 그대로 말했다. "그 앨범을 찾고 있는 거야. 그걸 가져오는 게 아니었어……"

마리나가 깨끗한 거즈를 내 다리에 대는 사이 그애의 숨결이 피부에 느껴졌다.

"지난번 해변에서의 일 말인데……" 내가 운을 뗐다.

마리나가 움직이던 손을 멈칫하더니 날 바라보았다.

"잊어버려."

마리나가 거즈 위에 반창고를 붙이는 동안 나는 아무 말 없이 있었다. 마리나가 뭔가 말할 거라고 기대했지만, 그애는 치료를 끝내고는 가만히 일어나 욕실을 나가버렸다.

찢어진 바지를 욕조에 걸어놓은 채, 촛불 밝힌 욕실 안에 나만 혼자 덩그러니 남아 있었다.

13

 학교로 돌아왔을 때에는 벌써 자정이 넘어 다른 친구들은 모두 잠자리에 든 뒤였다. 아직 불 켜진 방에서 문틈으로 불빛이 새어나오고 있었다. 나는 까치발로 살금살금 내 방으로 들어가 소리 죽여 문을 닫은 뒤 탁자 위 시계를 보았다. 거의 새벽 1시가 다 되었다. 불을 켜고 배낭 속에서 온실에서 가져온 앨범을 꺼냈다.
 나는 앨범을 펼쳐 다시 그 안의 인물 사진 속으로 빠져들었다. 어떤 사진에는 양서류 물갈퀴처럼 손가락이 달라붙은 손이 찍혀 있었고, 그 옆 사진에서는 하얀 옷을 입은 금발의 곱슬머리 소녀가 입술 사이로 날카로운 송곳니를 삐죽이 드러내며 악마 같은 웃음을 짓고 있었다. 한 장 한 장 넘길 때마다 자연의 변덕이 빚어낸 잔혹상이 눈앞에 펼쳐졌다. 백반증에 걸린 두 형제의 피부는 촛불 하나만 켜도 금세 불이 붙어버릴 것만 같았고, 머리가 붙은 채로 태어나 평생을 마주보며 살아야 하는 샴쌍둥이의 모습도 있었다. 옷을 벗고 선 여자의 척추는 말라비틀어진 나뭇가지처럼 뒤틀려 있었다…… 사진 속 인물들은 대부분 어린아이거나 청소년들로 나보다 어려 보였다. 어른이나 노인의 모습은 거의 찾아볼 수 없었다. 아마도 그 불운한 사람들의 평균수명이 워낙 짧기 때문이 아닌가 싶었다.

앨범은 우리 것이 아니니 가져오는 게 아니었다고 했던 마리나의 말이 생각났다. 아드레날린의 분출이 잠잠해져 평정을 되찾은 지금 생각해보니 그 말이 맞는 것 같았다. 앨범을 뒤적이면 뒤적일수록 그 속에 담긴 기억들이 결코 우리 것이 아니라는 생각이 든 것이다. 슬픔과 불운으로 점철되어 있기는 하지만, 일종의 가족사진 같은 의미가 아닐까. 수차례 사진을 살펴보는 동안, 사진 사이에 시공간을 뛰어넘는 나름의 유대가 존재할 거라는 생각도 들었다. 결국 나는 앨범을 덮고 다시 가방 속에 집어넣었다. 불을 끄고 눕자 아무도 없는 바닷가를 거닐던 마리나의 모습이 떠올랐다. 깊은 잠이 밀려오는 파도 소리를 잠재워버릴 때까지 나는 해안을 따라 멀어져가는 마리나를 바라보았다.

바르셀로나에 내리던 비는 하루 만에 그치고 비구름이 북쪽으로 이동해갔다. 나는 제멋대로 오후 수업을 빼먹고 마리나에게 달려갔다. 구름이 걷히면서 푸른 하늘이 드러났고, 거리에 햇살이 쏟아지기 시작했다. 마리나는 정원에 나와 앉아 비밀 노트를 정신없이 들여다보며 나를 기다리고 있다가 나를 발견하고는 서둘러 노트를 덮었다. 나에 대해 쓰고 있는 걸까, 온실에서 있었던 일들을 쓰고 있는 걸까 궁금했다.

"다리는 좀 어때?" 마리나가 두 팔로 노트를 가슴에 끌어안으며 물었다.

"견딜 만해. 그나저나 이리 좀 와봐. 보여줄 게 있어."

나는 앨범을 꺼낸 뒤 그애와 분수대에 나란히 앉았다. 앨범을 펴고 몇 장을 넘겼다. 마리나가 조용히 한숨을 내쉬었다. 사진 때문에 심란해진 모양이었다.

"여기 있다." 내가 앨범 거의 끝 부분에 실린 어떤 사진을 가리켰다. "오늘 아침 잠에서 깨는데 퍼뜩 생각이 스치더라고. 지금까지는 미처 깨닫지 못했는데, 오늘에야……"

마리나는 내가 가리킨 사진을 들여다보았다. 흑백사진으로, 사진관에서 찍은 구식 증명사진처럼 잔잔한 배경이 깔려 있었다. 사진 속에는 두개골이 심하게 찌그러진 남자의 모습이 담겨 있었다. 척추는 제대로 서 있기도 힘들 만큼 휜 상태였다. 남자는 흰 가운을 입고 동그란 안경을 낀 젊은 남자에게 기대 서 있었다. 깔끔하게 정리한 콧수염과 그 콧수염에 잘 어울리는 넥타이까지 맨 젊은 남자는 의사였다. 의사는 카메라를 정면으로 바라보고 있었고, 그 옆의 환자는 자신의 모습을 드러내는 게 부끄러웠는지 한 손으로 눈을 가리고 있었다. 두 사람 뒤로 탈의실이라는 팻말이 보였는데, 말이 탈의실이지 진료실처럼 보였다. 한쪽 구석에 난 문이 반쯤 열려 있었는데, 그 문틈으로 나이 어린 소녀가 인형을 안고 걱정스러운 눈빛으로 이쪽을 훔쳐보고 있었다. 평범한 사진이라기보다는 의료 기록처럼 보이는 그런 사진이었다.

"잘 좀 봐." 내가 말했다.

"그냥 가엾은 남자 사진 같은걸……"

"남자 말고, 그 뒤를 봐."

"창문이잖아……"

"그 창문으로 뭐가 보여?"

마리나가 미간을 찡그렸다.

"알아보겠어?" 내가 피사체의 맞은편, 즉 카메라가 놓인 쪽 건물 벽에 장식된 용 모양을 가리키며 물었다.

"어디서 본 것 같은데……"

"나도 본 것 같아." 내가 고개를 끄덕였다. "여기 바르셀로나에서 말이야. 람블라스 거리, 리세오 극장 맞은편에서. 내가 사진들을 하나하나 잘 살펴봤는데, 바르셀로나에서 찍은 사진은 이게 유일했어." 앨범에서 사진을 떼어내 마리나에게 건넸다. 사진 뒷면에는 거의 지워져 알아보기 힘들었지만 이렇게 쓰여 있었다.

마르토렐 보라스 사진관, 1951년
의뢰인 : 조앤 셸리 박사
바르셀로나 람블라 데 로스 에스투디안테스 46-48번지 1층

마리나가 어깨를 으쓱하더니 내게 사진을 돌려주면서 말했다.
"30년 전에 찍은 사진인걸 뭐, 오스카르…… 이건 아무런 의미도 없어……"
"오늘 아침에 내가 전화번호부를 뒤져봤거든. 그런데 그 셸리 박사라는 사람 이름이 아직 있더라고. 주소도 람블라 데 로스 에스투디안테스 46-48번지 1층으로 되어 있고. 어디선가 들어본 이름인 것 같은데, 생각해보니 센티스 씨가 지난번에 미하일 콜베니크가 바르셀로나에 발을 딛고 처음으로 사귀게 된 친구가 바로 셸리 박사라고 했던 기억이 났어……"
"그럼 전화번호부 찾아보고 나서 다른 확인 작업을 했겠네?"
"전화를 걸어봤지. 셸리 박사의 딸 마리아라는 여자가 전화를 받더라고. 진짜 중요한 일이라면서 아버지와 얘기를 좀 나눌 수 있느냐고 물어봤어."

"그랬더니 뭐래?"

"처음에는 안 된다고 하더니, 내가 미하일 콜베니크라는 이름을 흘리자 목소리가 확 바뀌었어. 아버지가 만나주신다면서."

"언제?"

나는 시계를 내려다보며 대답했다.

"40분 후에."

우리는 카탈루냐 광장까지 지하철을 타고 이동했다. 람블라스 거리 쪽으로 난 지하철역 출구 계단을 오를 무렵에는 이미 땅거미가 지기 시작했다. 성탄절이 다가오는 거리는 온통 오색 불빛으로 장식되었고, 가로등 불빛이 인도를 다채롭게 물들였다. 곳곳에서 푸드득거리며 날아오르는 비둘기떼 사이로 꽃가게와 카페 들이 보였고, 거리의 악사들, 카바레, 관광객들과 시골서 올라온 듯한 차림의 사람들, 경찰과 건달패, 동네 주민들, 구시대의 환영처럼 움직이는 사람들이 한데 뒤섞여 있었다. 헤르만 아저씨의 말이 맞았다. 세상 어딜 가도 이곳과 같은 거리는 없을 것 같다.

리세오 극장이 우리 눈앞에 나타났다. 오페라 공연이 있는 날이라 화려한 불빛이 건물 곳곳을 환하게 수놓고 있었다. 극장 건너편 건물 모퉁이 쪽에 예의 그 녹색 용 장식이 행인들을 내려다보고 있었다. 사실 나는 용 모양이 성 게오르기우스의 제단 혹은 삽화에나 나오는 것으로 알고 있었는데, 이렇게 바르셀로나 한복판에 오래도록 있다는 게 신기했다.

셸리 박사의 오래된 병원은 장엄하지만 음산한 느낌을 주는 낡은 건물 1층에 자리잡고 있었다. 발소리가 메아리치는 로비를 가로지르니 안쪽에 나선형으로 된 묵직한 계단이 나 있었다. 계단 올라가는 소리도 메아리가 되어 허공으로 날아올랐다. 각 방마다 천사 얼굴 모양의 초인종이 달려 있었다. 창문은 마치 성당처럼 스테인드글라스로 되어 있어서 건물 전체를 세계 최대의 만화경으로 탈바꿈시키고 있었다. 그 시대에 건축된 여느 건물처럼 이 건물 역시 말이 1층이지 실은 1층이 3층인 셈이었다. 우리는 두 개 층을 지나 마침내 '조앤 셸리 박사'라는 글자가 새겨진 낡은 구리 명패가 붙은 문 앞에 섰다. 시계를 보니 약속 시간 2분 전이었다. 마리나가 초인종을 눌렀다.

문을 열어준 여자는 방금 종교화 속에서 걸어나온 듯한 느낌을 풍겼다. 가냘프고 순결한 인상이 신비스럽기까지 했다. 피부는 백옥같이 희고 투명했으며, 눈동자는 어찌나 맑은지 거의 색깔이 없는 듯했다. 날개만 없었지 천사의 모습이었다.

"셸리 양이십니까?" 내가 공손하게 물었다.

여자가 고개를 끄덕였다. 눈동자에 호기심이 어려 있었다.

"안녕하십니까? 저는 오스카르라고 합니다. 아침에 전화드렸던……"

"아, 네. 어서 와요. 들어오세요."

우리는 안으로 들어갔다. 마리아 셸리도 마치 구름 위를 사뿐사뿐 걷는 발레리나처럼 천천히 집 안으로 걸어갔다. 가녀린 여자에게서 장미향이 풍겼다. 계산상으로는 서른을 넘긴 나이였지만 실제로는 훨씬 젊어 보였다. 양 손목에 붕대를 감고 있었고, 기다란 목에는 스카프를 둘렀다. 벨벳으로 장식된 현관은 전반적으로 어둑했고, 곳곳의 거울은 뿌옇게 변해 있었다. 수십 년 전의 공기가 그대로 허공에 떠다니는 듯한 느낌에 꼭 박물관에 온 것 같은 기분이었다.

"방문을 허락해주셔서 감사합니다. 이쪽은 제 친구 마리나입니다."

마리아가 마리나 쪽으로 시선을 돌렸다. 난 늘 여자들이 다른 여자를 볼 때 진찰이라도 하듯 뜯어보는 게 참 신기하다고 생각했는데 이번에도 예외는 아니었다.

"만나서 반가워요." 마침내 마리아 셸리가 느릿느릿한 말투로 말했다. "아버지가 워낙 연로하셔서 체력이 아주 약하십니다. 너무 힘들게 하지 말아주셨으면 좋겠어요."

"걱정 마세요." 마리나가 말했다.

마리아가 따라오라는 몸짓을 했다. 이번에도 마리아 셸리는 금방이라도 날아갈 듯 사뿐사뿐 걸음을 옮겼다.

"작고하신 콜베니크 씨와 관련된 이야기를 하실 거라고 했지요?" 마리아가 물었다.

"그분을 아시나요?" 내가 되물었다.

오랜 추억을 되새기는 듯 마리아의 표정이 환하게 밝아왔다.

"사실 안다고 할 수는 없어요…… 그분에 대한 이야기는 많이 들었지만요. 어렸을 적에요." 마리아 셸리가 혼잣말처럼 중얼거렸다.

검은색 벨벳이 덮인 벽에는 성인과 성녀, 고통받는 순교자 들의 모습이 새겨진 여러 점의 판화가 줄지어 걸려 있었다. 카펫 색깔마저 칙칙해서 닫힌 창문 틈새로 새어들어오는 가느다란 빛을 그대로 빨아들이고 있었다. 마리아를 따라 기다란 복도를 지나면서 문득 나는 저 여자가 얼마나 오랫동안 이곳에서 아버지와 단둘이 살아왔을지 궁금해졌다. 결혼은 했을까? 과연 이 답답한 사방 벽 바깥에 있는 세상을 호흡하고, 누군가와 사랑을 하고, 뭔가를 느껴보기는 했을까?

마리아 셸리가 레일 달린 문 앞에서 걸음을 멈추더니 노크했다.

"아버지?"

조앤 셸리 박사, 아니 그 이름으로 살고 있는 노인은 벽난로 앞 팔걸이의자에 무릎담요를 덮고 앉아 있었다. 마리아 셸리는 우리 셋을 남겨놓고 밖으로 나갔다. 애써 노력했지만 방을 나서는 여인의 가느다란 개미허리에서 눈을 떼기가 힘들었다. 내가 주머니 속에 넣어온 사진 속 젊은 의사와 동일 인물이라고 믿기 힘들 정도로 노쇠해버린 의사는 말없이 우리 둘을 훑어보았다. 의심 어린 눈빛이었다. 팔걸이에 얹힌 한 손이 가볍게 떨리고 있었다. 화장수 냄새 속에서도 병자의 냄새를 느낄 수 있었다. 억지웃음을 짓고는 있지만, 그 얼굴 속에 세상과 현재 자신의 처지에 대한 회한이 그대로 비치고 있었다.

"어리석음이 영혼을 좀먹듯, 세월은 육신을 좀먹는 법이라네." 노인이 자신을 가리키며 말했다. "육신을 썩게 만들어버리는 거지. 자, 무슨 일로 찾아왔나?"

"혹시 미하일 콜베니크 씨에 대해 아시는 게 있으시면 좀 알려주십사고 왔습니다."

"알기야 하지만, 내가 왜 그런 이야기를 해야 하는지 모르겠군." 노의사가 잘라 말했다. "예전에는 그 사람에 대해 온갖 이야기가 떠돌았지만, 다 거짓이었어. 사람들이 떠들어댈 때 4분의 1만이라도 생각하고 말한다면, 세상은 낙원이 될 텐데 말이야."

"맞습니다. 그래서 저희들은 진실이 알고 싶은 거고요." 내가 말했다.

노인이 조소를 머금었다.

"이보게 젊은이, 세상에 진실이란 없네. 사람들이 진실이라고 여길 뿐이지."

나는 아무렇지 않은 듯한 미소를 지어보려 애썼지만, 내심 이 사람이 이야기보따리를 풀 생각이 전혀 없는 게 아닐까 걱정되기 시작했다. 내 걱정을 알아차렸는지 마리나가 대화를 시도했다.

"셸리 박사님." 마리나가 부드러운 목소리로 운을 뗐다. "우연히 앨범 하나가 저희들 손에 들어왔는데, 아마도 미하일 콜베니크 씨의 물건이 아닌가 싶습니다. 그 앨범 속 한 사진에서 박사님과 어떤 환자분이 함께 찍은 사진을 발견했어요. 어떻게든 앨범의 진짜 주인을 찾아서 돌려줘야 할 것 같아 이렇게 실례를 무릅쓰고 찾아뵌 겁니다."

이번에는 대답을 들으려 빙빙 돌려 더 얘기할 것도 없었다. 단박에 노의사가 놀란 표정으로 마리나를 쳐다보았기 때문이다. 난 왜 마리나처럼 저런 방법을 생각해내지 못한 걸까? 여하튼 마리나에게 전권을 넘겨주는 게 이야기를 풀어나가는 데 훨씬 유리하겠다는 판단이 들었다.

"글쎄, 아가씨가 무슨 사진을 말하는 건지 난 잘 모르겠는데……"

"몸이 기형인 환자분과 나란히 찍은 사진이었어요." 마리나가 대답했다.

의사의 눈빛이 반짝였다. 정곡을 찌른 것이다. 한마디로 뭔가가 있었다.

"그런데 왜 그 앨범이 미하일 콜베니크의 것이라고 생각한 건가?" 의사가 무심한 척하며 물었다. "그리고 그게 나하고는 무슨 상관이고?"

"따님 말씀이 두 분이 친구셨다더군요." 마리나가 대화의 방향을 슬쩍 틀었다.

"마리아는 너무 순진해서 탈이야." 셸리 박사의 음성에서 노기가 느껴졌다.

마리나가 고개를 끄덕이더니 자리에서 일어났다. 나도 그애를 따라 일어섰다.

"알겠습니다." 마리나가 공손하게 말했다. "저희가 잘못 찾아온 것 같군요. 공연히 귀찮게 해드려 죄송합니다, 박사님. 오스카르, 그만 가자. 앨범을 전해드릴 분을 다시 찾아봐야 할 것 같아……"

"잠깐만!" 셸리 박사가 소리쳤다.

가벼운 기침을 몇 번 한 뒤 박사는 우리더러 도로 앉으라는 몸짓을 해 보였다.

"그 앨범, 아직 자네들이 가지고 있나?"

마리나가 노인을 똑바로 쳐다보며 고개를 끄덕였다. 갑자기 셸리 박사가 껄껄 웃음을 터뜨렸다. 마치 낡아빠진 일기장을 찢어낸 뒤 확 구길 때 나는 소리와 비슷했다.

"자네들 말이 사실이라고 내가 어떻게 믿을 수 있겠나?"

마리나가 말없이 내게 눈짓을 했다. 나는 얼른 주머니에서 사진을 꺼내 셸리 박사에게 내밀었다. 박사는 떨리는 손으로 사진을 받아들더니 가만히 살펴보았다. 그렇게 한참을 들여다보던 박사가 마침내 벽난로에서 타오르는 불꽃으로 시선을 돌리더니 이야기를 시작했다.

셸리 박사가 들려준 이야기에 따르면, 그는 영국인 아버지와 스페인 카탈루냐 출신 어머니 사이에서 태어났다. 영국 본머스의 한 병원에서 외상학 전문의로 일하다가 스페인으로 건너왔다. 하지만 외국인 신분으로 바르셀로나에 정착하기는 쉽지 않았다. 화려한 경력을 쌓아가야 했지만 의학계가 그에게 문을 닫아걸었기 때문이었다. 겨우 구한 일자리는 교도소 전담의사 자리였다. 그곳에서 그는 유치장에 갇혀 있다가 집단 폭행을 당해 실려온 미하일 콜베니크를 치료하게 되었다. 당시 콜베니크는 스페인어도 카탈루냐어도 전혀 할 줄 모르는 상태였다. 셸리가 독일어를 좀 할 줄 아는 게 다행이었다. 셸리는 콜베니크에게 옷부터 사 입으라며 약간의 돈을 쥐여주었고, 자기 집에 얼마간 머물도록 하면서 벨로 그라넬 사에 일자리도 주선해주었다. 콜베니크는 그에게 더없이 감사했고, 죽는 날까지 그 은혜를 잊지 않았다. 두 사람 사이의 우정은 그렇게 시작되었다.

나중에 두 사람의 우정은 일을 통해 또다른 결실을 맺었다. 셸리 박사의 환자 중 상당수는 특별 제작된 의수나 의족이 필요한 사람들이었다. 벨로 그라넬 사는 당시 그 분야의 선두주자였는데, 수많은 제품 개발자 중에서도 미하일 콜베니크의 재능을 따라올 사람은 없었다. 시간이 지나면서 셸리 박사는 콜베니크의 주치의가 되었다. 재운이 따랐는지 콜베니크는 갑부가 되었고, 셸리 박사가 퇴행성 질환과 선천적 기형에 대해 연구하고 치료하는 전문 의료 센터를 지을 수 있도록 재정적 지원을 해주고 싶어했다.

콜베니크가 이 분야에 관심을 갖게 된 것은 프라하에서의 유년 시절 때문이었다. 셸리 박사 말에 따르면 미하일 콜베니크는 쌍둥이였다. 그런데 미하일은 건강하고 정상적으로 태어난 반면, 쌍둥이 형제인 안드레이는 불치성 골근 기형을 가지고 태어나 결국 일곱 살이 되던 해에 세상을 뜨고 말았다. 이 일은 젊은 미하일의 기억에 각인되었고, 이 분야에 헌신토록 만들었다. 콜베니크는 적절한 의학적 치료와 자연이 거부했던 부분을 채워줄 수 있는 기술개발이 이루어졌더라면, 자신의 쌍둥이 형제도 어른이 되고 정상적인 삶을 살아갈 수 있었을 거라고 늘 생각했다. 그런 믿음에서 자신의 디자인 재능을 온통 의료기 제작에 쏟아부었던 것이다. 그의 말마따나 하늘도 포기한 육체를 '완전하게 만드는' 의료기 제작에 말이다.

"자연은 우리의 삶을 장난감 삼아 가지고 노는 어린아이와도 같습니다. 그래서 부서진 장난감이 싫증나면 내다 버리고 새로운 장난감을 찾게 되지요." 콜베니크가 말했다. "그러니 부서진 조각들을 수거해 새롭게 조립해내는 일이야말로 우리가 해야 할 일인 겁니다."

어찌 보면 불경스럽기 짝이 없는 거만함으로 비칠 수도 있겠지만, 어떤 이들에게는 그것이 희망이었다. 안드레이의 그림자는 평생 동안 미하일 콜베니크를 따라다녔다. 자신은 살아남고 형제는 죽음의 낙인이 찍힌 몸으로 살다 죽게 된 것은 순전히 변덕스럽고 잔혹한 우연이 빚어낸 결과라고 생각했다. 셸리 박사의 말에 따르면 콜베니크는 평생 죄책감을 느꼈으며, 가슴속 깊은 곳에 항상 안드레이와 그처럼 결함 있는 육체로 낙인 찍힌 인생을 살아야 했던 모든 이들에게 마음의 빚을 안고 살았다. 콜베니크가 전 세계에 있는 기형인들의 사진을 수집하기 시작한 것도 바로 그때부터였다. 콜베니크에게 운명의 버림을 받은 모든 기형인들은 안드레이의 보이지 않는 형제들이었다. 그에게는 가족이었던 것이다.

마리나 163

"미하일 콜베니크는 탁월한 사람이었어." 셸리 박사가 말을 이었다. "그런 사람들은 언제나 열등감에 사로잡힌 이들의 경계심을 자극하지. 시기심이 사람을 눈멀게 해서 눈알을 뽑아버려도 시원찮을 장님으로 만들어버리는 거야. 사람들이 콜베니크의 말년이나 사후에 떠들어대던 소리들은 다 중상모략일 뿐이야…… 다 그 사악한 형사 플로리안이 한 짓이지…… 자신이 미하일을 쓰러뜨리기 위해 이용된 꼭두각시에 불과하다는 것도 모르고 말이야……"

"플로리안이라고요?" 마리나가 물었다.

"플로리안은 검찰 소속 형사였네." 셸리 박사가 말했다. 음성에 경멸이 묻어났다. "벨로 그라넬과 미하일 콜베니크를 제물 삼아 입신양명을 꿈꾼 비열한 인간이었지. 다행히 그자는 그 어떤 증거도 잡아내지 못했어. 스스로의 집착 때문에 결국 형사 이력에 종지부를 찍고 말았지. '인체 스캔들' 따위를 끄집어낸 장본인도 바로 그자였어……"

"인체 스캔들요?"

셸리 박사는 한참 동안 침묵했다. 우리 쪽은 쳐다보지도 않았지만, 입가에는 예의 그 냉소적인 미소가 되살아나고 있었다.

"그 플로리안이라는 형사 말인데요……" 마리나가 말했다. "어디 가면 만날 수 있을까요?"

"서커스에 가보면 될 거야. 어릿광대들하고 함께 있겠지."

"혹시 벤하민 센티스라는 분을 아세요?" 내가 이쯤에서 이야기를 접을까 싶어 물었다.

"물론이지. 정기적으로 만나던 사이였으니까. 센티스도 콜베니크와 마찬가지로 벨로 그라넬의 대주주로, 관리 쪽 일을 책임지고 있었어. 내가 보기에는 제 분수를 모르는 탐욕스러운 인간이었지만 말이야. 결국 질투심에 눈이 멀어 스스로를 망쳐버렸지."

"일주일 전쯤에 센티스 씨 시신이 하수도 수로에서 발견된 건 알고 계시나요?"

"신문에서 봤네." 노의사가 냉랭한 음성으로 대답했다.

"이상하다는 생각 안 드셨어요?"

"신문 기사에 나온 내용 말고는 다른 건 난 관심 없네. 세상 사람 모두 병들어 있거든. 슬슬 피곤해지는군. 더 할 말이 있나?"

검은 망토를 입은 여인에 대해 물어보려던 찰나 마리나가 미소 띤 얼굴로 고개를 저으며 말렸다. 셸리 박사가 종에 매달린 줄을 잡아당겼다. 어느새 나타난 마리아 셸리가 고개를 푹 숙인 채 서 있었다.

"손님들 가신다, 마리아."

"네, 아버지."

우리는 자리에서 일어섰다. 사진을 다시 넣으려는데 떨리는 노의사의 손이 나보나 앞서 사진을 집어들었다.

"괜찮다면 이 사진은 내게 주면 좋겠는데……"

그러면서 노의사는 등을 돌리고는 딸에게 우리를 문까지 배웅하라는 손짓을 해 보였다. 서재를 나서기 직전 마지막으로 돌아보았는데, 그는 막 사진을 벽난로 불 속에 집어던진 참이었다. 광채를 잃어버린 생기 없는 두 눈동자가 불꽃 속에서 타들어가는 사진을 바라보고 있었다.

 마리아 셸리는 말없이 우리를 현관까지 안내한 뒤 다소 미안하다는 표정으로 미소를 지어 보였다.
 "아버지가 좀 까다로우시기는 하지만 원래는 좋은 분이세요…… 사는 게 워낙 녹록지 않다보니 가끔 마음과는 다르게 행동하시지만 말이에요……"
 현관문을 열자 바깥 계단에 불이 들어왔다. 마리아의 눈빛으로 봐서는 뭔가 우리에게 하고 싶은 말이 있는데 두려워서 차마 입을 떼지 못하는 것 같았다. 마리나도 그걸 눈치챘는지 감사의 뜻으로 마리아에게 악수를 청했다. 마리아 셸리가 그 손을 맞잡았다. 마리아의 온몸에서는 식은땀처럼 고독이 배어나고 있었다.
 마리아가 겁먹은 눈빛으로 뒤를 돌아보더니 나지막이 속삭였다. "아버지가 무슨 말씀을 어떻게 하셨는지 모르겠지만……"
 "마리아!" 방 안에서 셸리 박사의 목소리가 들려왔다. "뭐하고 있는 거냐?"

마리아의 얼굴에 순식간에 그늘이 졌다.
"지금 가요, 아버지. 지금 가요……"
 마리아는 애처로운 눈길로 우리를 한 번 더 바라보더니 집 안으로 들어가버렸다. 막 돌아서는 마리아의 목에 자그마한 목걸이가 걸려 있는 게 보였다. 분명히 날개를 활짝 편 검은 나비 모양이었다. 그러나 명확히 확인해보기도 전에 현관문이 닫혀버리고 말았다. 층계참을 떠나지도 않았는데 집 안에서는 딸에게 화를 쏟아내는 노의사의 성난 고함소리가 흘러나왔다. 계단을 밝히던 전등이 꺼져버렸다. 순간 고기 썩는 냄새가 나는 듯했다. 계단 어딘가 어둠 속에 썩어가는 동물의 사체라도 누워 있는 것 같았다. 계단 위 저만치서 멀어져가는 발소리가 들리는가 싶더니, 어쩌면 단순히 내 느낌이었을지도 모르겠지만, 그 고약한 악취도 사라져버렸다.
"그만 가자."

14

 집으로 돌아가는 길에 마리나가 흘낏흘낏 나를 훔쳐보았다.
 "성탄절인데 가족들하고 같이 보내지 않니?"
 나는 지나다니는 차들을 멍하니 바라보며 고개를 가로저었다.
 "왜?"
 "우리 부모님은 늘 여행하시느라 바쁘시거든. 벌써 몇 해째 성탄절을 나 혼자 보냈어."
 나도 모르게 목소리가 날카로워지면서 적의가 묻어났다. 그렇게 마리나의 집까지 말없이 걷다가 집 앞 대문에 이르자 나는 작별인사를 하고 돌아섰다.

혼자 기숙학교로 돌아가는데 비가 쏟아지기 시작했다. 저 멀리 학교 건물 4층에 나란히 줄지어 있는 기숙사 창문들이 보였다. 두 방에만 불이 켜져 있었다. 대부분의 기숙생들은 성탄절을 가족과 함께 보내기 위해 집으로 가고 3주쯤 후에나 돌아올 터였다. 해마다 반복되는 일이었다. 이맘때면 학교는 황량해지고 갈 곳 없는 가엾은 애들 한둘만 남아 선생님들과 지내게 된다. 지난 두 해 동안은 이 기간이 정말 끔찍하게 느껴졌지만, 올해는 아무렇지도 않았다. 아니, 사실 남아 있는 게 더 좋았다. 마리나와 헤르만 아저씨와 떨어져 지낸다는 건 생각조차 할 수 없는 일이었으니까. 그들과 함께라면 결코 외롭지 않을 것이다.

4층 내 방으로 이어진 계단을 올라갔다. 복도는 텅 비어 조용했고, 기숙사 쪽은 황량한 느낌마저 들었다. 아마도 이쪽 건물에는 학교 청소부로 일하면서 3층의 작은 방에 살고 있는 파울라 아주머니만 남아 있을 터였다. 아래층에서는 언제나처럼 파울라 아주머니의 텔레비전 소리가 끊임없이 흘러나오고 있었다. 줄지어 선 방들을 지나 내 방 앞에 다다랐다. 방문을 열었다. 천둥소리가 바르셀로나 하늘과 기숙사 건물을 온통 뒤흔들었다. 자그마한 창문 너머로 번갯불이 번쩍였다. 나는 외투도 벗지 않고 그대로 침대에 벌렁 누웠다. 마치 키질을 하는 것처럼 어둠 속에서 요란하게 쏟아져내리는 빗소리가 들렸다. 침대 옆 탁자 서랍을 열고 지난번 해변에 갔을 때 헤르만 아저씨가 연필로 그려준 마리나의 초상을 꺼내들었다. 어스름 속에서 그림을 들여다보다가 밀려드는 피곤함에 잠 속으로 빠져들었다. 부적이라도 되는 양 마리나의 초상을 꼭 껴안은 채였다. 그런데 잠에서 깨어나보니 그림은 감쪽같이 사라지고 없었다.

갑자기 눈이 번쩍 뜨였다. 냉기와 더불어 얼굴에 바람이 느껴졌다. 창문이 열려 비바람이 방 안으로 몰아치고 있었던 것이다. 넋이 나간 채로 침대에서 벌떡 일어났다. 어둠 속에서 더듬더듬 스탠드를 찾아 스위치를 켰지만 불이 들어오지 않았다. 어둠. 그제야 문득 잠들 때만 해도 두 손으로 꼭 안고 있던 마리나의 초상이 없어졌다는 것을 깨달았다. 침대 위에도, 방바닥에도 없었다. 어리둥절해서 두 눈만 비벼댔다. 그 순간 느낄 수 있었다. 지독하게 코를 찌르는 그 냄새를. 썩는 듯한 악취가 공기중에 가득했다. 내 방 전체에. 마치 내가 잠든 사이에 누군가 내 옷과 몸에 죽어 부패하기 시작한 동물의 사체를 문질러대기라도 한 것 같았다. 치밀어오르는 욕지기를 겨우 참다가 불현듯 공포감에 사로잡혔다. 그렇다면 나 혼자가 아니라는 말인데…… 또다른 누군가가 내가 잠든 사이 창문을 열고 침입한 것이다.

천천히 가구를 더듬어가며 문 쪽으로 갔다. 벽을 더듬어 전등 스위치를 켜보았다. 역시 불은 켜지지 않았다. 문을 열고 어둠 속에 이어진 복도를 내다보았다. 악취가 다시 느껴졌다. 아까보다 훨씬 지독했다. 야수가 남긴 흔적 같았다. 갑자기 어떤 그림자가 맨 끝 방으로 들어가는 듯 보였다.

"파울라 아주머니?" 내 목소리는 거의 기어들어가다시피 했다.

조용히 문 닫히는 소리가 들렸다. 심호흡을 한 뒤 나는 여전히 당혹스러운 상태로 복도에 발을 내디뎠다. 파충류가 내는 듯한 나지막한 소리가 들렸다. 발을 멈추고 들어보니 내 이름을 부르는 소리였다. 소리는 문 닫힌 맨 끝 방에서 흘러나오고 있었다.

"파울라 아주머니! 여기 계세요?" 덜덜 떨리는 두 주먹에 힘을 주면서 더듬더듬 불러보았다.

그리고 어둠 속으로 한 걸음 더 내디뎠다. 다시 내 이름을 부르는 소리가 들렸다. 난생처음 들어보는 목소리였다. 무자비하고 사악한 피가 뚝뚝 떨어지는 듯한 느낌의 쉰 목소리. 악몽에나 나올 법한 그런 목소리였다. 나는 손가락 하나 까딱하지 못하고 어둠 속에서 얼어붙고 말았다. 그런데 갑자기 방문이 거칠게 열렸다. 순간적으로 복도가 좁다랗게 오그라들면서 나를 방 안으로 밀어넣는 느낌이 들었다.

방 한가운데 침대 위에 놓여 있는 하얀 물건이 보였다. 지난밤에 내가 품고 잠들었던 마리나의 초상화였다. 나무로 만든 두 개의 손이 그림을 들고 있었다. 손목 가장자리에는 피에 젖은 실밥들이 삐죽삐죽 튀어나와 있었다. 그제야 확실히 깨달았다. 저 손이 하수로 바닥에서 없어진 벤하민 센티스의 손이라는 것을. 뿌리째 뽑혀버린 손. 갑자기 숨이 턱 막혀왔다.

시큼한 악취는 정말 견디기 힘들 정도였다. 공포로 벌벌 떠는 와중에 검은 옷을 입고 두 팔을 가슴 앞에서 십자 형태로 모은 채 꼼짝 않고 벽에 매달려 있는 형체를 발견했다. 헝클어진 머리카락 때문에 얼굴은 보이지 않았다. 문간에 서 있는 나를 향해 그자가 천천히 얼굴을 들고 어둠 속에서 날카로운 송곳니를 드러내며 히죽 웃었다. 장갑 속에서 손가락들이 마치 뱀처럼 꿈틀거리기 시작했다. 한 발짝 뒷걸음질치는데 다시 한번 내 이름을 부르는 소리가 들렸다. 그리고 그자가 마치 커다란 왕거미처럼 나를 향해 기어오기 시작했다.

나는 비명을 지르며 방문을 쾅 닫았다. 그 괴물이 방 안에서 기어나오지 못하도록 막으려는데 충격적인 장면이 펼쳐졌다. 칼날 같은 열 개의 손톱이 문을 뚫고 삐져나오기 시작한 것이다. 나는 복도 반대편 끝을 향해 달음질쳤다. 방문이 박살나는 소리가 들렸다. 복도는 끝없이 이어지는 터널 같았다. 몇 미터 앞에 계단이 보였다. 뒤를 돌아보니 지옥에서 튀어나온 듯한 괴물이 나를 향해 곧장 미끄러져오고 있었다. 괴물의 눈에서는 어둠을 뚫고 광채가 뿜어져나왔다. 금방이라도 잡힐 것 같았다.

건물을 구석구석 잘 알고 있는 터라 나는 재빨리 주방 쪽으로 난 복도로 내달렸다. 그리고 등뒤로 문을 닫아버렸다. 그러나 이번에도 소용없었다. 괴물이 문짝을 밀어붙여 박살내버리는 통에 나까지 바닥으로 나동그라진 것이다. 타일 바닥을 데굴데굴 굴러 식탁 아래로 숨었다. 괴물의 다리가 보였다. 접시와 컵들이 깨지면서 주변으로 파편이 튀어 온통 깨진 유리 천지가 되어버렸다. 깨진 그릇들 사이로 떨어져 있는 톱칼이 보였다. 나는 필사적으로 그 칼을 집어들었다. 괴물이 마치 굴 앞에 아가리를 벌리고 선 늑대처럼 내 앞에 쭈그리고 앉았다. 나는 그 괴물의 얼굴을 향해 톱칼을 휘둘렀다. 칼날이 얼굴에 박혔는데 마치 진흙에 박히는 느낌이었다. 괴물이 두어 걸음 물러서는 사이 나는 재빨리 주방 반대편으로 도망쳤다. 그러고는 한 발 또 한 발 뒷걸음질치며 뭐 쓸 만한 무기가 없는지 찾아보았다. 상자가 하나 보였다. 열어보니 식기와 주방용품, 초, 라이터 등 별 쓸모없는 물건들이 들어 있었다. 본능적으로 라이터를 집어들고 불을 붙이려고 했다. 괴물의 그림자는 벌써 코앞까지 와 있었다. 고약한 냄새를 풍기는 숨결도 느껴졌다. 한 손이 내 목을 향해 다가왔다. 바로 그때, 라이터가 켜지며 불과 20센티미터 앞까지 다가와 있던 괴물의 얼굴을 비췄다. 나도 모르게 두 눈을 질끈 감고 숨을 참았다. 이제 죽었구나 싶었다. 내가 할 수 있는 것은 아무것도 없었다. 그저 기다리는 것뿐. 그 기다림의 시간이 영원처럼 길기만 했다.

 다시 눈을 떴을 때 괴물은 이미 사라지고 없었다. 저만치 멀어져가는 발소리만 들릴 뿐이었다. 나는 괴물의 뒤를 따라 내 방 쪽으로 갔다. 신음 소리가 들리는 것 같았다. 그 신음에서 고통과 분노가 느껴졌다. 방 앞에 다다라 안으로 들어갔다. 괴물이 내 가방을 뒤지더니 온실에서 가져온 앨범을 꺼내들었다. 그자가 돌아서자 우리 둘은 서로 노려보는 형상이 되었다. 희미하게 스며드는 불빛에 아주 짧은 순간이나마 난입자의 모습이 드러났다. 내가 무슨 말인가를 하려 했지만 그 괴물은 이미 창밖으로 몸을 던진 뒤였다.

창틀에 기대어 상반신을 내밀었다. 허공으로 몸을 던진 그 괴물의 모습을 볼 수 있지 않을까 하는 기대에서였다. 그런데 시커먼 그림자는 눈 깜짝할 새에 믿을 수 없이 빠른 속도로 하수관 사이에 몸을 숨겼다. 검은 망토 자락을 바람에 휘날리면서. 그러고는 다시 동쪽 지붕 위로 펄쩍 뛰어오른 뒤, 나무가 우거지고 망루들이 솟아 있는 숲속을 절묘하게 헤치며 나아갔다. 나는 꼼짝 못 하고 얼어붙은 채, 정글 속을 뛰어다니는 한 마리 표범처럼, 폭풍우를 뚫고 바르셀로나의 건물 지붕들을 날렵하게 옮겨 다니며 저 멀리 사라져가는 지옥의 괴물을 지켜보았다. 그러다가 창틀이 온통 피로 물들어 있다는 걸 알아차렸다. 핏자국을 따라 복도까지 나와 보고서야 그 피가 내 피가 아니라는 걸 깨달았다. 내가 칼을 휘둘러 사람을 상하게 하다니…… 나는 벽에 기대 섰다. 그리고 다리의 힘이 쭉 빠지면서 털썩 주저앉고 말았다.

도대체 얼마 동안 그러고 있었는지 모르겠다. 겨우 두 발로 땅바닥을 딛고 일어설 정도가 되자, 나는 서둘러 그곳으로 향했다. 나 스스로 안전하다고 느낄 수 있는 유일한 곳으로.

15

 마리나의 집에 도착한 나는 어둠 속에서 정원을 가로질렀다. 집을 빙 돌아 주방에 딸린 뒷문으로 향했다. 따사롭게 느껴지는 불빛이 쪽문 틈새에서 흘러나왔다. 안도감이 밀려왔다. 노크를 하고 안으로 들어갔다. 문은 열려 있었다. 무척 늦은 시간이었는데도 마리나가 무릎에 카프카를 올려놓은 채 촛불 밝힌 식탁에서 노트에 뭔가를 쓰고 있었다. 그러다 나를 발견하고는 펜을 툭 떨어뜨렸다.

 "세상에! 오스카르, 이게 무슨……?" 마리나가 온통 여기저기 뜯긴 내 옷을 보고 얼굴에 난 상처를 매만지며 놀라 소리쳤다. "도대체 어떻게 된 일이야?"

따뜻한 차를 두 잔이나 마시고 나서야 나는 마리나에게 조금 전에 일어난 일, 아니 일어난 것으로 기억되는 일을 이야기했다. 내가 '기억되는 일'이라고 말하는 건 사실 나 자신의 감각이 온전한지에 대해 의구심이 들기 시작한 탓이다. 마리나는 나를 진정시키기 위해 두 손으로 내 손을 감싼 채 이야기를 들었다. 아마 내 생각보다 몰골이 훨씬 더 형편없었던 모양이다.

"나 오늘 밤에 여기 있어도 괜찮을까? 어디 마땅히 갈 데가 없어. 기숙사로는 돌아가고 싶지 않고."

"네가 돌아간다고 해도 내가 보내지 않을 거야. 여기 우리 집에서 지내도록 해."

"고마워."

마리나의 눈빛에는 내 안에 똬리를 튼 것과 똑같은 불안감이 서려 있었다. 그날 밤의 사건 이후, 내게 마리나의 집은 기숙사나 또다른 어떤 곳에 비해 훨씬 안전하다고 볼 수는 없었다. 기숙사에 나타났던 그 괴물이 우리를 쫓고 있다면 마리나의 집에 대해서도 훤히 알고 있을 테니까.

"이제 어쩌면 좋을까, 오스카르?"

"셸리 박사님이 말했던 그 플로리안이라는 수사관을 찾아가보는 게 좋겠어. 도대체 지금 무슨 일이 일어나고 있는 건지 제대로 파악하려면 말이야……"

마리나가 한숨을 내쉬었다.

"마리나, 차라리 내가 여길 떠나는 게 낫지 않을까……?" 내가 한번 떠보듯 물었다.

"그런 소리 하지도 마. 2층 내 옆방에서 자도록 해. 올라가자."

"뭐……? 헤르만 아저씨가 뭐라 하실 텐데?"

"아빠는 잘했다 하실 거야. 성탄절을 우리와 함께 보내기로 했다고 말씀드리면 돼."

나는 마리나를 따라 위층으로 올라갔다. 처음 와보는 곳이었다. 촛불을 비추자 복도를 따라 줄지어 있는 세공된 떡갈나무문들이 보였다. 내가 머물 방은 복도 맨 끝 방으로, 마리나의 침실 바로 옆이었다. 가구는 낡았지만 깨끗하게 정돈되어 있었다.

"침대 시트는 세탁해놓은 거야." 마리나가 이불을 들추며 말했다. "옷장에 모포가 몇 개 더 있으니까 혹시 춥거든 꺼내서 써. 수건 여기 있고. 아빠 잠옷 남는 게 있는지 찾아볼게."

"포대자루 두른 것 같을 텐데?" 내가 농담 삼아 말했다.

"그래도 작은 것보다는 헐렁한 게 낫지 않겠어? 곧 다시 올게."

마리나의 발소리가 멀어져갔다. 나는 내 옷을 의자 위에 벗어두고 풀을 먹여 다려둔 깨끗한 침대 시트 속으로 파고들었다. 평생 이렇게 고단한 적은 처음인 듯싶었다. 납덩이가 달린 듯 눈꺼풀이 내려왔다. 마리나가 마치 공주님 옷장 속에서 훔쳐온 것 같은, 2미터는 족히 됨직한 기다란 가운을 들고 왔다.

"설마 이걸 입으라는 건 아니겠지?" 내가 투덜댔다. "그러고는 못 자."

"이것밖에 없어. 안 어울릴 것 같지는 않은데. 게다가 다 큰 총각이 우리 집에서 옷도 안 입고 자고 있다면 아버지가 그냥 두실 것 같아? 절대 안 될 일이지."

그러면서 마리나는 내게 잠옷을 휙 던지고는 콘솔 위에 촛불을 몇 개 밝혔다.

"필요한 게 있거든 벽을 두드려. 바로 옆이 내 방이니까."

우리는 잠시 말없이 서로 마주보고 있었다. 결국 마리나가 시선을 돌렸다.

"잘 자, 오스카르."

"잘 자."

잠에서 깨어보니 주변이 환하게 밝아 있었다. 방이 동쪽으로 나 있었기 때문에 창문으로 이미 중천에 떠오른 햇빛이 찬란하게 쏟아져내렸다. 일어나면서 보니 지난밤에 의자 위에 벗어놓았던 옷들이 다 어디 가고 없었다. 그게 뭘 의미하는지 알기에 나도 모르게 구시렁댔다. 마리나가 가져간 게 분명했다. 갓 구운 빵 냄새와 새로 끓인 커피 향이 문틈으로 새어들어왔다. 어떻게든 품위를 지키고 싶었지만, 결국 그 우스꽝스러운 잠옷 차림으로 주방에 내려갈 수밖에 없었다. 복도로 나서니 온 집 안에 그 마법과도 같은 광채가 가득했다. 마리나와 헤르만 아저씨가 이야기 나누는 소리가 들렸다. 나는 용기를 내어 계단을 내려갔다. 그리고 주방 문 앞에 서서 헛기침을 했다. 마리나가 헤르만 아저씨의 찻잔에 커피를 따르다가 고개를 들었다.

"잘 잤어요, 잠자는 숲속의 왕자님?" 마리나가 물었다.

헤르만 아저씨도 돌아보더니 신사답게 자리에서 일어나 악수를 청하고 앉으라고 했다.

"잘 잤나, 오스카르 군? 이렇게 우리 집에서 보니 정말 반갑군. 마리나 말이 기숙사에 공사가 있다던데. 공사가 끝날 때까지 마음 놓고 여기서 편히 지내도록 하게."

"정말 감사합니다……"

마리나가 앙큼한 미소를 지으며 내 잔에 커피를 따라주었다. 그리고 잠옷을 가리키며 말했다.

"정말 근사하게 어울리는걸."

"환상적이지. 만토바의 꽃 같지 않아? 그런데 내 옷은 어디 있는 거야?"

"살짝 빨아서 지금 말리고 있어."

헤르만 아저씨가 방금 포익스 빵가게에서 사 온 갓 구운 크루아상이 담긴 접시를 건넸다. 군침이 확 돌았다.

"이거 하나 맛보게, 오스카르 군. 그야말로 크루아상 계의 메르세데스 벤츠라 할 만하거든. 그리고 혹시 모를까 싶어 하는 말인데, 이쪽 것은 단순한 마멀레이드가 아니라 그야말로 기념비적인 잼이라네."

나는 며칠 굶은 사람처럼 앞에 놓인 빵들을 게걸스럽게 먹어치웠다. 헤르만 아저씨는 멀거니 앉아서 조간신문을 훑어보고 있었다. 기분이 무척 좋아 보였다. 식사를 마친 후에도 내가 빵을 남김없이 먹어치우고 빈 접시 위에 포크와 나이프를 올려놓을 때까지 자리를 뜨지 않았다. 잠시 후 아저씨가 시계를 들여다보았다.

"이러다가 신부님과의 약속에 늦으시겠어요, 아빠." 마리나가 말했다.

헤르만 아저씨는 고개를 끄덕이면서도 귀찮다는 표정이었다.

"정말 성가신 양반이야…… 사람도 좀 불량해. 사냥꾼보다 더 영악하게 덫을 놓기도 하고 말이야."

"그게 그분의 특징이잖아요. 어차피 다 용서받을 수 있다고 생각하니까 그런 거고요."

나는 멍한 표정으로 두 사람을 번갈아 쳐다보았다. 대체 무슨 이야기들을 하고 있는 건지 도무지 알아들을 수가 없었다.

"체스 얘기야." 마리나가 설명해주었다. "신부님하고 벌써 몇 달째 대결을 벌이고 계시거든."

"이보게, 오스카르 군! 자네는 절대로 예수회 수도사하고는 체스 내기 같은 거 하지 말게나. 명심하게. 자, 그럼 난 이만 먼저……" 헤르만 아저씨가 자리에서 일어서며 말했다.

"알겠습니다. 잘하고 오세요."

아저씨는 외투와 모자를 집어들고 흑단으로 만든 지팡이를 짚으면서 지략가인 수도사와의 약속 장소로 출발했다. 아저씨가 나가자마자 마리나는 정원으로 나가 내 옷을 가져왔다.

"미안한데, 카프카가 네 옷 위에서 잔 것 같아."

옷은 말랐지만 고양이 냄새와 희미한 세제 냄새가 완전히 가시지 않았다.

"오늘 아침에 빵 사러 나갔다가 광장에 있는 바에서 경찰서에 전화를 걸어봤어. 빅토르 플로리안 형사는 이미 은퇴했고, 지금은 발비드레라에 살고 있대. 전화는 따로 없다고 하고, 주소는 확보했어."

"금방 챙기고 나올게."

발비드레라로 가는 케이블카 역은 마리나의 집에서 몇 구역 떨어지지 않은 곳에 있었다. 불과 10분 만에 우리는 결연한 걸음으로 역에 도착해 표 두 장을 샀다. 산자락의 승강장에 서서 보니 발비드레라 마을이 도시 위로 마치 발코니처럼 돌출되어 있었다. 그 위의 집들은 마치 투명 실에 묶여 구름 아래 대롱대롱 매달려 있는 것 같았다. 케이블카 내부 맨 안쪽 자리에 앉으니 케이블카의 움직임에 따라 발아래로 바르셀로나가 서서히 펼쳐졌다.

"이거 꽤 좋은 직업인 것 같아." 내가 말했다. "케이블카 운전기사 말이야. 하늘 엘리베이터를 운전하는 거잖아."

마리나가 낙담한 눈빛으로 나를 바라보았다.

"왜? 내가 뭐 잘못 말했어?"

"아니. 네가 정말로 원하는 일이 그거라면 뭐."

"내가 원하는 게 뭔지는 나도 잘 모르겠어. 세상 모든 사람들이 다 너처럼 매사를 똑 부러지게 알고 있는 건 아니거든. 미래의 노벨문학상 수상자이며 부르봉 왕가의 잠옷 수집가이신 마리나 블라우 양!"

마리나의 표정이 너무나도 진지해 나는 괜한 말을 했나보다고 후회하기 시작했다.

"목적지가 어디인지 모르는 사람은 결코 목적지에 도달할 수 없는 법이야." 마리나가 냉랭하게 쏘아붙였다.

"난 내 목적지를 잘 알아."

내가 승차권을 내밀며 대답했다.

마리나가 고개를 돌렸다. 우리는 그렇게 2분 정도 말없이 앉아 있었다. 저 멀리 우리 학교의 모습도 보였다.

"건축가." 내가 나지막이 말했다.

"뭐라고?"

"건축가가 되고 싶다고. 그게 정말 내가 하고 싶은 거야. 아직 아무한테도 말한 적 없지만 말이야."

마침내 마리나의 얼굴에 미소가 떠올랐다. 산 정상에 거의 다다르자 케이블카가 마치 낡아빠진 세탁기처럼 요란하게 요동쳤다.

"난 늘 나만의 성당이 갖고 싶었는데." 마리나가 말했다. "어떤 양식이 좋을까?"

"고딕 양식이 좋겠어. 좀 기다려봐. 내가 지어줄게."

마리나의 얼굴이 환해지더니 눈동자를 반짝이며 나를 바라보았다.

"약속하는 거지?" 마리나가 손가락을 내밀었다.

나도 손가락을 걸며 대답했다.

"그래. 약속해."

마리나가 받아온 주소지를 찾아가니 금방이라도 무너져내릴 것 같은 허름한 주택이 나왔다. 정원의 잡풀이 집을 거의 가려버릴 지경이었다. 잡초 사이로 산업혁명 시대의 유물과도 같은 녹슨 우편함이 보였다. 우리는 잡초를 헤치고 현관문 앞에 다다랐다. 문 옆으로 박스 여러 개가 줄지어 놓여 있었는데, 모두 날짜 지난 신문들로 채워져 끈으로 묶여 있었다. 외벽은 비바람에 시달려 각질 일어난 피부처럼 여기저기 칠이 벗겨져 있었다. 보아 하니 빅토르 플로리안 형사는 집을 가꾸는 데엔 별로 투자를 하지 않는 모양이었다.

"여기야말로 건축가의 손길이 필요할 것 같은데?" 마리나가 말했다.

"건축가도 좋겠지만, 철거반도 괜찮을 것 같아."

나는 현관문을 조심스레 두드렸다. 조금만 세게 쳐도 집이 폭삭 무너져내릴 것 같았기 때문이다.

"초인종이 있지 않을까?"

초인종은 깨져 있었고, 깨진 틈으로 드러난 전선은 마치 에디슨 시대의 것인 양 어지러이 연결되어 있었다.

"저기엔 손끝 하나 대고 싶지 않아." 내가 다시 노크를 하며 말했다.

갑자기 10센티미터 정도 문이 열렸다. 반짝거리는 안전 고리 너머로 날카로운 눈동자가 자리잡고 있었다.

"누구요?"

"빅토르 플로리안 씨 되시나요?"

"그렇소만, 그쪽은 누구요?"

묵직하고 권위적인 목소리였다. 벌금이라도 물릴 것 같은.

"미하일 콜베니크 씨와 관련해 알려드릴 일이 있어서 왔습니다……"

문이 활짝 열렸다. 빅토르 플로리안은 근육질의 덩치 큰 남자였다. 옷차림은, 내가 그렇게 생각해서인지 모르겠지만, 은퇴식 날 입었던 옷을 그대로 입고 있는 것 같았다. 그의 표정은 명령을 내리는 데만 익숙할 뿐 실제로 전쟁터에는 한 번도 나가보지 못한 늙은 대령 같아 보였다. 입술에는 불 꺼진 여송연을 물고 있었고, 짙은 눈썹은 일반 사람들의 머리카락보다 숱이 더 많은 듯했다.

"자네들이 콜베니크에 대해 뭘 알아왔다는 말인가? 자네들, 도대체 누구야? 내 집은 어떻게 알았고?"

속사포처럼 쏘아대는 플로리안의 질문은 끝이 없었다. 그러고는 누구 미행하는 사람은 없는지 확인이라도 하듯 주변을 한 번 훑어보더니 우리를 안으로 들였다. 집 안은 그야말로 쓰레기통 그 자체였고 악취가 풀풀 풍겼다. 알렉산드리아 도서관보다 더 많은 문서들이 집 안에 가득했는데, 하나같이 뒤죽박죽 흐트러져 있었다.

"안채로 들어가지."

스쳐지나간 어떤 방 벽에는 10여 종의 무기들이 진열되어 있었다. 리볼버, 자동 권총, 마우저 자동 권총, 총검까지…… 무장 봉기를 일으킬 수도 있을 정도였다.

"하느님 맙소사……" 내가 중얼거렸다.

"입 다물어. 하느님은 성당에 가서나 찾고." 플로리안이 무기고 같은 방의 문을 닫으며 말했다.

남자가 말하는 안채는 작은 식당으로, 그곳에 앉으면 바르셀로나 시가지 전역이 한눈에 들어왔다. 플로리안 형사는 은퇴한 이후에도 높다란 곳에 자리잡고 앉아 감시를 계속해온 셈이다. 그는 우리에게 곳곳이 찢어진 낡은 소파를 가리키며 앉으라고 했다. 탁자 위에는 반쯤 먹다 만 강낭콩 통조림과 에스트레야 맥주병이 놓여 있었다. 술잔은 따로 없었다. '뻔한 경찰 연금에 처절한 노년'이라는 생각이 들었다. 플로리안도 걸상을 끌어다 우리와 마주보고 앉아 싸구려 자명종을 꺼내들고는 우리가 앉은 소파 앞 탁자 위에 올려놓았다.

"지금부터 15분 준다. 그동안에 내가 알지 못하는 뭔가를 말해야 해. 그러지 않으면 엉덩이를 걷어차일 줄 알라고."

우리는 15분이 훨씬 넘는 긴긴 시간 동안 그간 일어난 일들을 말해주었다. 이야기를 듣고 있는 빅토르 플로리안의 얼굴이 점점 일그러졌다. 그를 보고 있자니 심신이 너무 지쳐 있고 두려움이 많은 것 같다는 생각이 들었다. 문 주위에 신문 박스를 잔뜩 쌓아놓은 것도 그렇고, 집 안에 총이란 총은 다 모아놓은 것도 그렇고. 우리의 이야기가 모두 끝나자 플로리안은 여송연을 집어들고 1분 정도 살펴보더니 마침내 불을 붙였다.

그리고 신기루처럼 안개에 휩싸인 바르셀로나를 내려다보면서 말문을 열었다.

16

"1945년 당시 난 바르셀로나 검찰 소속 형사였지." 플로리안이 이야기를 시작했다. "마드리드로 전근 신청을 고려하던 참이었는데, 벨로 그라넬 사건을 떠맡게 됐어. 검찰은 당국이 그리 탐탁잖게 여기는 외국 출신 인사 미하일 콜베니크에 대한 내사를 3년째 벌여왔으나 도대체 꼬투리를 잡을 수가 없었지. 내 선임자는 결국 손을 들고 말았고. 벨로 그라넬은 변호사들과 미로처럼 얽힌 금융회사들로 든든한 방호벽을 둘러친 덕에 그 어떤 일도 오리무중으로 만들어버릴 수 있었으니까. 내 상관들은 이 사건이야말로 화려한 이력을 만들어낼 절호의 기회라며 나를 부추겼지. 이런 사건 하나만 제대로 해결하면 법무부 청사에 책상을 들여놓고, 기사 딸린 관용차를 타고 다니며 유유자적할 수 있게 된다고 꼬드기면서 말이야. 야심은 때로 분별을 상실케 하더군……"

플로리안은 잠시 숨을 돌리며 자신이 한 말을 곱씹어보다가 스스로를 향해 조소를 보냈다. 그러고는 물고 있던 여송연이 감초 가지라도 되는 듯 질겅질겅 씹어댔다.

"일단 사건 관련 서류를 읽어본 결과…… 처음에는 금융 사기와 기타 부정행위에 대한 통상적인 수사에서 시작했던 모양인데, 나중에는 도대체 검찰 어느 부서에서 사건을 맡는 게 옳은 일인지조차 판단하기 힘들 정도로 복잡하게 꼬여 있었어. 갈취, 강탈, 살인 기도…… 그 외에도 다양했지. 나는 그때까지 주로 공금횡령, 외화유출, 사기, 배임 등의 사건을 담당했었고…… 부정을 저질렀다고 해서 늘 벌을 받는 건 아닌 것 같더군. 그땐 지금하고는 시절이 달랐으니까. 다들 문제가 있다는 건 뻔히 알았지만 말이야……"

플로리안은 혼란스러운지 스스로 암울한 분위기 속으로 침잠해 들어갔다.

"그런데 왜 그 일을 맡기로 하신 거죠?" 마리나가 물었다.

"오만함 때문이지. 야심과 탐욕 때문에." 플로리안이 자신을 힐난하는 듯한 어조로 말했다. 그의 음성은 뭔가 끔찍한 범죄를 감추고 있는 것 같은 느낌을 풍겼다.

"진실을 밝히고 싶으셨던 것일 수도 있잖아요." 내가 말했다.

"정의 구현을 위해서요……"

플로리안이 서글픈 미소를 지었다. 그의 시선에서는 30년의 회한이 느껴졌다.

"1945년 말쯤, 벨로 그라넬 사는 실질적인 부도 상태였어." 플로리안이 말을 이어갔다. "바르셀로나의 3대 주요 은행은 벨로 그라넬에 대한 돈줄을 죄다 막아버렸고, 회사 주식은 상장이 취소되었지. 돈줄이 막히자 그간 비호해주던 법망과 눈에 보이지 않던 비호세력의 든든한 울타리도 모래성처럼 무너져내렸어. 영광의 날들이 하루아침에 물거품처럼 꺼져버린 거야. 결혼식장에서 에바 이리노바가 염산 테러를 당했던 비극적인 날 이후 폐관되었던 레알 극장은 이미 폐허가 되어버린 상태였지. 공장과 의료기 제작실도 모두 폐쇄되었고, 회사 재산은 압류되었어. 갖가지 악소문도 난무했지. 그런데 보통내기가 아닌 콜베니크는 자신이 얼마나 담담하고 건재한지를 만천하에 드러내겠다며 바르셀로나의 라롱하 성에서 화려한 칵테일파티를 개최하겠다고 나섰어. 동업자인 센티스는 그 말에 그야말로 아연실색했지. 그런 엄청난 파티를 개최할 만한 자금은 고사하고 음식 한 접시 내놓을 형편이 안 된다는 걸 뻔히 알고 있었으니까 말이야. 그래도 각계 각처로 초대장이 발송되었어. 주주 전원과 바르셀로나의 명문가에…… 파티가 열리던 날 폭우가 쏟아졌지. 연회장인 라롱하 성은 꿈속의 성처럼 화려했어. 밤 9시가 지나자 그간 콜베니크에게 많은 신세를 져왔던 지역 유지들 상당수가 파티에 참석하지 못해 미안하다는 전갈을 보내오기 시작했어. 내가 파티장에 들어선 건 자정이 지날 무렵이었는데, 들어가보니 홀 한가운데 연회복을 깔끔하게 차려입은 콜베니크가 혼자 서 있더군. 빈에서 수입한 고급 담배를 태우면서 말이야. 그는 내게 인사를 하더니 샴페인을 한 잔 따라주면서 '음식 좀 드십시오, 형사님. 이 많은 음식을 다 버려야 한다고 생각하니 마음이 아프네요' 하고 말했어. 그렇게 그와 얼굴은 맞댄 건 그때가 처음이었지. 우리는 한 시간쯤 이야기를 나누었어. 그자는 청소년기에 읽었던 책 이야기, 하고 싶었지만 정작 해보지 못했던 여행 이야기를 하더군…… 콜베니크는 카리스마 넘치는 사람이었어. 눈동자에 총기가 서려 있었고. 무진 애를 썼지만 그에게 호감을 느끼지 않을 수 없더군. 심지어 나는 사냥꾼이고 그쪽은 내 먹잇감이라는 사실이 안타까울 정도였다니까. 그는 다리를 살짝 절어서 세공된 상아 지팡이를 짚고 있었어. '이렇게 하루아침에 친구를 모조리 잃기도 쉽지 않은 법인데요……' 내가 그렇게 말했더니 콜베니크가 조용히 미소지으며 이렇게 답하더군. '잘못 보신 겁니다, 형사님. 원래 이런 자리에는 친구를 초대하지 않는 법이니까요.' 그는 매우 공손한 어조로 내게 계속해서 자신을 추적할 계획인지 물었어. 난 그를 법정에 세우는 그날까지 계속하게 될 거라고 대답했지. 그가 이런 질문을 했던 게 기억이 나는구먼. '어떻게 하면 그걸 그만둘 수 있겠습니까, 플로리안 씨?' 나는 이렇게 대답했지. '날 죽여 없애면 가능하겠지요.' 그러자 그가 웃음지으며 말했어. '때가 되면 그리 하겠습니다, 형사님.' 그 말을 끝으로 절뚝거리며 사라져버리더군. 그날 이후 난 다시는 그를 보지 못했어…… 그리고 아직까지 이렇게 살아 있고. 콜베니크가 마지막 협박을 실현하지 않은 거지."

플로리안은 여기서 말을 멈추더니 물을 한 모금 마신 뒤, 마치 그것이 지구상에 남은 마지막 한 모금인 양 입맛을 다셨다. 입술까지 알뜰하게 핥은 뒤 다시 이야기를 시작했다.

"그날 이후 콜베니크는 철저히 고립된 채 자신이 직접 지은 그로테스크한 성에서 아내와 함께 은둔하며 살았지. 그 후로 여러 해 동안 그를 본 사람은 아무도 없었어. 그를 만날 수 있는 사람은 단 두 사람 뿐이었지. 오래도록 그의 개인 운전기사로 일해왔던 루이스 클라레트라는 자가 그중 하나였는데, 그자는 콜베니크를 거의 숭배하다시피 하는 변변찮은 사내로, 콜베니크가 월급 한 푼 줄 수 없는 지경이 되었는데도 떠나지 않겠다고 했다더군. 또 한 사람은 콜베니크의 주치의인 셸리 박사로, 그 사람 역시 우리 수사 대상 목록에 올라 있었지. 여하튼 그 둘을 제외하고는 아무도 콜베니크를 보지 못했어. 셸리 박사는 콜베니크가 구엘 공원 옆 저택에 기거하고 있기는 하지만 원인을 알 수 없는 병에 걸린 상태라고 증언했지. 하지만 이미 셸리의 서류와 회계

장부까지 검토한 우리는 한마디도 믿지 않았어. 한동안 우리는 콜베니크가 이미 죽었거나 해외로 도피했을 거라 추측했고, 그래서 셸리 박사의 말은 다 거짓이라 믿었던 거야. 계속해서 셸리 박사는 콜베니크가 기이한 병에 걸려 여전히 자신의 저택에 은둔하고 있다고 주장했고, 절대로 손님을 들이거나 밖으로 외출하지 않고 있다고 했어. 진단서까지 내밀면서 말이야. 하지만 우리 검찰도, 판사도 그 말을 믿지 않았지. 결국 1948년 12월 31일, 우리는 콜베니크의 자택 수색영장과 그자에 대한 체포영장을 발부받았어. 벨로 그라넬 사의 비밀 문건 상당수가 사라지고 없었거든. 우리는 그 문서들이 콜베니크의 집 안에 숨겨져 있을 거라 추정했지. 콜베니크를 사기와 세금 포탈 혐의로 집어넣는 데 필요한 증거는 이미 충분히 확보해놓은 상태였기 때문에 더이상 기다릴 이유가 없었어. 1948년 마지막 날은 그자가 마지막 자유를 누릴 수 있는 날이 될 터였어. 다음날 아침, 검찰 특수조가 그자의 집을 급습할 예정이었으니까. 큰 건을 잡았을 때에는 나머지 소소한 것들은 버리기도 하는 법이지······"

여송연이 다시 꺼졌다. 플로리안은 물고 있던 여송연을 빼들고 마지막으로 한 번 쳐다보더니 빈 화분 속으로 던져넣었다. 화분 속에는 꽁초들이 산더미같이 쌓여 있는 게 마치 담배꽁초들의 공동묘혈 같았다.

"그런데 그날 밤에 콜베니크의 저택에 큰불이 나면서 콜베니크와 아내 에바가 죽고 말았어. 다음날 아침, 저택 꼭대기 다락방에서 꼭 끌어안은 채 숨져 있는, 새까맣게 타버린 시신 두 구가 발견되었지…… 콜베니크 사건을 해결해버리려던 우리의 바람도 그렇게 한줌 잿더미가 되고 만 거야. 누가 봐도 그 불은 방화였어. 당시에는 벤하민 센티스와 회사의 일부 임원진이 그 배후에 있을 것으로 생각했어."

"벤하민 센티스 씨가요?" 내가 끼어들었다.

"센티스가 콜베니크를 싫어했다는 건 공공연한 비밀이었어. 아버지 회사를 콜베니크가 쥐락펴락하게 되었으니까. 하지만 센티스도, 다른 임원들도 콜베니크가 법정까지 서는 건 원치 않았어. 원래 개가 죽고 나면 개 짖는 소리도 잦아드는 법이지. 콜베니크가 죽고 나자 퍼즐 조각을 맞추는 일이 이제 아무런 의미도 없어졌어. 한마디로 불이 난 그날 밤, 그동안 피를 묻혔던 수많은 손들이 그 불꽃으로 면죄부를 받아 깨끗해진 것이지. 그런데 애초에 벨로 그라넬에 관한 추문이 늘 그래왔듯이, 화재 사건과 관련해서도 아무런 증거도 찾아낼 수 없었어. 결국 모든 게 잿더미가 되어버린 거야. 지금까지도 벨로 그라넬 사건은 바르셀로나 검찰 역사상 가장 의문스러운 수수께끼로 남게 되었어. 물론 내 개인적으로도 최악의 실패였고……"

"화재가 형사님 탓은 아니잖아요." 내가 말했다.

"여하튼 검찰 내에서 내 이력도 그걸로 끝장나버렸어. 반체제

세력 조사 전담반으로 전출되었거든. 거기가 뭐하는 곳인지 아나? 바로 유령 쫓는 일을 하는 곳이야. 우리끼리는 그렇게 부른다네. 당장이라도 사표를 던지고 싶었지만, 그땐 참 배고픈 시절이었고, 내 월급만 바라보고 사는 동생과 그 가족이 있었어. 게다가 전직 경찰에게 일자리를 줄 사람도 없을 게 뻔했고. 당시 사람들은 간첩과 밀고자들이라면 치를 떨었지. 결국 난 그대로 남기로 했어. 그때 내가 하던 일은 주로 은퇴한 노인네들과 사지가 절단된 상이군인들이 살고 있는 허름한 집을 한밤중에 급습해서, 비닐봉투에 싸서 변기 물탱크 같은 곳에 숨겨놓은 마르크스의 『자본론』 복사본이나 사회주의 선전 전단지 같은 걸 찾아내는 일이었지…… 1949년 초만 해도 나는 모든 것에서 벗어났다고 생각했어. 내게 생길 수 있는 최악의 시나리오는 이미 다 벌어졌으니까. 아니, 최소한 나 스스로는 그렇게 생각하고 있었어. 그런데 콜베니크 부부가 사망한 저택 화재 사건이 있은 지 약 1년 후인 1949년 12월 13일 새벽에, 내가 전에 소속되어 있던 부서의 수사관 두 명이 보르네에 있는 낡은 벨로 그라넬 사 창고 문간에서 그야말로 너덜너덜하게 찢긴 채 발견되는 사건이 벌어졌어. 벨로 그라넬 사건과 관련된 익명의 제보가 있어서 그걸 확인하러 갔다더군. 함정이었던 거지. 아무리 철천지원수라 하더라도 시신을 그렇게 만들어놓지는 않을 거야. 내가 시체안치실에서 확인했는데 기차 바퀴에 깔렸어도 그렇게 엉망이 될 것 같지는 않더라고…… 둘 다 능력 있는 수사관들이었어. 무장도 하고 있었고. 어떤 상황이 벌어져도 얼마든지 대처할 수 있는 사람들이었단 말이야. 인근 주민들 말로는 총소리가 여러 번 들렸대. 현장에서 9밀리 탄피 열네 개도 발견되었고. 모두 수사관들의 총에서 발사된 것으로 확인되었지. 문제는 벽에 탄환이 박힌 흔적이 하나도 없다는 거였어. 심지어 긁힌 자국조차."

"그게 어떻게 가능하지요?" 마리나가 물었다.

"말이 안 되는 일이지. 불가능한 일이라고. 그런데도 그런 일이 일어났어…… 내가 직접 탄피를 확인하고 현장 감식도 했거든."

마리나와 나는 서로 마주보았다.

"혹시 자동차나 마차 같은 데 총을 쏜 건 아닐까요? 나중에 그 자동차나 마차는 현장을 빠져나가버린 거고요." 마리나의 추측이었다.

"이 아가씨 나중에 형사 해도 되겠네. 당시 경찰에서도 그런 게 아닐까 추측했으니까. 하지만 그 추정 역시 말이 안 되는 게, 9밀리 탄환은 금속판을 뚫지 못하고 튕겨나오거든. 당연히 주변에 흔적이 남게 된단 말이지. 뭐 탄환 흔적까지는 남지 않는다 해도 총격전의 흔적 정도는 남는 게 당연하지. 하지만 아무것도 남아 있지 않았어."

"며칠 후 죽은 수사관들의 장례식에서 센티스를 봤어." 플로리안이 이야기를 이어갔다. "얼이 빠져 보이는 게 몇 날 며칠 꼬박 새운 몰골이더군. 구질구질한 옷차림에 술에 잔뜩 절어 있었어. 그자 말로는 도저히 집에 들어갈 수가 없어서 며칠째 노숙을 하며 떠돌고 있다는 거였어⋯⋯ 센티스가 그러더군. '플로리안! 내가 살아 있어도 사는 게 아니라오. 난 이제 죽은 목숨이라고.' 내가 신변 보호 경찰을 붙여줄까 물었더니 그냥 웃더군. 심지어 우리 집에 좀 피해 있으라고 해도 거절했고. '당신까지 죽게 할 수는 없지, 플로리안.' 센티스는 이렇게 말하고는 사람들 사이로 멀어져갔어. 그로부터 몇 달에 걸쳐 과거 벨로 그라넬 사의 이사회 임원들이 하나둘 죽어나갔어. 외형적으로는 모두 자연사였지. 의학적 소견으로는 하나같이 심장마비로 죽었다더군. 그것도 거의 유사한 상황에서. 시신은 모두 자정 무렵, 침실에서, 바닥을 기어나오다가 숨진 형상으로 발견되었어⋯⋯ 마치 보이지 않는 사자로부터 벗어나려고 발버둥치는 모습으로. 남은 것은 벤하민 센티스뿐이었어. 요 몇 주 전에 만날 때까지 지난 수십 년간 한 번도 본 적이 없었지만 말이야."

"사망 직전에 보셨겠군요." 내가 지적했다.

플로리안은 고개를 끄덕였다.

"검찰에 전화해서 나를 찾았다더군. 센티스 말에 따르면 공장에서 있었던 사건, 그리고 벨로 그라넬 추문과 관련해 제보할 게 있다는 거야. 내가 전화를 걸었지. 말하는 게 다 헛소리처럼 들렸지만, 그래도 일단은 만나보기로 했어. 일종의 연민 때문이랄까? 다음날 우리는 프린세사 거리에 있는 한 술집에서 만나기로 했어. 그런데 약속 시간이 지나도 나오지를 않는 거야. 그리고 이틀 후, 검찰에 있는 내 옛 동료가 전화를 해줬어. 시우타트베야에 있는 하수관 수로에서 그자의 시신이 발견되었다고 말이야. 콜베니크가 만들어준 의수는 뜯겨나가고 없었다더군. 하지만 언론에는 거기까지만 공개되었고, 기사로 나가지 않은 게 있었어. 경찰이 시신을 발견했을 때, 현장 수로 벽면에 피로 '토이펠'이라는 글자가 쓰여 있었다는 사실 말이야."

"'토이펠'이라고요?"

"독일어로 '악마'라는 뜻이야." 마리나가 설명해주었다.

"동시에 콜베니크의 상징물에 붙여진 이름이기도 하지." 플로리안이 덧붙였다.

"검은 나비 말씀이신가요?"

플로리안이 고개를 끄덕였다.

"왜 그런 이름을 붙인 거죠?" 마리나가 물었다.

"나야 곤충학자가 아니니 알 수 없지. 다만 한 가지 분명한 건, 콜베니크가 검은 나비를 수집했었다는 거야."

정오가 가까워졌다. 플로리안이 케이블카 역 근처 식당에서 점심을 사겠다고 했다. 우리는 그 집에서 나갈 수 있다는 것만으로도 기분이 좋아졌다.

단골집인 것 같았다. 우리는 조용한 창가에 자리를 잡았다.

"손자들이 왔나봅니다, 사장님?" 주인장이 미소 띤 얼굴로 물었다.

사장님 소리를 들은 플로리안은 별다른 설명 없이 그저 고개를 끄덕였다. 종업원이 토르티야와 토마토를 곁들인 빵을 내왔다. 플로리안에게는 두카도스 담배도 한 갑 가져다주었다. 기가 막히게 맛있는 음식을 들면서 플로리안이 이야기를 이어갔다.

"벨로 그라넬에 대한 수사를 시작했을 무렵, 나는 미하일 콜베니크의 과거가 분명하지 않다는 것을 알았지. 프라하에 연락을 해봐도 그자의 출생 기록이나 주민등록을 찾을 수가 없었어. 아마 미하일이라는 이름도 실명이 아니었던 것 같아."

"그럼 그 사람은 도대체 누구였나요?" 내가 물었다.

"나도 30년 전부터 그게 궁금했어. 사실 프라하 경찰청에 연락을 해서 미하일 콜베니크라는 사람에 대한 기록을 찾아내긴 했었거든. 문제는 그 사람이 '볼프터하우스'에 등록된 자였다는 거지."

"그게 뭔데요?"

"시립 정신병원. 하지만 내가 보기에 콜베니크는 정신병원 근처에는 가지도 않았던 게 분명해. 그저 병원에 수용된 사람 이름만 빌려 쓴 거지. 콜베니크는 미치지 않았거든."

"그런데 왜 하필 정신병원에 수용된 환자 이름을 쓴 걸까요?" 마리나가 물었다.

"당시로서는 그리 놀랄 일도 아니지. 전시에는 신분을 세탁하는 건 곧 새로운 탄생을 의미하는 거였으니까. 원치 않는 과거는 지워버리는 거지. 너희들은 아직 어리고 전쟁 같은 건 경험한 적 없으니까 모르겠지만, 사실 전쟁을 겪어봐야 사람을 제대로 알 수 있는 법이란다……"

"콜베니크가 뭔가 숨기는 거라도 있었던 게 아닐까요?" 내가 물었다. "프라하 경찰청에 그 사람에 대한 자료가 남아 있다면, 분명 뭔가……"

"아니. 그건 내가 확실히 아는데 단순히 우연이었어. 일종의 관료사회의 허점이라고나 할까. 그쪽 경찰 기록에 남아 있는 콜베니크라는 사람이 우리가 알고 있는 콜베니크라고 가정한다면, 기록이라고 할 만한 것도 별로 없어. 기록에 남아 있는 콜베니크라는 이름은 안토닌 콜베니크라는 프라하 외과의사 사망 사건 기록에 올라 있는 이름이었거든. 이미 종결된 사건으로, 자연사한 것으로 결론지어졌더라고."

"그럼 그 미하일 콜베니크라는 사람은 왜 정신병원에 수용되었다던가요?" 마리나가 의문을 제기했다.

플로리안은 잠시 머뭇거렸다. 차마 답하기가 어렵다는 표정이었다.

"아마 시체에 무슨 짓인가를 했던 모양이야……"

"어떤 짓요?"

"그 부분에 대해서는 프라하 경찰도 명확한 답변을 해주지 않아서 몰라." 플로리안이 퉁명스레 대답하더니 다시 담배에 불을 붙였다.

잠시 침묵이 이어졌다.

"그런데 셸리 박사님 말로는 콜베니크에게 유전질환을 앓았던 쌍둥이 형제가 있었다던데요?"

"그건 콜베니크의 입에서 나온 이야기지. 그자는 밥먹듯이 거짓말을 지어댔던 사람이니까. 셸리는 손톱만큼의 의구심도 없이 그 말을 믿을 수밖에 없는 상황이었고. 콜베니크가 그의 연구비와 연구실 유지비를 전액 지원해주고 있었거든. 사실상 셸리는 벨로 그라넬의 일개 직원에 불과했던 거야. 일종의 소모품이었던 거지……"

"그렇다면 콜베니크의 쌍둥이 형제 이야기가 다 지어낸 거란 말씀이세요?" 난 완전히 멍해져버렸다. "그 동생 때문에 콜베니크가 선천적 기형으로 태어난 사람들에게 그토록 집착한 것으로 알고 있었는데요……"

"내 짐작으로는 동생 이야기 자체는 지어낸 것 같진 않아."

"그러면요?"

"난 그자가 동생 이야기라면서 했던 말이 그 자신의 이야기일 것으로 본다."

"한 가지만 더 여쭐게요, 형사님."

"난 이제 형사가 아니다, 얘야."

"그럼 빅토르 아저씨라고 부를께요. 그렇게 불러도 되겠지요?"

처음으로 플로리안의 얼굴에 편안하고 환한 미소가 퍼져나갔다.

"그래, 질문이 뭐냐?"

"아까 벨로 그라넬 비리 사건을 조사하시면서 '그 외에도 다양한' 사실들을 밝혀냈다고 하셨는데……"

"그렇단다. 우리 수사팀에서도 처음에는 병원이나 행려병자 수용소 등에 돈을 지급한 것이 탈세를 위한 전형적인 수단으로, 이중장부용 구실이라고 생각했었지. 그런데 우리 수사관 하나가 특이한 점을 발견했어. 그런 돈이 실제로 지급된 게 확인된 거야. 셸리 박사가 승인하고 서명까지 한, 바르셀로나 각급 병원 시신 안치실에 대한 비용 지급 명세서가 나왔거든. 다시 말해 일명 '모르그'라고 하는 무연고 시신들이 있는 안치실에 지급된 거야……"

"콜베니크가 시신을 팔아넘겼다는 말인가요?" 마리나가 물었다.

"아니, 팔아넘긴 게 아니라 사들였어. 한 10여 구 정도. 다 무연고 시신이었지. 가족도, 아는 이도 없이 죽어간 사람들 말이야. 자살한 사람들도 있었고, 교수형당한 죄수 시신도 있었고, 버림받은 노인들 시신도…… 여하튼 사람들의 뇌리에서 지워져버린 사람들의 시신이었어."

저만치 식당 안쪽에서는 우리가 나누는 이야기의 메아리처럼 라디오의 울림이 잔잔히 이어지고 있었다.

"콜베니크는 그 시신들을 가져다 대체 어디에 쓴 걸까요?"

"그걸 누가 알겠니. 시신을 찾아내지도 못했는데."

"그래도 심증은 있는 거잖아요. 그렇지요, 빅토르 아저씨?" 마리나가 물었다.

플로리안이 한참 말없이 우리를 응시하더니 대답했다.

"아니."

은퇴를 했어도 전직 형사에게는 거짓말을 하는 게 쉬운 일이 아닌 모양이었다. 마리나도 더이상 그 문제에 매달리지는 않았다. 플로리안은 숱한 기억의 그림자에 좀먹히며 고단한 시간을 보내고 있는 것 같았다. 형사로서 지녔던 날카로움도 무뎌진 듯했다. 담배를 쥐고 있는 손이 가볍게 떨리고 있었다. 어느덧 사람이 담배를 피우고 있는 것인지, 담배가 사람을 피우고 있는 것인지 모호해질 지경이었다.

"너희들이 말한 그 온실 말인데…… 거긴 잊어버리도록 해라. 아니, 이 일 자체를 깨끗이 잊어버려. 앨범도, 이름 없는 묘비도,

그 무덤을 찾았다는 여자 일도 모두. 센티스도 잊어버리고, 셸리도, 나도 잊어버리도록 해. 난 지금까지 너희들에게 한 이야기조차 다 잊어버린 불쌍한 늙은이일 뿐이니까. 이 일은 지금까지만 해도 너무 많은 목숨을 희생시켰다. 그러니 이쯤에서 그만두도록 해."

그러고 나서 플로리안은 종업원에게 오늘 밥값은 자기 이름으로 달아놓으라고 한 뒤 우리를 보고 말했다.

"더이상 캐지 않겠다고 약속하렴."

나는 내심 이 일이 우리 뒤를 바짝 뒤쫓고 있는데 어떻게 달리지 않을 수 있겠냐고 생각했다. 지난밤 사건이 일어난 마당에, 플로리안의 충고 같은 건 이미 동화 속 요정들이나 던질 수 있는 이야기에 불과했다.

"노력은 해볼게요." 마리나가 우리 둘을 대표해서 대답했다.

"지옥으로 떨어지는 길도 처음에는 다 좋은 뜻에서 시작되었다는 걸 명심해라." 플로리안이 말했다.

플로리안은 케이블카 역까지 우리를 배웅해주면서 조금 전에 식사를 했던 식당 전화번호를 일러주었다.

"여기에 전화하면 나랑 연락이 될 거다. 혹시 뭐 필요한 일이 생기거든 메모를 남겨. 낮이고 밤이고 개의치 말고. 어차피 식당 주인 마누는 만성 불면증을 겪고 있기 때문에 밤새도록 BBC 라디오 방송을 듣든가, 외국어 공부를 하든가 하면서 깨어 있을 테니 밤이어도 신경쓸 필요 없어."

"어떻게 감사를 드려야 할지 모르겠네요."

"정말 감사하고 싶거든 내 말대로 이 일에서 멀찍이 떨어지도록 해." 플로리안이 잘라 말했다.

우리는 고개를 끄덕였다. 케이블카 문이 열렸다.

"그런데 아저씨는요?" 마리나가 물었다. "앞으로 어떡하실 거예요?"

"다른 노인네들처럼 살 거다. 옛날 생각이나 하면서, 매사에 내가 다른 선택을 했더라면 내 인생이 어떻게 달라졌을까 생각해보는 거지. 자, 그만 가거라."

우리는 케이블카 안으로 들어가 창가 쪽에 자리잡고 앉았다. 벌써 해가 저물고 있었다. 벨소리가 울리더니 문이 닫혔다. 케이블카는 요란스럽게 흔들리면서 하강을 시작했다. 아주 천천히 발비드레라의 불빛이 멀어져갔고, 꼼짝 않고 승강장에 서 있는 플로리안의 모습도 멀어져갔다.

헤르만 아저씨가 맛좋은 저녁식사를 준비해놓았다. 이름이 무슨 오페라 아리아 비슷한 이탈리아식 요리였다. 우리는 식탁에

둘러앉아 헤르만 아저씨가 신부님과의 체스 게임에서 거둔 승리의 무용담을 들었다. 마리나는 평소와는 달리 식사 내내 아무 말이 없어서 대화는 오롯이 아저씨와 나의 몫이었다. 내심 내가 말이나 행동에서 무슨 실수라도 했나 싶어 걱정스러웠다. 저녁식사 후 헤르만 아저씨가 내게 체스나 한 판 두자고 했다.

"그러고 싶지만 오늘 설거지가 제 차례라서요."

"설거지는 내가 할게." 등뒤에서 마리나가 나지막이 말했다.

"아냐. 정말 괜찮아."

헤르만 아저씨는 벌써 거실로 가 콧노래를 부르며 체스판 위에 말들을 올려놓기 시작했다. 마리나 쪽을 돌아보니 벌써 개수대 앞에서 설거지를 하고 있었다.

"같이 하자."

"괜찮아. 어서 가서 아빠나 즐겁게 해드려."

"어서 오게, 오스카르 군!" 거실에서 헤르만 아저씨가 부르는 소리가 들렸다.

선반 위에서 타오르는 촛불 빛에 비친 마리나의 얼굴이 유난히도 파리하고 피곤해 보였다.

"괜찮아?"

마리나가 나를 돌아보며 미소지었다. 그렇게 미소지을 때면 늘 내가 쓸모없는 어린애가 되어버린 것 같은 느낌이 들곤 했다.

"어서 가봐. 져드려야 해."

"그건 걱정 마."

나는 마리나의 말대로 거실로 나가 선인장 모양의 거대한 수정 촛대 아래 놓인 체스판 앞에 앉았다. 마리나의 바람대로 아저씨를 얼마간 즐겁게 해드릴 요량이었다.

"자네 차례네, 오스카르 군."

내가 말을 옮기자 헤르만 아저씨가 헛기침을 했다.

"전에도 말했지만 체스에서 폰은 그런 식으로 움직이지 못하네, 오스카르 군."

"아, 죄송합니다."

"죄송할 건 없지. 다 젊음의 호기 때문인걸 뭐. 솔직히 난 자네가 부럽네. 젊음은 변덕스러운 애인 같아서 제대로 이해할 수도 없고, 얼마나 소중한지 그 가치를 평가할 수도 없지. 하지만 지나고 나서야 알게 돼. 다시는 돌아올 수 없는 것이 바로 그 젊음이라는 걸…… 허허, 내가 원 참 무슨 소릴 하는 건지…… 어디 보세…… 폰이라……"

한밤중에 들려온 어떤 소리에 퍼뜩 잠에서 깨어났다. 집은 온통 어둠에 휩싸인 채였다. 침대에 일어나 앉아 있는데 그 소리가 다시 들렸다. 멀리서 들리는 숨죽인 기침 소리였다. 불안해진 나는 일어나 복도로 나가보았다. 아래층에서 나는 소리였다. 마리나의 침실 앞을 지나는데 문이 열려 있고 침대에 있어야 할 마리나의 모습이 보이지 않았다. 두려움이 엄습했다.

"마리나?"

대답이 없었다. 나는 차가운 계단을 까치발로 내려갔다. 저 아래 계단 발치에서 카프카의 노란 눈동자가 반짝이고 있었다. 카프카가 조그맣게 야옹 소리를 내더니 저만치 어두운 복도 쪽으로 나를 안내했다. 복도 끝에서 문틈으로 가느다란 불빛이 스며 나오고 있었다. 기침 소리도 그곳에서 흘러나오고 있었다. 고통스러운 기침이었다. 카프카가 문 앞에서 걸음을 멈추고 앉아 야옹 소리를 냈다. 내가 나지막이 불러보았다.

"마리나?"

한동안 침묵이 흘렀다.

"가, 오스카르."

거의 신음에 가까운 목소리였다. 나는 잠시 기다렸다가 문을 열었다. 바닥에 놓인 촛불 빛이 하얀 타일로 덮인 욕실을 밝혀주었다. 마리나는 바닥에 무릎을 꿇은 채 세면대에 이마를 기대고 있었다. 온몸이 떨리고 있었고, 땀에 흠뻑 젖은 잠옷이 젖은 종이처럼 온몸에 찰싹 달라붙었다. 얼굴을 감추려 했지만 코피가 흐르고 있음을 알 수 있었다. 가슴 여기저기에도 피가 튄 상태였다. 나는 얼굴이 하얗게 질려 어찌할 바를 모른 채 서 있었다.

"도, 도대체 어떻게 된 거야……?" 내가 더듬거리며 물었다.

"문 닫아." 마리나가 단호하게 대꾸했다. "닫으라고!"

나는 마리나가 시키는 대로 문을 닫고 얼른 그애 옆으로 다가갔다. 열이 펄펄 끓고 있었다. 식은땀에 흠뻑 젖은 머리카락이 얼굴에 달라붙었다. 기겁한 내가 헤르만 아저씨를 깨우러 가려 하자 마리나가 내 팔을 힘주어 잡았다. 마리나의 손이라고는 믿기 힘들 만큼 아귀힘이 셌다.

"안 돼!"

"하지만……"

"난 괜찮아."

"괜찮긴 뭐가 괜찮다는 거야?"

"오스카르! 제발 부탁이니 아빠한테는 말하지 말아줘. 어차피 아무것도 하실 수 없으니까. 이제 괜찮아졌어. 훨씬 나아졌다고."

침착한 마리나의 목소리에 나는 주눅이 들고 말았다. 마리나가 내 눈을 바라보았다. 마리나의 눈빛 속에는 도저히 거부할 수 없는 뭔가가 깃들어 있는 듯했다. 마리나가 내 얼굴을 쓰다듬었다.

"너무 놀랄 것 없어. 이제 정말 괜찮아."

"얼굴이 백지장처럼 하얀데……"

마리나가 내 손을 잡더니 자기 가슴에 가져다댔다. 갈비뼈 위로 심장박동이 느껴졌다. 나는 어쩔 줄 모르고 후다닥 손을 뗐다.

"죽은 줄 알았겠지만 잘 살아 있어. 봤지? 그러니까 아빠한테는 제발 아무 말 하지 말아줘."

"도대체 왜? 대체 무슨 일이냐고?"

마리나는 무척 고단한 듯 시선을 내렸다. 나도 가만히 답을 기다렸다.

"약속해줘."

"병원에 가보자."

"약속해줘, 오스카르."

"병원에 가겠다고 약속하면."

"알았어. 가볼게."

마리나는 수건에 물을 적셔 얼굴에 묻은 피를 닦아내기 시작했다. 나 자신이 너무나도 쓸모없게 느껴졌다.

"이런 꼴을 봤으니 정나미가 다 떨어졌겠다."

"정나미 떨어질 정도는 아냐."

마리나는 여전히 시선을 내게 둔 채로 얼굴을 닦고 있었다. 젖은 면 잠옷이 달라붙어 속이 그대로 드러난 마리나의 몸은 당장이라도 깨져버릴 듯 약해 보였다. 그런 마리나의 몸을 바라보면서도 곤혹스러운 느낌이 전혀 들지 않는 것이 오히려 놀라웠다. 마리나 역시 내가 옆에서 그런 자신의 모습을 보고 있는데도 하나도 부끄러워하지 않는 것 같았다. 몸에 묻은 피와 땀을 닦아내는 마리나의 두 손이 떨렸다. 나는 문에 걸려 있던 깨끗한 목욕 가운을 가져와 활짝 펴서 내밀었다. 마리나가 가운을 몸에 두르더니 지친 한숨을 내쉬었다.

"내가 뭐 해줄 거 없어?" 내가 물었다.

"그냥 나랑 같이 여기 있어줘."

나는 거울 앞에 가서 앉았다. 마리나는 빗을 집어들고 어깨 위로 흘러내린 헝클어진 머리카락을 빗어보려 했지만 잘 되지 않았다. 머리 빗을 힘조차 남아 있지 않은 것이다.

"내가 빗어줄게." 나는 빗을 빼앗아 들었다.

그리고 말없이 마리나의 머리를 빗겨주었다. 우리 둘의 시선이 거울 속에서 만났다. 한 손으로 머리를 빗기는 동안 마리나는 내 다른 한 손을 잡고 자기 뺨에 가져다댔다. 그애의 뺨을 타고 흐르는 눈물이 느껴졌다. 하지만 왜 우느냐고 물어볼 용기가 나지 않았다.

나는 마리나를 침실까지 데려가 침대에 눕혔다. 이제 떨림은 잦아들었고, 뺨에도 다소 혈색이 돌기 시작했다.

"고마워……" 마리나가 말했다.

지금으로서는 혼자 쉬라고 두는 게 최선인 것 같아 내 방으로 돌아왔다. 그리고 다시 침대에 누워 잠을 청해보았지만 소용없었다. 불안한 심정으로 어둠 속에 누워 바람이 나뭇가지를 뒤흔들 때 이 넓은 집이 삐걱거리는 소리를 들었다. 밀려드는 불안감에 괴로웠다. 너무나 많은 일들이, 그것도 너무나 짧은 시간 동안 일어나고 있었다. 내 머리로는 도저히 시간의 속도를 따라갈 수 없었다. 새벽 어스름 속에서 모든 것이 뒤죽박죽 되어버리고 말았다. 하지만 정말 나를 놀라게 만든 건, 내가 마리나에 대해 느끼는 감정을 도저히 이해할 수도, 어떤 말로 표현할 수도 없다는 것이었다. 동이 트기 시작하고서야 나는 겨우 잠을 이룰 수 있었다.

꿈속에서 나는 하얀 대리석으로 된 성의 어두컴컴하고 황량한 방 사이를 뛰어다니고 있었다. 방마다 조각상들이 수백 개나 있었는데, 내가 그 앞을 지날 때마다 조각상의 눈이 번쩍 뜨이는가 싶더니 알아듣지도 못하는 말들을 두런거리기 시작했다. 그때 저 멀리 마리나의 모습이 보이는 듯싶었다. 나는 마리나를 향해 달려갔다. 천사의 얼굴을 한 하얀 형상이 마리나의 손을 잡고 벽에 피가 흐르는 복도를 지나고 있었다. 그쪽에 도달하기 위해 안간힘을 쓰며 달리는데 복도에 늘어선 문 가운데 하나가 열리더니 그 속에서 마리아 셸리가 등장했다. 그녀는 낡아빠진 수의 자락을 질질 끌며 바닥 위를 떠다니듯 미끄러졌다. 그녀는 울고 있었다. 하지만 뺨을 타고 흘러내린 눈물은 끝내 바닥까지 닿지 못했다. 그녀가 나를 향해 두 팔을 내밀었는데 내게 닿으려는 순간 재가 되어버리고 말았다. 나는 마리나의 이름을 부르며 제발 돌아오라고 소리쳤지만, 마리나는 듣지 못하는 것 같았다. 나는 계속 달리고 또 달렸지만 복도도 같은 속도로 자라나는 것 같았다.

바로 그때 마리나의 손을 잡고 가던 천사가 고개를 돌려 나를 바라보았다. 그제야 나는 그 천사의 진짜 얼굴을 똑바로 볼 수 있었다. 천사의 얼굴에는 눈알은 없이 눈구멍 두 개만 뻥 뚫려 있었고, 머리카락은 새하얀 뱀이었다. 천사가 희디흰 두 팔을 마리나의 어깨에 두르면서 끔찍하게 웃어댔다. 그러고는 저만치 멀어져갔다. 꿈속이었지만 고약한 냄새를 머금은 숨결이 목덜미를 간질이는 게 느껴졌다. 사체에서 나는 고약한 악취였다. 그 냄새와 더불어 내 이름을 부르는 소리가 들렸다. 고개를 돌려보니 검은 나비 한 마리가 내 어깨 위에 앉아 있었다.

17

 화들짝 놀라 깨어났지만 숨조차 제대로 쉴 수 없었다. 잠자리에 들 때보다 훨씬 더 피곤한 느낌이었다. 배 속에 진한 커피를 두 병쯤 쏟아부은 것처럼 관자놀이가 쿵쾅거렸다. 몇 시쯤 되었는지는 알 수 없었지만 해 높이로 봐서 대충 정오 즈음인 모양이었다. 시계를 보니 내 예상이 대충 맞았다. 12시 반. 서둘러 아래층으로 내려갔지만 집 안은 텅 비어 있었다. 차려놓은 아침상은 다 식어 있었고, 식탁 위에 메모지가 놓여 있었다.

 오스카르
 아빠랑 병원에 다녀올게. 하루 종일 걸릴 거야. 카프카 밥 주는 것 잊지 마. 이따가 저녁식사 때 보자. 마리나.

나는 아침을 먹는 동시에 메모를 읽고 또 읽으면서 마리나의 서체를 감상했다. 잠시 후 카프카가 나타나기에 우유를 따라주었다. 하루 종일 뭘 해야 할지 알 수 없었다. 그래서 일단 학교로 돌아가 짐을 좀 챙겨오기로 했다. 파울라 아주머니에게 휴가 동안 가족과 함께 지내게 되었으니 내 방 청소는 하지 않아도 된다는 말도 전해야 했다. 학교로 가는 동안 기분이 좋아졌다. 교문을 들어서서 곧장 3층 파울라 아주머니의 방으로 향했다.

파울라 아주머니는 기숙사 학생들을 늘 웃는 얼굴로 대해주는 마음씨 좋은 분이었다. 사별한 지 30년이 넘었다는데, 그 사이 어떤 남자들을 만나 어떻게 지냈는지는 아무도 모른다. 그리고 툭하면 '난 살찌는 체질을 타고났다'고도 했다. 자식 없이 어느덧 예순다섯이 되었지만, 시장 가는 길에 유모차라도 만나면 아기가 예뻐서 어쩔 줄 모르는 그런 분이었다. 요즘도 카나리아 두 마리를 키우면서 혼자 지내는데, 하루 종일 제니트 텔레비전을 켜놓는 게 일이었다. 날마다 국가가 흘러나오며 왕실 일가의 초상화가 하나씩 지나가고 나서야 잠자리에 드는 것이다. 손바닥은 표백제에 찌들어 쭈글쭈글해졌고, 발목 부근의 혈관이 잔뜩 부어올라 보는 사람이 다 통증을 느낄 정도였다. 그런 파울라 아주머니가 누리는 유일한 호사라면 격주로 미용실 가기와 〈올라〉 잡지 읽기였다. 아주머니는 여러 나라 공주들의 이야기를 재미있게 읽고 여배우들의 멋들어진 드레스를 감상하는 것을 좋아했다. 내가 노크를 했을 때도 파울라 아주머니는 〈즐거운 오후〉라는 프로그램에서 방영해주는 호셀리토가 출연하는 뮤지컬 시리즈 〈피레네 산맥의 나이팅게일〉 재방송을 시청하면서 갓 구운 토스트에 연유와 계피가루를 잔뜩 바르고 있었다.

"안녕하세요, 파울라 아주머니? 갑자기 찾아와서 죄송합니다."
"아이쿠, 오스카르 왔구나. 죄송하긴. 어서 와. 들어오렴."

화면 속에서는 호셀리토가 새끼 염소에게 노래를 불러주고 있었는데, 그 모습을 지켜보던 경비병 두 명이 호셀리토에게 완전히 매료되어 정겨운 눈길을 보내고 있었다. 텔레비전 옆에는 다양한 형상의 성모상이 줄지어 놓여 있었고, 바로 그 옆으로 팔랑혜당* 군복을 잘 차려입고 머리에 포마드를 발라 멋을 낸 죽은 남편 로돌포의 사진이 진열되어 있었다. 이렇게 남편을 일편단심으로 기리기는 했지만, 파울라 아주머니는 사실 민주주의를 신봉했다. 아주머니 말에 따르면 컬러 텔레비전이 나오는 시대인 만큼 세상도 달라져야 하기 때문이란다.

"그런데 어젯밤에 그 소리 못 들었니? 텔레비전 뉴스에 보니까 콜롬비아에 지진이 났다고 하던데…… 아휴…… 얼마나 무섭던지……"

---

* 스페인의 파시스트 정당.

"걱정 마세요, 파울라 아주머니. 콜롬비아는 여기서 아주 멀거든요."

"그렇다고는 하더라만 그래도 같은 스페인어를 쓰는 나라라던데…… 그러니까 내 말은……"

"염려 안 하셔도 돼요. 전혀 위험하지 않거든요. 그나저나 제 방 청소하지 않으셔도 된다고 말씀드리러 왔어요. 이번 크리스마스는 가족들과 함께 보내게 되었거든요."

"어머나, 오스카르! 정말 잘됐구나."

파울라 아주머니는 내가 성장하는 모습을 죽 지켜봤지만, 늘 나를 미사에 열심히 나가는 아이로 생각하고 있었다. 그리고 나만 보면 늘 "넌 정말 재능 있는 아이야"라고 했지만, 단 한 번도 어떤 재능이 있는지 언급한 적은 없었다. 아주머니는 들고 있던 비스킷을 함께 먹자며 부득부득 우유 한 잔을 내왔다. 배는 전혀 고프지 않았지만 아주머니의 호의를 거절할 수 없었다. 그래서 잠시 아주머니와 함께 텔레비전을 보면서 아주머니 말씀에 맞장구를 쳤다. 이 마음씨 좋은 아주머니는 누가 옆에 있기라도 하면 이렇게 끝없이 수다를 늘어놓곤 했다. 사실 누군가와 같이 있는 일 자체가 별로 없기는 하지만 말이다.

"저 총각 정말 멋진 것 같지 않니?" 아주머니가 천진한 표정으로 노래하는 호셀리토를 가리키며 말했다.

"네, 파울라 아주머니. 그런데 이제 그만 가봐야겠어요……"

나는 아주머니 볼에 작별 키스를 하고 방을 나왔다. 그리고 잠시 내 방으로 올라가 재빨리 셔츠와 바지 몇 벌, 갈아입을 속옷을 챙겼다. 1분 1초도 어물대지 않고 모조리 가방 속에 쑤셔넣고는 행정실로 가서 태연하게 가족과 보내는 크리스마스 어쩌고 하는 이야기를 반복했다. 그러고 난 뒤 학교를 빠져나왔다. 방금 한 거짓말처럼 모든 일이 그렇게 술술 풀려가기를 기원하면서.

우리는 초상화가 걸려 있는 거실에서 조용히 식사를 했다. 헤르만 아저씨는 굳은 표정으로 무슨 생각에 깊이 빠져 있었다. 가끔씩 나와 눈이 마주치면 미소를 보냈지만, 순전히 예의상 보내는 그런 미소일 뿐이었다. 마리나는 수프 접시에 숟가락을 넣었다 뺐다 하면서도 입에 대지는 않았다. 들리는 소리라고는 숟가락과 포크가 접시와 부딪치는 소리, 그리고 촛불이 호드득거리며 타는 소리뿐이었다. 아마도 병원에서 헤르만 아저씨의 병세에 대해 비관적인 이야기를 한 게 분명했다. 물어보지 않아도 뻔히 보였기 때문에 나도 그 문제는 거론하지 않기로 했다. 저녁식사 후 헤르만 아저씨는 양해를 구하며 먼저 자리를 떴다. 평소보다 훨씬 지치고 나이 들어 보였다. 아저씨를 알게 된 이후 거실을 지나면서 아내 커스틴의 초상화 앞에서 발길을 멈추지 않고 그냥 지나치는 것을 본 적은 이번이 처음이었다. 헤르만 아저씨가 방으로 들어가기가 무섭게 마리나가 손도 대지 않은 접시를 물리며 한숨을 내쉬었다.

"한 입도 먹지 않았네."

"배고프지 않아."

"무슨 나쁜 이야기라도 들은 거야?"

"그 얘기는 하지 말자, 응?" 마리나가 까칠하다 못해 거의 적의를 내비치는 듯한 음성으로 말했다.

마리나의 날카로운 대꾸를 들으니 내가 이 집 안에서 이방인이라는 사실이 새삼 절실히 느껴졌다. 내가 제아무리 꿈을 꾸며 노력한다 해도 결코 나는 그들과 한 가족이 아니고, 이 집은 나의 집이 아니며, 그들의 문제는 내 문제일 수 없음을 확연히 깨우치게 해주려는 것 같았다.

"미안해." 잠시 후 마리나가 내 손을 잡으며 말했다.

"별일도 아닌데 뭘." 나는 거짓말을 했다.

나는 먹고 난 그릇들을 치우기 시작했다. 마리나는 무릎 위에 올라앉아 야옹거리는 카프카의 등을 쓰다듬으며 말없이 앉아 있었다. 나는 평소보다 시간을 들여 설거지를 했다. 나중에는 찬물에 손가락이 다 곱을 정도였다. 다시 거실로 나와보니 마리나의 모습은 보이지 않았다. 나를 위해 촛불 두 개는 켜놓고 간 것 같았다. 촛불 주위를 제외하고 고택은 온통 어둠과 정적에 싸여 있었다. 나는 훅 불어 촛불을 끈 뒤 정원으로 나갔다. 하늘에는 먹구름이 천천히 흘러가고 있었다. 칼바람이 나무들을 온통 흔들어댔다. 고개를 돌려 올려다보니 마리나의 침실 창문에 불이 켜져 있었다. 침대 위에 누워 있을 마리나의 모습을 상상해보았다. 잠시 후 창문의 불이 꺼졌다. 이제 저택은 내가 처음 봤을 때처럼 폐허 같은 모습으로 어둠을 뚫고 솟아올라 있었다. 편안히 쉬다가 잠을 이룰 수 있을지 헤아려보았지만, 갖가지 근심이 밀려오는 게 오늘 밤 역시 한숨도 못 자는 긴긴밤이 될 것 같은 예감이 들었다. 결국 나는 머리나 좀 식힐 겸 산책을 하기로 했다. 최소한 몸이라도 좀 고단하게 만들어야 할 것 같았다. 그런데 대문도 나서기 전부터 빗방울이 후드득 떨어지기 시작했다. 날씨가 좋지 못해서인지 거리에도 인적이 없었다. 나는 주머니에 두 손을 찔러넣은 채 길을 걷기 시작했다. 그렇게 두 시간 정도를 정처 없이 걸어다녔다. 날씨도 춥고 비까지 내렸지만 그토록 고대하던 피곤함은 도무지 찾아오지 않았다. 뭔가가 머릿속을 뱅뱅 돌고 있는데, 아무리 애를 써봐도 그 생각을 떨칠 수 없을뿐더러 오히려 그러려고 하면 할수록 그 존재가 더 또렷하게 느껴졌다.

나도 모르게 발걸음이 사리아 공원묘지로 향했다. 거무스름한 묘비들과 비스듬하게 기운 십자가들 위로 빗방울이 떨어져내리고 있었다. 철책 너머로 기다랗게 줄지어 선 괴기스러운 무덤들의 윤곽이 드러났다. 비에 젖은 바닥에서는 마른 꽃잎이 썩어가는 냄새가 풍겼다. 철책 가로대 위로 고개를 쑥 들이밀었다. 차가운 금속의 냉기가 파고들었다. 녹슨 철책 어딘가에 피부가 긁히는 게 느껴졌다. 지금 일어나고 있는 이 모든 일들에 대한 해답을 그 묘지 어딘가에서 찾아낼 수 있기라도 한 듯 어둠 속을 두리번거렸다. 하지만 느껴지는 것이라고는 오로지 죽음과 정적뿐이었다. 도대체 내가 여기서 뭘 하고 있는 거지? 아직도 상식이라는 게 남아 있다면 당장 마리나의 집으로 돌아가서 백 시간쯤 깨지 않을 깊은 잠 속으로 빠져들어야 했다. 그것만이 지난 석 달 동안 내린 숱한 결정 중에서 가장 최선의 결정일 것이다.

결국 나는 집으로 돌아가기로 하고 사이프러스 나무가 줄지어 선 좁다란 길을 따라 걷기 시작했다. 저 멀리 가로등 하나가 비 내리는 밤길을 비추고 있었다. 그런데 그 가로등 불빛이 갑자기 어두워졌다. 시커먼 그림자가 가로등을 덮은 것이다. 비에 젖은 길 위를 내딛는 말발굽 소리가 들리는가 싶더니 저만치서 시커먼 마차 한 대가 빗속을 뚫고 달려오는 게 보였다. 새까만 말들이 내뿜는 콧김이 뿌연 연기처럼 솟구쳤다. 마부석에는 구식 느낌이 물씬 풍기는 마부가 앉아 있었다. 나는 길 옆에 숨을 곳이 있나 찾아보았지만 담벼락만 이어지고 있을 뿐이었다. 발밑이 요란스럽게 흔들리는 게 느껴졌다. 이제 달리 선택의 여지가 없었다. 다시 뒤돌아 묘지로 가는 것뿐. 나는 비에 흠뻑 젖은 채 숨 한번 쉬지 않고 곧장 철책을 기어올라 공원묘지 안쪽으로 펄쩍 뛰어내렸다.

18

    내가 뛰어내린 곳은 쏟아지는 폭우 속에 뒤범벅이 된 진흙탕이었다. 시커먼 흙탕물이 마른 꽃잎을 쓸어내리며 무덤 사이로 흘러내리고 있었다. 두 손과 발은 온통 진흙투성이였다. 나는 다시 일어나 하늘을 향해 두 팔을 벌리고 선 대리석상 뒤로 재빨리 숨었다. 마차가 철책 너머에 멈춰 섰다. 마부가 내렸다. 등잔을 들고 선 마부는 온몸에 망토를 두른데다 챙이 넓은 모자를 쓰고 추위와 비 때문에 목도리까지 둘러 얼굴이 보이지 않았다. 마차는 알아볼 수 있었다. 지난번 아침에 프란시아 역에서 검은 옷을 입은 여자를 태우고 간 바로 그 마차였다. 마차 문에는 검은 나비 문양이 새겨져 있었고, 창문에는 어두운 색깔의 커튼이 드리워져 있었다. 오늘도 저 안에 그 여자가 타고 있을지 궁금했다.

마부가 철문 앞으로 다가오더니 묘지 안쪽을 넌지시 살폈다. 나는 꼼짝 않고 석상 뒤에 착 달라붙어 있었다. 잠시 후 열쇠꾸러미 부딪치는 소리가 들리더니 곧이어 자물통이 열리는 쇳소리가 울렸다. 나는 혼잣말로 욕지거리를 쏟아냈다. 요란한 쇳소리가 끼이익 들려왔다. 그리고 진흙탕을 걷는 발소리. 마부는 내가 숨어 있는 석상 쪽으로 다가오고 있었다. 거기서 벗어나야 했다. 나는 등뒤로 난 묘지를 돌아보았다. 마침 먹구름이 갈라지며 그 사이로 희미한 달빛이 새어나왔다. 한순간 줄지어 선 무덤들의 모습이 시야에 들어왔다. 나는 묘비 사이를 기어가 묘지 안으로 들어가서는 겨우 어느 무덤 옆에 다다랐다. 묘지 주변에는 철책과 유리로 된 울이 쳐져 있었다. 마부는 점점 더 가까이 다가오고 있었다. 나는 숨을 죽이고 울 뒤쪽 어둠 속에 몸을 숨겼다. 마부가 등잔을 높이 쳐든 채 불과 2미터도 안 되는 간격을 두고 내 앞을 스쳐지났다. 마부가 저만치 멀어져간 뒤에야 나는 참았던 숨을 토해냈다. 마부는 묘지 한가운데로 걸어가고 있었다. 그 순간 나는 그가 어디를 향해 가는지 바로 알아챘다.

 미친 짓이 분명한데도 나는 마부의 뒤를 미행했다. 그렇게 묘지 뒤로 몸을 숨기며 따라간 곳은 공원묘지 북측 날개 쪽이었다. 그리고 그쪽 무덤 구역이 한눈에 내려다보이는 단 위로 올라갔다. 2미터쯤 아래로 마부가 이름 없는 무덤 위에 올려놓은 등잔이 보였다. 검은 나비 문양이 새겨진 묘비 위로 빗물이 마치 핏

물처럼 흘러내리고 있었다. 마부가 무덤 위로 허리를 숙이더니 망토 자락 속에서 뭔가 기다란 물체를 꺼내들었다. 금속 막대기였다. 그리고 힘을 쓰기 시작했다. 마부가 무엇을 하려는지 직감한 나는 침을 꿀꺽 삼켰다. 무덤을 파려는 것이었다. 당장 그곳에서 도망치고 싶지만 몸이 움직이지 않았다. 마부는 그 막대기를 지렛대 삼아 무덤 위 묘비를 몇 센티미터 정도 옆으로 옮겼다. 그렇게 조금씩조금씩 공간을 넓히며 시커먼 구덩이를 만들어내더니 급기야 묘비가 제 무게를 이기지 못하고 옆으로 툭 떨어지며 그 충격으로 두 동강이 나버렸다. 내 발아래 땅도 흔들렸다. 마부가 바닥에 놓아두었던 등잔을 깊이 2미터 정도 되는 묘 구덩이 위로 쳐들었다. 구덩이는 지옥으로 향하는 승강기 같았다. 그 속에 있는 검은 관 뚜껑이 불빛을 받아 반짝였다. 마부는 하늘을 한 번 올려다보더니 눈 깜짝할 사이에 구덩이 속으로 뛰어들었다. 마치 땅이 그를 통째로 삼켜버리기라도 한 듯 남자의 모습이 순식간에 내 시야에서 사라져버린 것이다. 뭔가 두들기는 소리와 오래된 나무가 깨지는 소리가 들렸다. 나는 단 아래로 뛰어내려서는 진흙 바닥을 기어 조금씩 묘 구덩이 옆으로 다가갔다. 그리고 아래를 들여다보았다.

쏟아지는 비가 구덩이 안으로도 들이쳐 바닥은 완전히 물바다가 되어 있었다. 마부는 여전히 그 속에 있었다. 그 순간 그가 관 뚜껑을 잡아 힘껏 들어올리자 뚜껑이 열리면서 저만치로 나가 떨어졌다. 썩은 나무와 찢어진 천 조각이 훤히 드러났다. 관 속은 텅 비어 있었다. 남자가 미동도 않고 서서 텅 빈 관을 내려다보았다. 뭐라고 중얼거리는 소리도 들리는 것 같았다. 나는 이제야말로 그곳을 벗어나 달아날 순간임을 깨달았다. 그래서 막 도망치려는데 내 발끝에 차인 돌멩이가 그만 묘 구덩이 속으로 떨어져 관에 부딪쳤다. 일순간 남자가 내 쪽을 돌아보았다. 남자의 오른손에는 리볼버 권총이 들려 있었다.

나는 묘지와 석상 사이를 이리저리 돌아 죽을힘을 다해 출입문 쪽으로 달렸다. 어느새 구덩이 위로 올라온 마부가 나를 뒤따라오며 소리치는 게 들렸다. 저만치 철책 출입문이 보였고, 맞은편에 세워둔 마차도 보였다. 나는 숨 한번 쉬지 않고 그곳으로 달음박질쳤다. 마부의 발소리가 점점 가까이 들렸다. 평지로 나가면 나를 잡아채는 건 그야말로 시간문제인 셈이었다. 그자의 손에 들려 있던 권총을 떠올리면서 나는 필사적으로 몸을 숨길 곳을 찾아 주위를 돌아보았다. 그러다가 시선이 멎었다. 내가 선택할 수 있는 유일한 대안이 그곳에 있었던 것이다. 마차 후면의 화물칸. 부디 마부가 그곳을 뒤지지 않기를 바랄 뿐이었다. 나는 잽싸게 마차 뒤에 뛰어올라 화물칸 안에 쪼그리고 앉았다. 불과 몇 초도 지나지 않아 사이프러스 나무가 줄지어 선 비탈길을 서둘러 달려오는 마부의 발소리가 들렸다.

남자의 시선이 어디를 어떻게 향하고 있을지 눈에 선했다. 아마도 빗속에 이어지는 텅 빈 오솔길을 보고 있을 것이다. 발소리가 잦아들었다. 그는 마차 주위를 한 번 돌아보았다. 혹시 나의 존재를 드러낼 증거라도 찾아내는 건 아닐까 두려웠다. 곧이어 남자가 마부석에 올라앉는 게 느껴졌다. 나는 여전히 꼼짝 않고 쪼그리고 있었다. 말들이 울음소리를 냈다. 기다림의 시간이 영원처럼 길게만 느껴졌다. 마침내 채찍 소리가 울리더니 마차가 한바탕 덜컹거렸다. 그 바람에 나는 바닥으로 나동그라졌다. 마차가 움직이기 시작한 것이다.

요란한 덜컹거림은 어느새 난폭하고 무뚝뚝한 진동으로 바뀌어, 추위로 굳어버린 내 온몸의 근육을 방망이질해댔다. 화물칸 밖으로 고개라도 내밀어보려 애썼지만 어찌나 덜컹거리는지 도저히 불가능했다.

마차는 사리아를 뒤로하고 계속 내달렸다. 달리는 마차에서 뛰어내렸다가 머리가 깨질 가능성이 얼마나 될까 가늠해본 뒤 그 생각은 접어버렸다. 대단히 영웅적인 행동을 해볼 만한 기운은 남아 있지 않았지만, 한편으로 도대체 어디로 가고 있는 건지 궁금했다. 결국 나는 기다려보기로 마음먹었다. 일단은 화물칸 속에 최대한 몸을 편하게 누이고 휴식을 취하기로 했다. 혹시 나중에라도 기운 쓸 일이 있을지 모르니까.

마차는 끝없이 달렸다. 내 예상을 뒤엎고 빗속을 뚫고 수킬로미터는 족히 달린 듯싶었다. 흠뻑 젖은 옷 속에서 온몸이 저려왔다. 교통량이 많은 대로는 이미 빠져나왔고, 이제는 황량해 보이는 거리를 달리고 있었다. 몸을 일으켜 구멍 틈새로 내다보니 갈라진 바위틈처럼 좁다랗고 어두컴컴한 거리가 눈에 들어왔다. 가로등과 안개에 뒤덮인 고딕 양식의 건물들도 보였다. 당혹스러워진 나는 다시 바닥에 누웠다. 현재 마차는 구시가지에 들어와 있었고, 대략 라발 구역 어딘가인 듯했다. 늪지대가 범람하듯 역류해 넘쳐버린 하수구에서 악취가 스멀스멀 올라오고 있었다. 그렇게 바르셀로나의 어두운 심장부를 30여 분 돌아다니던 마차가 마침내 멈춰 섰다. 마부가 내리는 소리가 들렸다. 잠시 후 문 열리는 소리도 들렸다. 마차는 천천히 굴러가더니 냄새로 판단하건대 오래된 듯한 마구간으로 들어갔다. 문이 다시 닫혔다.

나는 꼼짝 않고 있었다. 마부가 말들을 풀어주고는 무슨 말인가를 중얼거렸지만 알아들을 수 없었다. 화물칸의 열린 틈새로 가느다란 빛이 쏟아져들어왔다. 물 흐르는 소리와 건초 더미 밟는 소리가 들렸다. 그리고 잠시 후 불이 꺼졌다. 마부의 발소리가 멀어졌다. 나는 2분 정도 더 기다렸다가 말들의 숨소리 외에는 아무 소리도 들리지 않자 화물칸 밖으로 미끄러지듯 빠져나왔다. 푸르스름한 빛이 감도는 어둠이 마구간을 가득 메우고 있었다. 나는 살그머니 옆문으로 향했다. 그리고 어두컴컴한 차고로 나갔다. 굵직한 목제 대들보가 놓인 차고 건물은 지붕이 높았다. 저 안쪽으로 비상용으로 보이는 출구가 하나 있었다. 자물쇠는 안쪽에서만 열리도록 되어 있었다. 조심스럽게 문을 열고 나가보니 곧장 거리로 통했다.

내가 선 곳은 라발 구역의 어느 캄캄한 골목길이었다. 길은 양쪽 팔을 벌리면 손이 벽에 닿을 정도로 좁다랬다. 자갈 포장이 된 길 한가운데로 악취를 풍기는 구정물이 흐르고 있었다. 10미터 앞이 길모퉁이였는데 그곳에 다다르니 훨씬 넓은 길로 연결되었다. 그 길에는 백 년은 족히 된 듯한 오래된 가로등들이 뿌연 빛을 뿌리며 줄지어 서 있었다. 추레해 보이는 회색빛 건물 한편에 마구간으로 들어가는 문이 보였다. 그 문틀에 '1888년'이라는 건축연도가 새겨져 있었다. 그곳에 서서 보니 그 건물은 본관이 아니라 그 블록 전체를 차지하고 있는 거대한 건물의 부속 건물임을 알 수 있었다. 본관 건물은 그 규모가 거의 궁전에 필적할 만했다. 그런데 건물은 통째로 공사용 철제 빔과 때가 타 꼬질꼬질해진 텐트 천으로 덮여 있었다. 그 안에 성당이라도 감출 수 있을 정도의 크기였다. 나는 이게 도대체 뭔지 한참을 생각해보았지만 도저히 알아낼 수 없었다. 라발 구역에서 이런 건물은 본 적이 없었다.

건물 가까이 다가가 외벽에 붙어 있는 나무 명패들을 살펴보았다. 짙은 어둠 속에서 근대 양식의 거대한 차양막이 설치된 구조물이 어슴푸레 드러났다. 기둥들과, 잘 벼린 쇠로 정교하게 장식한 작은 창문들이 줄지어 나 있는 게 보였다. 매표소였다. 저만치 있는 아치형 출입문들을 보니 신화 속 궁전의 출입문이 떠올랐다. 그런데 그 모든 것이 버려진 채 갖가지 잔해 더미와 축축한 습기로 뒤덮여 있었다. 그제야 내가 어디에 와 있는지 퍼뜩 깨달았다. 이 건물은 미하일 콜베니크가 아내 에바를 위해 재건축했던 화려하고 기념비적인 건물, 바로 레알 극장이었던 것이다. 끝내 에바는 그 무대를 밟지 못했지만 말이다. 이제 극장은 완전히 폐허가 되어 거대한 묘지처럼 변해버렸다. 파리 오페라의 서자이자 성가족의 성전으로 탄생하려던 극장이 철거될 날만 기다리는 신세로 전락해버린 것이다.

나는 마구간이 있는 부속 건물로 되돌아왔다. 현관은 시커먼 구멍 같았고, 나무로 된 벽면에는 수도원 혹은 감방으로 들어가는 쪽문처럼 생긴 문이 하나 있었다. 문이 열려 있어 나는 그 안으로 들어갔다. 위쪽 유리창들이 다 깨져버린 회랑 바로 아래로 을씨년스러운 작은 창이 나 있었다. 넝마 같은 옷들이 널려 있는 빨랫줄에 쳐진 거미줄이 바람에 흔들렸다. 하수구 냄새, 질병 냄새와 더불어 궁핍의 냄새가 피어났고, 벽에서는 매몰된 수도관이 터져서 더러운 물이 스며나오고 있었다. 바닥 곳곳에 물이 고여 있었다. 녹슨 공동 우편함이 벽에 붙어 있었다. 가까이에서 살펴보니 우편함 대부분은 파손된 채 이름표도 없이 비어 있었다. 단 하나만 사용중이었다. 기름때 아래로 이름이 보였다.

3호
루이스 클라레트 이 밀라

어디선가 들어본 이름 같은데 도무지 기억이 나지 않았다. 혹시 마부의 이름이 아닐까 하는 생각은 들었다. 도대체 어디서 들었는지 떠올려보려 그 이름을 되뇌고 또 되뇌어보았다. 순간 기억이 났다. 플로리안 형사의 말에 따르면 마지막 순간까지 콜베니크와 에바 부부가 살고 있는 구엘 공원 옆 저택을 드나들던 두 사람이 있었는데, 바로 주치의인 셸리 박사와 끝까지 주인을 떠나지 않고 곁을 지킨 운전기사 루이스 클라레트였다. 주머니를 뒤져보니 필요하면 언제든 연락하라며 플로리안 형사가 적어준 전화번호가 들어 있었다. 그런데 갑자기 저 위쪽 계단에서 사람들 목소리와 발소리가 들렸다. 나는 얼른 밖으로 도망쳐나왔다.

다시 거리로 나온 나는 재빨리 골목길로 꺾어지는 모퉁이에 몸을 숨겼다. 잠시 후, 사람 그림자 하나가 문밖으로 나오더니 빗속을 뚫고 걸어가기 시작했다. 다시 마부가 등장한 것이다. 클라레트. 나는 잠시 남자가 멀어져가기를 기다렸다가 발소리를 쫓아 미행을 시작했다.

19

나는 어둠 속에서 그림자처럼 클라레트의 뒤를 밟았다. 그 동네는 궁핍과 피폐의 냄새가 공기중에 가득 차 있었다. 클라레트는 내가 한 번도 가보지 못했던 길로 성큼성큼 걸어나갔다. 그렇게 한참을 걷다가 모퉁이를 돌아서는데, 나도 아는 콘데 델 아살토 거리가 나왔다. 그렇게 람블라스 거리까지 걸어간 클라레트는 다시 왼쪽으로 꺾어들어 카탈루냐 광장 쪽으로 방향을 잡았다.

밤잠을 이루지 못하는 행인 몇 사람만이 거리를 지나고 있었다. 불 켜진 가판 매점은 좌초한 선박 같았다. 리세오 극장에 다다른 클라레트는 길을 건넜다. 그러고는 셸리 박사와 딸 마리아가 살고 있는 아파트 건물 앞에서 걸음을 멈췄다. 건물 안으로 들어서기 직전, 그자가 망토 자락 속에서 반짝반짝 빛나는 물건

하나를 꺼내들었다. 리볼버 권총이었다.

 건물 외벽은 갖가지 부조로 장식되었고, 더러운 물을 쏟아내는 홈통도 달려 있었다. 어느 집 창문에서 흘러나온 황금빛 불빛이 칼날처럼 한줄기 선을 그려내고 있었다. 바로 셸리 박사의 집 창문이었다. 밤새도록 잠 못 이루고 팔걸이의자에 불편한 몸을 의지한 채 앉아 있을 셸리 박사의 모습이 떠올랐다. 나는 건물 출입문 쪽으로 달려갔다. 문은 잠겨 있었다. 클라레트가 들어가면서 잠근 모양이었다. 건물로 들어가는 다른 입구가 있는지 살펴보았다. 주위를 한 바퀴 돌아보니 뒷면에 좁다란 소방 계단이 보였다. 계단은 건물 전체를 둘러친 처마 장식과 연결되어 있었다. 앞으로 돌출된 처마 장식은 돌로 되어 있으면서 건물 전면까지 이어져 있었다. 그곳에 올라서면 셸리 박사가 사는 아파트 발코니까지 불과 몇 미터 되지 않았다. 나는 소방 계단을 타고 처마 장식이 있는 곳까지 올라갔다. 그런데 그곳에서 자세히 살펴보니 처마의 폭이 겨우 한 뼘 정도였다. 아래를 내려다보니 바닥이 그야말로 심연처럼 보였다. 그래도 나는 심호흡을 하고 처마 장식을 향해 첫발을 내디뎠다.

 나는 우선 벽에 등을 대고 바짝 붙어서서 1센티미터씩 전진했다. 표면이 미끄러운데다, 어떤 부분은 돌 블록 자체가 흔들거리기까지 했다. 한 걸음 내디딜 때마다 폭이 점차 좁아지는 듯했다. 등을 벽에 기댔는데도 몸이 앞으로 기울어지는 것 같았다.

그래도 내가 벽 타는 데에는 타고난 재주가 있는 모양이었다. 벽에 새겨진 악마의 찡그린 얼굴을 손가락으로 잡아챈 것이다. 순간 악마의 목구멍이 확 닫히면서 손가락을 모조리 절단해버리는 건 아닌지 겁이 났다. 그래도 여하튼 그 악마상을 손잡이 삼아 마침내 셸리 박사의 아파트 발코니를 두른 철제 난간에 닿을 수 있었다.

창문 앞 격자 발판 위로 올라섰다. 유리창은 뿌연 우윳빛이었다. 유리창에 얼굴을 바짝 가져다대자 안쪽이 들여다보였다. 창문은 잠겨 있지 않았다. 조심스럽게 밀었더니 창문이 반쯤 열렸다. 안쪽에서 벽난로 속 장작 타는 냄새가 뒤섞인 후끈한 공기가 밀려나와 얼굴을 간지럽혔다. 셸리 박사는 그곳에서 평생 동안 움직이지 않는 사람처럼 난로 앞 팔걸이의자에 앉아 있었다. 그리고 박사의 등뒤로 문이 열렸다. 클라레트였다. 내가 너무 늦은 것이다.

"당신은 맹세를 어겼습니다." 클라레트의 말소리가 들렸다.

처음으로 그의 목소리를 또렷이 들을 수 있었다. 묵직하고 갈라진 목소리. 전쟁 때 총알에 후두를 관통당했다던 우리 학교 정원사 다니엘 아저씨의 목소리와 비슷했다. 다니엘 아저씨는 병원에서 후두 복원 수술을 받았다는데, 그래도 다시 말하기까지 10년의 세월이 걸렸고, 말은 할 수 있게 되었지만 입술 사이로 새어나오는 목소리는 바로 클라레트와 비슷한 그런 소리였다.

"마지막 약병을 깨버렸다고 하지 않았습니까?" 클라레트가 셸리 박사에게 다가서며 물었다.

박사는 굳이 돌아보려고도 하지 않았다. 클라레트가 리볼버 권총을 들어올려 셸리 박사를 겨냥했다.

"그건 오해일세." 박사가 말했다.

클라레트가 노의사 앞에 우뚝 섰다. 셸리 박사가 눈을 들었다. 두려워하는지 어떤지는 알 수 없었지만 겉으로는 전혀 드러나지 않았다. 클라레트가 박사의 머리를 조준했다.

"거짓말! 당장 머리통을 날려버리겠어……" 클라레트가 고통스러운 듯 한마디 한마디를 느릿느릿 발음했다.

총구가 셸리 박사의 미간에 닿았다.

"쏘게나. 부디 날 죽여주게." 박사의 말에는 진심이 담겨 있는 듯했다.

나는 침을 꼴깍 삼켰다. 클라레트가 공이치기를 뒤로 당겼다.

"어디에 뒀습니까?"

"여긴 없네."

"그럼 어디 있냐고요?"

"그건 자네가 알지 않나?"

클라레트가 한숨을 몰아쉬었다. 잠시 후 그는 권총을 거두더니 낙담한 표정으로 팔을 내리고 말았다.

"우린 모두 지옥에 떨어지게 될 걸세." 셸리 박사가 말했다.

"그건 시간문제야…… 자넨 단 한 번도 그를 이해하지 못했어. 지금은 더더욱 그렇지."

"내가 이해하지 못하는 건 당신입니다. 나는 죽더라도 양심의 가책 없이 죽고 싶거든요."

셸리 박사가 쓴웃음을 지었다.

"죽는 데 양심의 가책 같은 게 무슨 상관인가, 클라레트?"

"나한테는 상관있어요!"

갑자기 마리아 셸리가 문간에 모습을 드러냈다.

"아버지…… 괜찮으세요?"

"그래, 마리아. 가서 자거라. 클라레트는 친구잖니. 그만 가봐."

마리아는 망설였다. 클라레트가 잠시 그녀를 가만히 바라보았다. 그의 눈빛 속에 막연한 무언가가 감돌고 있었다.

"시키는 대로 해. 어서 가."

"네, 아버지."

마리아가 나갔다. 셸리 박사는 시선을 다시 벽난로로 돌렸다.

"자네는 양심을 위해 이 일을 덮도록 하게. 나는 내 딸을 위해서라도 감출 테니까. 이제 그만 돌아가. 자네가 할 수 있는 건 아무것도 없어. 그 누구도 할 수 있는 게 없지만. 자네도 봤지 않나? 센티스의 종말을 말이야."

"센티스는 그래도 싸지요." 클라레트가 말했다.

"자네는 그리 되지 않을 거라고 믿는 건가?"

"난 친구들을 버리지 않았으니까요."

"하지만 친구들이 자넬 버렸잖은가."

출입문 쪽으로 걸어가던 클라레트는 셸리 박사의 목소리에 발걸음을 멈췄다.

"잠깐만……"

셸리 박사가 책상 옆에 나란히 놓인 옷장으로 가더니 목에 걸고 있던 작은 열쇠를 끄집어냈다. 옷장 문을 연 박사는 그 속에서 뭔가를 꺼내어 클라레트에게 내밀었다.

"받게. 난 이걸 쓸 만한 용기도 없으니까. 믿음도 없지만 말이야."

나는 셸리 박사가 클라레트에게 도대체 무엇을 준 것인지 알아내려고 두 눈을 부릅떴다. 작은 상자였다. 그리고 그 상자 속에는 은빛으로 빛나는 캡슐처럼 생긴 것들이 들어 있었다. 총알이었다.

클라레트는 그 상자를 받아들고 조심스럽게 살폈다. 그의 시선이 박사의 시선과 얽혔다.

"고맙습니다……" 클라레트가 중얼거렸다.

전혀 고마울 일 아니라는 듯 셸리 박사는 말없이 고개를 가로저었다. 클라레트는 자기 총의 탄창을 비우고 셸리가 준 총알을 다시 채워넣었다. 박사는 그 모습을 두 손을 비벼가며 몹시 초조하게 지켜보았다.

"가지 말게……" 셸리 박사가 애원했다.

클라레트는 탄창을 닫고 회전시켰다.

"다른 선택의 여지가 없습니다." 이미 출구 쪽으로 걸음을 옮기면서 클라레트가 대답했다.

그의 모습이 사라지자마자 나는 다시 처마 쪽으로 옮겨왔다. 어느새 비는 그쳤다. 나는 클라레트를 놓치지 않으려 서둘러 움직였다. 소방 계단에 다다른 나는 계단을 내려간 뒤 쏜살같이 뛰어 건물을 돌아 람블라스 거리로 내려가는 클라레트를 따라잡았다. 이번에는 간격을 훨씬 좁혀 바짝 추격하기 시작했다. 클라레트는 계속 직진하다가 페르난도 거리에서 성 하이메 광장 쪽으로 꺾어들었다. 저만치 레알 광장 입구 쪽에 공중전화가 보였다. 최대한 빨리 플로리안 형사에게 전화를 걸어 지금의 상황을 설명해야 한다는 걸 알았지만 이 상태에서 미행을 멈추면 클라레트를 놓칠 게 뻔했다.

그가 고딕 지구로 들어섰을 때까지도 나는 여전히 그의 뒤를 바짝 쫓고 있었다. 그런데 궁전 사이를 잇는 교각 아래로 그의 모습이 갑자기 사라져버렸다. 높다란 아치가 성벽 위로 흔들거리는 그림자를 드리우고 있었다. 거리마다 신화에나 등장할 만한 이름이 붙어 있고, 시간의 귀신이 우리 등뒤를 따라다니는 영혼의 미로, 매혹적인 바르셀로나에 다시 들어선 것이다.

20

 클라레트의 뒤를 밟다보니 성당 뒤쪽으로 난, 사람들 눈에 잘 띄지 않는 길이 하나 나왔다. 그 길 한쪽 모퉁이에 가면을 파는 상점이 있었다. 나는 그 상점의 진열장 앞으로 다가가 종이로 만든 얼굴 위에 구멍 난 눈을 바라보았다. 흘낏 보니 클라레트는 20미터쯤 떨어진 곳에 있는, 하수구로 통하는 맨홀 옆에 멈춰 서 있었다. 갑자기 그가 묵직한 금속 맨홀 뚜껑을 힘껏 열어젖히기 시작했다. 그러고는 그 안으로 들어갔다. 그가 내려간 후 곧바로 가보니 구멍 아래로 늘어진 철제 사다리를 타고 내려가는 그의 발소리가 들렸다. 희미한 불빛도 보였다. 무릎을 꿇고 앉아 고개를 맨홀 아래로 쑥 집어넣어보았다. 하수도에서 퀴퀴한 악취가 올라왔다. 클라레트의 발소리도 더이상 들리지 않고 그가 들고 있던 불빛도 어둠 속으로 완전히 사라졌다.

플로리안 형사에게 전화를 걸어야 했다. 저쪽 어느 주점에서 불빛이 흘러나오고 있었다. 다른 가게보다 문을 유난히 늦게 닫거나 일찍 여는 가게인 모양이었다. 3백 년은 족히 되어 보이는 낡은 건물 반지하에 자리잡은, 술 냄새가 찌든 누추한 주점이었다. 주인장은 무뚝뚝한 표정에 눈이 작은 남자로, 머리에는 군모처럼 생긴 모자를 쓰고 있었다. 내가 안으로 들어서자 주인이 눈꼬리를 치켜뜨더니 못마땅한 표정을 지었다. 뒤쪽 벽에는 '푸른 사단'* 깃발과 카이도스 계곡의 풍경이 담긴 우편엽서, 무솔리니의 초상화가 붙어 있었다.

"거기, 나가!" 주인장이 소리쳤다. "5시에 개점이다."

"전화 한 통만 쓸게요. 긴급한 상황이라서요."

"5시에 다시 오면 되잖아."

"5시에 다시 올 수 있으면 긴급 상황도 아니지요. 부탁드려요. 경찰서에 전화 한 통만 걸게요."

주인장은 내 말을 듣고 잠시 곰곰이 생각하더니 결국 벽에 매달린 전화통을 가리켰다.

"그럼 걸어봐. 전화요금 낼 돈은 있겠지?"

---

* 제2차 세계대전중인 1941년에서 1943년 사이에 독일군으로 활동했던 스페인 자원병 부대. 주로 대 소련전에 참전했다.

"물론이죠." 나는 거짓말을 했다.

수화기는 기름때가 잔뜩 껴 지저분했다. 전화기 옆 유리 접시 위에는 주점 이름과 거대한 독수리 문양이 새겨진 성냥갑들이 수북이 놓여 있었다. '발로르 주점'. 나는 주인장이 돌아서 계산기를 켜는 동안 잽싸게 성냥갑 몇 개를 주머니에 쑤셔넣었다. 그러고는 주인장이 뒤돌아 나를 쳐다보자 언제 그랬냐는 듯 천진난만한 미소를 지어 보였다. 플로리안이 적어준 전화번호를 돌렸다. 한참 신호가 가는데도 아무도 받지 않았다. 형사가 말했던 그 식당 주인이라는 사람이 BBC 뉴스를 듣다가 잠들어버린 건 아닐까 슬슬 걱정되기 시작할 무렵, 수화기 너머에서 누군가의 목소리가 들려왔다.

"여보세요? 늦은 시간에 전화드려 죄송합니다. 실은 급히 플로리안 형사님께 드릴 말씀이 있어서요. 정말 급한 일입니다. 형사님께서 급한 일 있으면 전화하라고 이 번호를 주셔서……"

"누구라고 할까?"

"오스카르 드라이입니다."

"오스카르 뭐라고?"

내 성을 한 자 한 자 또박또박 불러줬다.

"잠깐 기다려봐. 플로리안이 집에 있나 모르겠네. 불이 꺼져 있거든. 기다릴 수 있나?"

나는 늠름한 표정의 무솔리니 사진 아래서 군가에 맞춰 컵을 씻고 있는 주인을 훔쳐보고는 자신있게 대답했다.

"그럼요."

기다리는 시간이 영원처럼 길게 느껴졌다. 주인장이 마치 탈옥한 죄수라도 감시하듯 나를 힐끗거렸다. 나는 짐짓 미소를 지어 보냈다. 주인장은 눈썹 하나 까딱하지 않았다.

"밀크 커피 한 잔 주세요. 얼어 죽을 것 같네요."

"5시가 돼야 한다."

"지금 몇 신데요?"

"아직 5시 안 됐어." 주인장이 대꾸했다. "너 정말 경찰에 전화 거는 거 맞아?"

"좀더 정확히 말씀드리자면 치안경비대예요." 거짓말을 잘도 지어냈다.

마침내 플로리안의 목소리가 들렸다. 민첩하면서 조심스러운 목소리였다.

"오스카르? 너 지금 어디냐?"

나는 최대한 요점만 간추려 빠른 속도로 이야기했다. 내가 하수도 이야기를 하자 그의 목소리에서 긴장감이 느껴졌다.

"내 말 잘 들어라, 오스카르. 내가 갈 때까지 거기서 꼼짝 말고 기다려. 바로 택시 잡아타고 갈 테니까. 혹시 무슨 일이 생기거든 도망치거라. 곧장 비아 라예타나에 있는 경찰서로 가서 멘도사라는 사람을 찾아. 내가 잘 아는 친구고 믿을 만해. 내 말 알아듣겠니? 여하튼 혼자 터널로 내려가는 건 절대로 안 된다. 알았어?"

"알았어요."

"바로 갈게."

전화가 끊어졌다.

"60페세타다." 주인장이 어느새 내 등뒤로 와서 말했다. "야간 할증 요금이야."

"5시 되면 드리겠습니다, 장군님!" 내가 병사 같은 목소리로 소리쳤다.

주인장의 눈두덩 아래로 축 처진 살집이 리오하 포도주처럼 벌겋게 달아올랐다.

"너 이 꼬맹이! 죽어볼래?" 주인이 성을 내며 겁을 주려 했다.

주인장이 소란 방지용 방망이를 집어들고 카운터 뒤에서 뛰어나오려는 찰나, 재빨리 주점을 도망쳐나왔다. 가면 상점 앞에서 플로리안을 기다릴 생각이었다. 그리 오래 걸리지는 않을 것이다.

새벽 4시를 알리는 성당 종소리가 울렸다. 피로가 몰려왔고 죽도록 배가 고팠다. 추위와 쏟아지는 잠을 쫓으려고 주위를 어슬렁거렸다. 잠시 후 인도 위를 걸어오는 누군가의 발소리가 들렸다. 플로리안이라고 생각하고 돌아섰는데, 모습이 노형사의 모습 같지 않았다. 여자였다. 나는 본능적으로 몸을 숨겼다. 혹시 검은 망토의 여인이 날 찾아 여기까지 온 건 아닌지 걱정스러웠다. 여자의 모습이 드러났다. 여자는 나를 보지 못한 채 내 앞을 스쳐지났다. 바로 셸리 박사의 딸 마리아였다.

마리아는 하수도 입구 맨홀 앞으로 가더니 구멍 아래를 내려다보았다. 손에는 유리병이 하나 들려 있었다. 달빛 아래로 훤히 드러난 여자의 얼굴은 어딘가 예전과 달라 보였다. 미소도 짓고 있었다. 순간 뭔가 잘못 되어가고 있다는 생각이 들었다. 결코 이런 곳에 어울리는 장면이 아니었기 때문이다. 내 머릿속에 유일하게 떠오른 생각은 어쩌면 마리아가 최면 상태에서 몽유병 환자처럼 여기까지 걸어왔을지도 모른다는 것이었다. 터무니없는 가설이기는 했지만, 그래도 다른 이유가 있으리라고 생각하는 것보다는 나았다. 그녀 쪽으로 다가가면서 이름을 부르려고 했다. 용기를 내어 앞으로 한 발짝 나아갔다. 그런데 내가 걸음을 내딛는 순간, 내 냄새를 맡은 민첩한 고양이처럼 마리아가 고개를 획 돌렸다. 타는 듯 반짝거리는 두 눈동자와 잔뜩 찡그린 그녀의 얼굴을 보니 온몸의 피가 얼어붙는 느낌이었다.

"꺼져." 처음 듣는 듯한 낯선 음성이었다.

"마리아?" 내가 당혹스러운 목소리로 불러보았다.

눈 깜짝할 사이에 그녀가 맨홀 안으로 뛰어들었다. 얼른 달려가 맨홀 속을 들여다보았다. 다리가 부러진 마리아 셸리의 모습이라도 발견할 수 있지 않을까 싶어서였다. 마침 잠시 희미한 달빛이 비쳤다. 맨홀 저 아래 마리아의 모습이 보였다.

"마리아! 기다려요!"

나는 최대한 빠른 속도로 철제 사다리를 타고 내려갔다. 바닥으로 2미터 정도 내려갔는데 벌써 코를 찌르는 고약한 하수구 냄새에 기겁할 지경이었다. 머리 위 동그란 맨홀 구멍이 무척 작아 보였다. 나는 주머니를 뒤져 성냥갑을 하나 꺼낸 뒤 불을 켰다. 눈앞에 펼쳐진 하수구 속 모습은 기괴스러움 그 자체였다.

곡선으로 이어지는 터널 끝은 어둠에 가려 보이지 않았다. 축축한 습기와 악취, 쥐들이 찍찍대는 소리. 거기에 도시 아래를 지나는 미로 같은 하수구 특유의 끊임없는 울림이 더해졌다. 이끼가 잔뜩 낀 수로 벽면에 새겨진 글씨가 보였다.

SGAB / 1881
하수구 제4구역 / 제2단 66구간

터널의 다른 쪽에는 벽이 무너져내려 그 틈으로 토사가 침입해 쌓여 있었다. 옛 도시 위에 도시가 세워지고 그 도시 위에 또 다른 도시가 세워져 여러 층을 이루고 있었다.

나는 새로운 바르셀로나 아래 겹겹이 누워 있는 옛 바르셀로나의 주검들을 물끄러미 응시했다. 이곳은 센티스의 시신이 발견된 곳이기도 했다. 성냥 하나를 더 그은 뒤, 치밀어오르는 욕지기를 겨우 억누르며 사람 발자국 흔적을 따라 걸어가기 시작했다.

"마리아?"

내 목소리가 기괴한 메아리로 돌아오는 바람에 피가 다 얼어붙는 느낌이었다. 결국 아무 소리도 내지 않기로 했다. 물이 고인 웅덩이 위로 자그마한 빨간색 점 수십 개가 반딧불이처럼 빠르게 움직였다. 쥐들이었다. 내가 성냥불을 계속 켜고 있어서 멀찍이 떨어져 있는 것이었다.

계속해서 들어갈지 말지 잠시 망설였다. 그런데 멀리서 사람 목소리가 들렸다. 나는 마지막으로 한 번 더 머리 위 도로와 연결된 맨홀을 올려다보았다. 플로리안은 기척조차 없었다. 목소리가 다시 울렸다. 한숨을 몰아쉬며 나는 어둠 속으로 걸음을 내디뎠다.

내가 걷고 있는 하수관은 꼭 짐승의 창자 같았다. 바닥을 따라 기다랗게 분뇨 섞인 물이 고여 있었다. 나는 여전히 성냥불빛에 의지해 앞으로 나아갔다. 성냥이 꺼질 때쯤 되면 다시 다른 성냥에 불을 붙이는 식이었다. 그렇게 미로 속을 걷다보니 어느새 후각도 하수구 냄새에 익숙해져갔다. 동시에 주변 온도도 점차 높아지는 게 느껴졌다. 끈적끈적한 습기에 머리카락과 옷이 얼굴과 몸에 달라붙었다.

　하수관 벽에 성냥불빛을 비추며 몇 미터 더 전진하는데, 벽에 그려진 조잡한 빨간 십자가 형상이 눈에 띄었다. 비슷한 십자가들이 벽 곳곳에 그려져 있었다. 그때 바닥에 떨어진 반짝이는 물체가 보였다. 쪼그리고 앉아 주워보니 다름아닌 사진이었다. 대번에 그 사진을 알아볼 수 있었다. 온실에서 가져온 앨범 속에 들어 있던 사진 중 하나였다. 바닥에는 그것 말고도 다른 사진들이 여러 장 떨어져 있었다. 모두 앨범 속 사진이었다. 어떤 것들은 발기발기 찢어진 채였다. 스무 걸음쯤 떨어진 곳에 완전히 훼손된 앨범이 있었다. 앨범을 집어들어 펼쳐보니 사진은 모두 떨어져나가고 없었다. 아마도 누군가가 그 앨범 속에서 어떤 사진을 찾다가 끝내 찾아내지 못하자 화가 치솟아 모두 찢어버린 모양이었다.

　어느덧 교차점에 다다랐다. 여러 개로 나뉘고 또 나뉘었던 수로들이 한곳으로 모이는, 방처럼 생긴 공간이었다. 고개를 들어 위를 보니 내가 서 있는 곳 바로 위로 또다른 통로가 있었다. 그 끝에 격자로 된 맨홀 뚜껑이 있는 것 같았다. 성냥을 높이 쳐드는데 습기를 가득 머금은 바람이 휙 불어오면서 성냥불이 꺼져버렸다. 그리고 그 순간, 끈적끈적한 벽을 스치면서 뭔가가 이쪽으로 천천히 이동해오는 소리가 들렸다. 뒷덜미가 서늘해지면서 등골이 오싹했다. 어둠 속에서 더듬더듬 다른 성냥갑을 꺼내들었지만, 성냥을 그어도 불이 붙지 않았다. 점점 더 확실해졌다. 분명 뭔가가 터널 속에서 움직이고 있었다. 쥐가 아닌, 살아 있는 생명체가. 갑자기 질식할 것 같은 느낌이 들었다. 지독한 악취가 순간적으로 후각을 자극한 것이다. 마침내 성냥불이 붙었다. 처음엔 눈이 부셔 아무것도 보이지 않았지만, 잠시 후 내가 있는 곳을 향해 기어오는 무언가가 보였다. 터널 곳곳에서 일제히. 뭔지 모를 괴물체들은 거미처럼 수로를 기어오고 있었다. 손이 심하게 떨리면서 성냥을 놓치고 말았다. 달아나고 싶었지만 두 발이 바닥에 달라붙기라도 한 듯 꼼짝도 하지 않았다.

그때, 갑자기 한줄기 빛이 어둠을 가르며 마치 나를 향해 다가오는 팔처럼 기다랗게 뻗어왔다.

"오스카르!"

내 쪽으로 뛰어오는 플로리안 형사의 모습이 보였다. 한 손에 손전등을 들고, 다른 한 손에는 리볼버 권총을 든 채였다. 플로리안은 내 옆으로 오더니 사방으로 손전등을 비춰댔다. 기어오던 괴물체들이 불빛에 놀라 되돌아가는 섬뜩한 소리가 들렸다. 플로리안이 권총을 허공으로 치켜들었다.

"도대체 뭐지?"

나는 뭐라 대답을 하고 싶었지만 소리가 나오지 않았다.

"넌 도대체 이 아래서 뭘 하고 있었던 거니?"

"마리아가……" 마침내 입이 열렸다.

"뭐라고?"

"형사님을 기다리고 있는데 마리아 셸리가 이곳 하수관 속으로 들어오는 걸 봤어요. 그래서……"

"셸리 박사의 딸 말이냐?" 플로리안이 얼떨떨한 표정으로 물었다. "여기로?"

"네."

"클라레트는?"

"저도 모르겠어요. 발자국을 따라 여기까지 온 거고요……"

플로리안이 주변 벽면을 둘러보았다. 수로 끝에 잔뜩 녹이 슨 수문이 하나 있었다. 플로리안은 미간을 찡그리며 천천히 수문 앞으로 다가갔다. 나도 바싹 따라붙었다.

"여기가 센티스 씨의 시신이 발견되었던 바로 그 하수로 맞죠?"

플로리안이 대답 없이 고개를 끄덕였다. 한 손으로는 터널 반대편 끝 쪽을 가리켰다.

"이 하수로는 옛 보르네 시장으로 연결되는데, 센티스의 시신은 바로 그 시장 인근에서 발견되었지. 하지만 다른 곳에서 죽은 뒤 그리로 옮겨진 것으로 보이는 증거들도 있었어."

"과거 벨로 그라넬 사의 공장이 있던 곳도 거기 아닌가요?"

플로리안이 이번에도 고개를 끄덕였다.

"혹 누군가가 이 지하 수로를 통해 이동했을지도 모른다고 생각하시는 거죠? 공장에서부터……"

"이 손전등 좀 들고 있어봐라." 플로리안이 말허리를 잘랐다. "이것도 좀."

'이것'은 다름아닌 리볼버 권총이었다. 내가 손전등과 권총을 받쳐들고 있는 사이, 플로리안은 철제 수문을 열기 위해 안간힘을 썼다. 권총은 생각했던 것보다 훨씬 무거웠다. 검지를 방아쇠에 건 채 손전등 불빛에 비춰보았다. 플로리안이 금방이라도 잡아먹을 듯한 무서운 눈초리로 노려봤다.

"장난치지 말고 조심해. 자칫 바보짓 했다가는 수박 깨지듯이 머리통이 박살나고 마니까."

마침내 수문이 열렸다. 안쪽에서 풍겨나오는 악취는 형언하기 힘들 정도였다. 우리 둘은 구역질을 참으며 저도 모르게 몇 걸음 뒤로 물러났다.

"저 안에 도대체 뭐가 있는 거야?" 플로리안이 소리쳤다.

그는 손수건을 꺼내더니 코와 입을 막았다. 나는 권총은 플로리안에게 건네고 손전등을 받쳐들었다. 플로리안이 반쯤 열린 수문을 발로 뻥 차 연 뒤 고개를 집어넣고 안을 살폈다. 앞이 희뿌예서 아무것도 보이지 않았다. 플로리안은 권총의 공이치기를 철컥 뒤로 당기고는 문지방을 넘어섰다.

"넌 가만히 있어!" 플로리안이 명령했다.

하지만 나는 그의 말을 무시하고 수문 안으로 들어섰다.

"세상에……!" 플로리안의 탄식이 들렸다.

갑자기 숨이 턱 막혔다. 눈앞의 광경을 도저히 믿을 수가 없었다. 어두컴컴한 허공에 여기저기 잘려나간 시신 열두어 구가 시뻘겋게 녹이 슨 쇠갈고리에 걸린 채 대롱대롱 매달려 있었다. 큼지막한 두 개의 탁자 위에는 기이하게 생긴 도구들이 어지러이 널려 있었다. 철제 핀셋, 나무와 쇠로 된 톱니바퀴 장치들. 유리 진열장 속에는 유리병들이 줄지어 있었고, 피하 주사용 주사기 세트도 보였고, 벽에는 거무튀튀하게 변해버린 더러운 외과 수술도구들이 걸려 있었다.

"이게 다 뭐지?" 플로리안의 얼굴에는 긴장한 빛이 역력했다.

한쪽 탁자 위에는 만들다 만 섬뜩한 장난감인 양 나무와 가죽과 쇠와 뼈로 된 형상이 누워 있었다. 생김새는 어린애 같았지만, 눈은 파충류처럼 동그랬고, 두 갈래로 갈라진 뱀의 혀가 시커먼 입술을 비집고 튀어나와 있었다. 이마에는 인두로 새긴 검은 나비 문양이 찍혀 있었다.

"작업실이에요…… 여기서 그것들을 다 만들어낸 거라고요……" 나도 모르게 큰 소리가 튀어나왔다.

그 소리에 지옥에서 온 듯한 인형이 눈을 번쩍 뜨며 우리를 쳐다보았다. 머리가 끼이익 돌아갔다. 배 속에서는 시계태엽 감는 소리가 났다. 뱀 눈동자를 닮은 인형의 눈동자가 내 눈을 바라봤다. 두 갈래 혀로 입술을 한 번 핥더니 우리를 보고 미소지었다.

"나가자." 플로리안이 말했다. "얼른!"

우리는 밖으로 나가 수문을 닫았다. 플로리안이 가쁜 숨을 몰아쉬었다. 나는 단 한마디도 할 수 없었다. 떨리는 손으로 손전등을 받쳐들고 터널 안을 비췄다. 그 불빛에 뭔가가 뚝뚝 떨어지는 게 보였다. 한 방울, 또 한 방울, 그리고 점점 더 많은 방울들. 수많은 선홍빛 물방울이 빛을 받아 반짝였다. 피였다. 우리는 말없이 서로의 얼굴을 쳐다보았다. 천장에서 뭔가가 피를 흘리고 있는 것이었다. 플로리안이 내게 뒤로 물러서라는 수신호를 보내더니 손전등을 위로 향했다. 플로리안의 얼굴이 하얗게 질렸다. 굳건하기만 하던 그의 손이 떨리기 시작했다.

"뛰어! 당장 여기서 나가라고!" 이것이 그가 내뱉은 유일한 말이었다.

그가 마지막으로 나를 한 번 쳐다보더니 권총을 쳐들었다. 그의 얼굴에서 처음에는 공포를, 그다음에는 생경하기만 한 죽음을 읽을 수 있었다. 플로리안은 무슨 말이라도 하려는 듯 입을 벌렸지만 단 한마디의 말도 터져나오지 않았다. 뭔가 시커먼 형상이 그를 덮치는가 싶더니 움찔해볼 틈도 주지 않고 냅다 집어던져버렸다. 총소리가 울리고 고막이 터질 듯한 파열음이 일었다. 그러나 총탄은 벽을 맞고 튕겨나왔고, 손전등은 데굴데굴 굴러 물속에 처박히고 말았다. 플로리안의 몸은 수로 벽으로 내동댕이쳐졌다. 어찌나 세게 패대기를 쳤던지 시커먼 벽에 십자형 균열이 생길 정도였다. 이미 생명이 끊어져버린 플로리안의 몸

뚱이가 바닥으로 툭 떨어져내렸다. 벽에 부딪히면서 절명한 게 분명했다.

나는 필사적으로 출구를 향해 달렸다. 짐승의 울부짖는 소리가 터널 안을 가득 메웠다. 돌아보니 사방에서 열두어 개의 시커먼 형상이 기어오고 있었다. 내 평생 이렇게 빠른 속도로 달음박질쳐본 적은 없는 것 같았다. 등뒤로 보이지 않는 괴수들의 울부짖음을 들으면서 넘어질 듯 넘어질 듯 그렇게 나는 내달렸다. 벽에 부딪히며 죽어간 플로리안의 주검이 눈앞에 아른거렸다.

출구가 코앞에 다가왔는데, 갑자기 몇 미터 앞으로 시커먼 그림자가 사다리 사이를 가로막으며 불쑥 튀어나왔다. 달리던 걸음을 급히 멈추었다. 맨홀에서 흘러들어오는 불빛에 어릿광대의 얼굴이 보였다. 새까만 마름모꼴 눈 위에 박힌 유리 눈알, 반질거리는 목제 입술 사이로 튀어나온 금속 송곳니. 나는 한 발짝 뒷걸음질쳤다. 어릿광대가 두 손을 내 양 어깨에 얹었다. 그러고는 기다란 손톱으로 내 옷을 찢어버렸다. 뭔가가 내 목을 휘감았다. 차가우면서 끈적거리는 것이었다. 그러더니 목을 조르기 시작했다. 숨이 막혔다. 눈앞이 캄캄해지기 시작했다. 뭔가가 내 두 발목을 움켜쥐는 것도 느껴졌다. 정면의 어릿광대가 쪼그리고 앉더니 두 손을 내 얼굴로 가져왔다. 의식이 가물가물해졌다. 이렇게 죽는구나 싶어 기도를 시작했다. 그런데 별안간 눈앞에 있던 나무와 가죽과 쇳조각으로 만든 어릿광대 인형이 산산조각

나버렸다.

 총알이 날아온 곳은 내 오른쪽이었다. 총탄이 발사되는 소리에 귀청이 터질 것 같았고, 주변은 온통 화약 냄새로 가득했다. 어릿광대는 내 발치로 무너져내렸다. 또 한 발의 총성이 울렸다. 내 목을 조르던 힘이 빠지는가 싶더니 역시 뭔가가 푹 고꾸라져버렸다. 남은 거라고는 짙은 화약 연기뿐이었다. 눈을 떠보니 웬 남자가 허리를 굽혀 내 얼굴을 들여다보다가 나를 일으켜세웠다.

 잠시 후 환한 햇살과 함께 폐 속으로 맑은 공기가 가득 들어차는 게 느껴졌다. 그러고 나서 나는 정신을 잃었다. 꿈결에 어디선가 종소리가 울리는 가운데 달리는 말발굽 소리가 들려오는 것 같았다.

21

 내가 다시 정신을 차린 곳은 낯익은 방이었다. 창문은 모두 닫혀 있었지만 덧문 틈새로 밝은 빛이 스며들었다. 누군가 내 옆에 서서 말없이 나를 지켜보고 있었다. 마리나였다.
 "이승으로 돌아온 걸 환영해."
 내가 벌떡 몸을 일으켰다. 순간 눈앞이 뿌옇게 흐려지는가 싶더니 머리가 깨질 듯 아팠다. 마리나의 부축을 받고서야 서서히 통증이 가셨다.
 "가만히 있어." 마리나가 속삭였다.
 "내가 어떻게 여기에 와 있는 거지……?"
 "새벽에 어떤 분이 데려다주셨어. 마부던데, 누구라고 하지는 않았고……"

"클라레트야……" 내가 중얼거렸다. 그제야 머릿속에서 퍼즐이 완성되고 있었다.

하수관 속에서 날 구해주고, 이곳 사리아 저택까지 데려다준 사람은 다름아닌 클라레트였다. 그에게 목숨을 빚진 것이다.

"정말 깜짝 놀라 기절하는 줄 알았어. 그런데 도대체 어딜 갔던 거야? 밤새도록 얼마나 기다렸는데…… 다시는 이런 짓 하지 마, 알았지?"

온몸이 욱신거렸다. 마리나의 엄포에 고개를 끄덕이기만 해도 극심한 통증이 찾아왔다. 다시 누웠다. 마리나가 시원한 물컵을 입에 대줬다. 한 모금 마셨다.

"물 좀 더 줄까?"

눈을 감고 있으니 컵에 물 따르는 소리가 들렸다.

"아저씨는?"

"화실에. 네 걱정이 많으셔. 일단은 속상한 일이 있는 것 같다고만 말씀드렸어."

"그랬더니 믿으셔?"

"아빠는 내 말이라면 뭐든 믿으시거든." 마리나가 악의 없는 표정으로 말했다.

마리나가 다시 물컵을 내밀었다.

"그림도 안 그리시는데 화실에서 뭘 하시느라 그렇게 몇 시간씩 안 나오시는 거지?"

마리나가 내 손목을 잡고 맥을 짚으면서 대답했다.

"우리 아빠, 예술가시잖아. 원래 예술가들은 미래나 과거에 사는 법이야. 절대로 현재를 살지 않지. 아빠는 추억 속에 살고 계셔. 추억만이 아빠가 가진 전부니까."

"너도 있잖아."

"난 아빠의 추억 중에서 가장 소중한 추억이고." 마리나가 내 눈을 바라보며 말했다. "먹을 것 좀 가져올게. 얼른 기운을 차려야지."

내가 손사래를 쳤다. 먹을 것 생각만으로도 구역질이 치밀었던 것이다. 마리나가 내 목 뒤를 받치고 다시 물을 마시게 했다. 차갑고 신선한 물이 들어가니 좀 살 것 같았다.

"지금 몇 시쯤 됐어?"

"늦은 오후야. 너 한 여덟 시간은 잤어."

그러면서 마리나는 내 이마에 손을 얹고 잠시 서 있었다.

"다행히 열은 이제 떨어졌네."

내가 눈을 뜨고 미소지었다. 창백한 얼굴의 마리나가 진지한 표정으로 내 눈을 들여다보았다.

"잠꼬대를 했어. 꿈을 꾸는지 헛소리를 하더라고……"

"내가 뭐랬는데?"

"그냥 말도 안 되는 소리들이었지 뭐."

목을 만져보니 통증이 심했다.

"만지지 마!" 마리나가 내 손을 목에서 잡아떼며 말했다. "목에 상처가 심하게 났어. 어깨랑 등도 여기저기 베였고. 도대체 누가 이런 거야?"

"나도 몰라……"

마리나가 한숨을 내쉬었다. 조바심이 나는 모양이었다.

"무서워서 죽는 줄 알았어. 도대체 어떻게 해야 할지 모르겠더라고. 그래서 플로리안 형사님께 전화를 했는데, 식당 주인 아저씨 말이 네가 먼저 전화를 했고 네 전화를 받은 뒤 곧바로 나갔다는 거야. 어디로 간다는 말도 없이. 동트기 직전에 다시 전화해봤는데 아직 돌아오지 않았다고……"

"플로리안 형사님은 죽었어." 목소리가 갈라졌다. "어젯밤에 공원묘지에 다시 갔었어."

"미쳤구나."

마리나 말이 맞는 것 같다. 마리나가 말없이 물 한 잔을 다시 내밀었다. 나는 한 방울도 남김 없이 컵을 비웠다. 그리고 천천히 지난밤 일을 이야기하기 시작했다. 이야기가 끝났을 때에도 마리나는 말없이 나를 바라보고만 있을 뿐이었다. 뭔가 걱정거리가, 내가 한 이야기와는 전혀 상관없는 다른 걱정거리가 있는 모양이었다. 마리나는 배가 고프든 그렇지 않든 무조건 음식을 먹으라고 했다. 그애가 내민 것은 빵과 따끈한 코코아였다. 마리나는 내가 빵 약간과 코코아 반 잔을 비울 때까지 눈길 한 번 돌리지 않고 나를 노려보았다. 혈관에 당분이 공급되어서인지 얼마 안 있어 기력을 회복하기 시작했다.

"네가 자고 있는 동안에 나도 뭘 좀 찾아봤어." 마리나가 탁자 위에 있는 가죽 장정의 두툼한 책을 가리키며 말했다.

책 제목을 보고 내가 되물었다.

"곤충학에 관심 있었어?"

"주로 작은 벌레들에." 마리나가 대답했다. "검은 나비에 대해 알아봤거든."

"토이펠……"

"아주 특이한 곤충이더라고. 주로 볕이 들지 않는 지하나 하수관 속에서 산대. 수명은 14일 정도. 죽기 전에 잔해 더미 속으로 파고드는데, 그러고 사흘째면 그 속에서 유충이 태어나."

"부활하는 거야?"

"그런 셈이지."

"먹이는? 하수관 속에는 꽃도 없고, 꽃가루도 없는데 말이야……"

"제 유충을 먹고 산대. 바로 그게 답인 거지. 우리 포유류의 사촌 격인 곤충들은 대부분 그렇지만 말이야."

마리나가 창가로 다가가 커튼을 젖혔다. 햇살이 쏟아져들어왔다. 눈이 부실 텐데도 마리나는 그냥 그 자리에 서 있었다. 깊은 생각에 잠긴 채. 마리나의 두뇌가 빠른 속도로 회전하는 소리가 들리는 것 같았다.

"앨범을 되찾기 위해 널 공격했고 다시 앨범을 버렸다…… 이게 무슨 의미일까?"

"날 공격한 자가 그 앨범 속에서 뭔가를 찾고 있었던 게 아닐까?"

"그런데 그게 앨범 안에 없었고……"

"셸리 박사!" 불현듯 내 머릿속에 무언가 떠올라 외쳤다.

마리나가 무슨 소린가 하는 표정으로 날 돌아봤다.

"지난번에 그 집에 갔을 때 우리가 그분 진료실에서 찍은 것 같은 사진 한 장을 보여줬잖아."

"그분한테 주고 왔었지!"

"그게 끝이 아니야. 그 집을 나오면서 돌아보니까 벽난로 속에 던져넣더라고."

"셸리 박사가 그 사진을 왜 없애버린 걸까?"

"아무에게도 보이고 싶지 않은 뭔가가 그 속에 담겨 있기 때문 아닐까?" 내가 침대에서 내려오며 말했다.

"어딜 가려고?"

"아무래도 루이스 클라레트를 만나봐야겠어. 이 모든 사건의 열쇠를 쥐고 있는 사람인 것 같거든."

"앞으로 24시간 동안은 꼼짝 못 해!" 마리나가 문을 가로막으며 소리쳤다. "플로리안 형사님이 목숨을 버려가며 너를 탈출시켰다는 걸 기억해야지."

"24시간 안에 그 하수관 속에 숨어 있던 것들이 우릴 찾아오고 말 거야. 이렇게 아무것도 하지 않고 가만히 기다리고 있다가는 말이야. 플로리안 형사님의 죽음을 헛되이 하지 않기 위해서라도 정의를 구현해야 해."

"셸리 박사는 죽음 앞에서 정의 같은 것도 다 소용없다고 했지." 마리나가 기억을 더듬으며 말했다. "어쩌면 그게 맞는 말일지도 몰라."

"어쩌면 그럴 수도 있지." 나도 맞장구를 쳤다. "하지만 우리에게는 소용 있어."

라발 구역 초입에 서서 보니 거리는 온통 안개에 휩싸여 있었고, 허름한 주택과 주점 들에서 흘러나오는 희미한 불빛만이 안개 속을 희미하게 비추고 있었다. 우리는 정겨운 람블라스 거리의 소음을 뒤로한 채 바르셀로나 전역에서 가장 낙후된 동네로 들어섰다. 관광객도 구경꾼도 그림자조차 찾을 수 없었다. 꼬질꼬질한 냄새가 피어오르는 현관문과 찰흙으로 빚은 것처럼 무너져내리기 시작한 이지러진 창문 뒤편에서 성난 눈초리들이 느껴졌다. 집집마다 연통 구멍을 통해 텔레비전과 라디오 소음이 흘러나왔지만, 그 소리는 지붕에도 미치지 못하는 것 같았다. 라발 동네가 빚어내는 그 어떤 목소리도 천상에 닿을 것 같지 않았다.

수십 년의 세월 속에 기름때가 덕지덕지 달라붙은 건물 사이로 폐허가 되어버린 시커멓고 우람한 레알 극장의 모습이 보였다. 풍향계처럼 비죽이 튀어나온 건물 귀퉁이가 검은 나비의 날개 모양을 하고 있었다. 우리는 발길을 멈추고 그 환상적인 모습을 올려다보았다. 온 바르셀로나에서 가장 멋진 건물이 마치 늪에 가라앉은 시신처럼 그렇게 해체되어가고 있는 것이다.

마리나가 극장 부속 건물 3층의 불 켜진 창문을 가리켰다. 나는 마구간으로 들어가는 입구를 알아볼 수 있었다. 클라레트가 사는 집이었다. 우리는 입구 쪽으로 갔다. 계단 안쪽으로 난 실내에는 지난밤에 몰아친 빗물이 아직 고여 있었다. 우리는 어두컴컴하고 닳아빠진 계단을 올라가기 시작했다.

"우리한테 들어오라고 할까?" 마리나가 걱정스러운 음성으로 물었다.

"아마 우릴 기다리고 있을 거야." 갑작스럽긴 했지만 그런 확신이 들었다.

2층까지 올라왔는데 마리나가 힘겹게 숨을 몰아쉬었다. 잠시 발을 멈추고 보니 마리나의 안색이 파리했다.

"어디 아파?"

"아니, 괜찮아. 그냥 좀 피곤해서 그래." 마리나는 미소를 지었지만 전혀 괜찮아 보이지 않았다. "너무 빨리 올라왔나봐."

나는 마리나의 손을 잡고 계단을 하나씩 천천히 밟아가며 3층으로 올라갔다. 그리고 클라레트의 집 앞에 섰다. 마리나가 심호흡을 했다. 심장이 격하게 고동치고 있었다.

"난 괜찮아. 정말이야." 내가 걱정하는 걸 눈치채고는 마리나가 말했다. "자, 얼른 노크해봐. 여기까지 왔으니 무슨 소득이라도 있어야 할 텐데."

문을 두드려보았다. 장벽처럼 두껍고 단단한, 낡아빠진 문짝이었다. 다시 노크를 했다. 천천히 걸어오는 발소리가 들렸다. 문이 열리고 지난밤에 내 목숨을 구해줬던 클라레트의 모습이 나타났다.

"들어오너라." 클라레트가 말하고는 먼저 뒤돌아 집 안으로 들어갔다.

우리는 등뒤로 문을 닫았다. 집 안은 어둡고 썰렁했다. 천장에는 파충류의 가죽을 벗겨놓은 듯한 그림이 붙어 있었다. 전구가 빠져버리고 없는 전등갓 속에는 거미가 집을 지어놓았다. 바닥 타일은 곳곳이 깨져 있었다.

"이리 들어와라." 안쪽에서 클라레트가 우리를 불렀다.

우리는 목소리가 들리는 거실로 들어갔다. 벽난로 불빛만이 실내를 비추고 있었다. 클라레트는 벽난로 앞에 앉아 말없이 타오르는 장작불만 지켜보았다. 사면 벽에는 낡은 액자들이 빼곡히 걸려 있었다. 모두 오래전 사람들의 모습이 담긴 인물 사진이었다. 클라레트가 눈을 들어 우리를 바라보았다. 색깔이 옅은 날카로운 느낌의 눈이었다. 머리카락은 하얗게 셌고, 피부에는 주름이 가득했다. 이마에 난 열 개의 주름이 굴곡진 세월을 여실히 드러내주었지만, 나이에 비해 몸은 단단한 느낌이었다. 언뜻 보아서는 그보다 30년은 젊은 남자들도 부러워할 만한, 햇볕에 검게 그을린 탄탄하고 보기 좋은 몸이었다.

"아직 감사 인사도 못 드렸습니다. 구해주셔서 감사합니다."

"내가 받을 인사는 아니구나. 그런데 나를 어떻게 찾은 거냐?"

"플로리안 형사님께서 말씀해주셨어요." 마리나가 대답했다. "아저씨와 셸리 박사님 이렇게 두 분만이 마지막 순간까지 미하일 콜베니크와 에바 이리노바 부부 곁을 지키셨다고요. 끝까지 그분들을 떠나지 않으셨다고 하더군요. 그런데 미하일 콜베니크 씨랑은 어떻게 알게 되신 건가요?"

클라레트의 입가에 희미하게 미소가 서렸다.

"콜베니크 씨가 이곳 바르셀로나에 첫발을 디딘 건 금세기 최악의 시절이었다." 클라레트가 운을 뗐다. "어느 날 밤, 그분은 혈혈단신으로 배고픔을 참으며 추위를 피해 어느 건물 처마 밑을 찾았지. 가진 거라고는 빵 한 조각과 따끈한 커피 한 잔 살 돈이 전부였어. 그것 말고는 아무것도 없었지. 앞으로 어찌할까 생각하고 있는데, 처마 밑에 다른 누군가가 있다는 걸 알아챘어. 누더기를 걸친 다섯 살쯤 되는 거지 아이가 역시 추위를 피해 그곳에 쪼그리고 있었던 거야. 콜베니크 씨와 그 어린애는 서로 말이 통하지 않았기 때문에 이야기조차 나눌 수 없었어. 그런데 콜베니크 씨가 아이를 쳐다보며 미소짓더니 돈을 건넸단다. 손짓 발짓으로 가서 뭐든 사먹으라고 했지. 어린아이는 이 믿을 수 없는 기적에 정신없이 뛰어가 레알 광장 옆 밤샘 영업을 하는 빵가게에서 싸구려 빵 한 덩어리를 사왔어. 누군지 모를 아저씨와 그 빵이나마 나눠 먹으려고 처마 밑으로 되돌아왔는데, 경찰이 남자를 잡아가는 게 보였어. 콜베니크 씨는 감옥에 갇혔다가 같은 방에 있던 죄수들에게 심하게 구타를 당했지. 콜베니크 씨가 교도소 의무실에서 치료를 받고 있던 며칠 동안, 어린아이는 교도소 앞에서 주인 잃은 개처럼 꼼짝 않고 기다리고 있었어. 그리고 2주 후 석방되었을 때 콜베니크 씨는 다리를 절고 있었단다. 꼬마 녀석은 여전히 문 앞에서 그를 기다리고 있었고. 그날 이후 아이는 콜베니크 씨의 길잡이가 되기를 자처했고, 평생 그의 곁을 지키겠노라고 다짐했어. 자신의 인생 최악의 순간에서도 가진 것을 모두 내어준 사람이었으니까…… 그날의 그 어린아이가 바로 나란다."

클라레트가 자리에서 일어나더니 따라오라는 손짓을 하며 복도를 지나 또다른 문 앞에 섰다. 그리고 주머니에서 열쇠를 꺼내 문을 열었다. 문 안쪽으로 작은 방이 있었고, 그 방 건너편, 그러니까 우리가 들어온 문과 마주보는 벽면에 똑같이 생긴 문이 하나 더 있었다.

방 안이 어두워 클라레트가 초에 불을 붙였다. 그리고 또다른 열쇠로 두번째 문의 자물쇠를 열었다. 문과 연결된 복도에는 바람이 스며들어 촛불이 흔들렸다. 복도를 지나는 동안 마리나는 내 손을 힘주어 잡았다. 복도 끝에서 걸음을 멈추었다. 눈앞에 믿을 수 없는 광경이 펼쳐졌기 때문이다. 우리는 이미 레알 극장 안에 서 있었던 것이다.

1층, 2층, 3층…… 계단식 객석이 천장까지 이어지고 있었고, 박스형 객석에 드리워진 벨벳 커튼이 바람결에 살랑거렸다. 널찍하게 펼쳐진 황량하기만 1층 객석 천장에는 거대한 크리스털 샹들리에가 단 한 번도 불을 밝혀보지 못한 채 매달려 있었다. 우리가 서 있는 곳은 무대 측면으로 난 입구였다. 머리 위로 또 하나의 광활한 세상이 펼쳐지고 있었다. 무대용 커튼과 배경용 구조물, 도르래와 철 교량을 비롯해 갖가지 무대장치들이 허공에 자리잡고 있었다.

"이리 와라." 클라레트가 앞장섰다.

우리는 무대를 가로질렀다. 오케스트라 자리에는 수많은 악기들이 잠자고 있었다. 지휘자용 보면대에는 악보의 첫 페이지가 먼지를 뽀얗게 뒤집어쓴 채 활짝 펼쳐져 있었다. 무대 아래 1층 객석 한가운데로 난 중앙 통로는 저 뒤 어딘가로 기다랗게 뻗어 있었다. 클라레트를 따라가니 등이 밝혀진 문이 하나 나왔다. 그가 문앞에서 잠시 기다리라는 신호를 보냈다. 마리나와 나는 서로 얼굴만 쳐다보고 서 있었다.

그 문은 분장실로 들어가는 출입문이었다. 수백 벌의 현란한 무대의상이 철제 행거에 걸려 있었다. 한쪽 벽에는 사면 테두리 전체에 등이 켜지는 거울들이 줄지어 붙어 있었다. 또 한쪽 벽에는 오래전에 그린 듯한, 말로 표현하기 힘들 만큼 아름다운 여인의 초상화 10여 점이 걸려 있었다. 매혹적인 무대의 주인공, 미하일 콜베니크가 이 으리으리한 극장을 지어 헌정했던 에바 이리노바의 초상이었다. 그때, 그 여자의 모습이 눈에 들어왔다. 검은 망토를 두른 여인이 조용히 앉아 거울 속에 비친 자신의 모습을 응시하고 있었던 것이다. 여자의 얼굴에는 베일이 드리워져 있었다. 인기척이 느껴지자 여자가 천천히 우리 쪽을 돌아보더니 고개를 끄덕였다. 그러자 클라레트가 우리를 들여보냈다. 우리는 마치 귀신이라도 본 것처럼 두려움과 호기심이 뒤섞인 심정으로 여자 옆으로 다가가 2미터 정도 떨어진 곳에 멈춰 섰다. 클라레트는 여전히 문간에 선 채 동정을 살피고 있었다. 여자가 다시 거울로 고개를 돌려 자신의 모습을 훑어보았다.

갑자기 여자가 아주 놀랄 만큼 우아한 몸짓으로 베일을 들어 올렸다. 전등이 몇 개밖에 남아 있지 않아 환하지는 않았지만, 거울에 비친 여자의 얼굴을 보기에는 충분했다. 아니, 얼굴이라기보다는 염산이 남긴 흔적이라고 하는 게 나을 것 같았다. 하얀

게 드러난 광대뼈, 엉겨붙은 피부, 형체조차 알아보기 힘든 얼굴 위에 일그러지다 못해 그냥 칼집 하나 넣은 듯이 죽 찢어져 있는 입술. 그리고 다시는 눈물조차 흘릴 수 없을 것 같은 두 눈. 수십 년의 긴 세월 동안 베일로 가려놓았던 그 처절한 모습에 우리는 경악했다. 잠시 후, 조금 전 자신의 모습을 드러낼 때와 똑같은 우아한 몸짓으로 여자가 베일을 내리더니 우리에게 자리를 권했다. 한참 동안 침묵이 흘렀다.

에바 이리노바가 한 손을 뻗어 마리나의 얼굴을 쓰다듬었다. 두 볼과 입술, 목선까지. 갈망이 깃든 떨리는 손가락이 완벽한 마리나의 아름다움을 천천히 읽어내려갔다. 마리나는 침을 꼴깍 삼켰다. 여자가 손을 거두었다. 베일 속에서 눈꺼풀조차 없는 두 눈이 반짝였다. 그리고 마침내 그녀가 지난 30년간 감춰온 기나긴 이야기를 들려주기 시작했다.

22

"난 내 조국 러시아를 사진으로밖에 보지 못했어요. 내가 러시아에 대해 알고 있는 거라고는 떠도는 풍문, 다른 사람들이 하는 이야기나 그들 기억 속의 러시아가 전부였지요. 나는 유럽 전역이 전쟁과 테러로 처절하게 파괴되었던 그 시절, 라인 강을 가로지르는 바지선 안에서 태어났어요. 나중에 알게 된 바로는 어머니가 날 임신한 상태에서 병든 몸을 이끌고 혈혈단신으로 혁명을 피해 러시아와 폴란드 국경을 넘으셨다고 하더군요. 어머니는 나를 낳다가 돌아가셨어요. 그래서 난 어머니의 이름도, 아버지가 누구인지도 모르게 되었지요. 어머니는 라인 강가의 한 이름 없는 무덤에 묻힌 채 영원히 사람들의 기억 속에서 지워지고 말았답니다. 마침 어머니와 같은 바지선에 타고 있던 상트페

테르부르크 극단 소속 쌍둥이 배우인 세르게이 글라주노프와 타티아나 글라주노프 남매가 날 거두었어요. 내가 가엾어서이기도 했지만, 또 한편으로는 내가 양쪽 눈동자의 색깔이 서로 다른데, 그게 행운의 징조이기 때문이었지요.

바르샤바에서 우리는 세르게이의 영업 기술과 재주 덕분에 빈으로 가는 서커스단에 합류하게 되었어요. 그래서 내 어린 시절 최초의 기억은 모두 서커스 단원들과 서커스단 소속 동물들에 대한 것들이랍니다. 서커스용 천막, 곡예사들, 말도 못하고 듣지도 못하면서 유리를 씹어 먹고 불을 토하는 서커스 단원 블라디미르…… 블라디미르는 언제나 마술로 종이학을 만들어 내게 선물로 주곤 했어요. 세르게이는 어느새 서커스 영업 상무 자리를 꿰차 우리는 빈에 정착하게 되었지요. 서커스단은 내게 학교이자 집이었답니다. 하지만 우리 모두는 이미 우리의 미래도 끝이 보이기 시작했다는 걸 알고 있었어요. 세상살이가 피에로의 판토마임이나 춤추는 곰들보다 훨씬 그로테스크하게 돌아가기 시작했으니까. 조만간 그 누구도 서커스를 즐기지 않는 시절이 도래할 게 뻔했어요. 20세기 그 자체가 그야말로 역사의 서커스였으니까요.

내가 일곱 살인가 여덟 살이 되던 해에 세르게이는 이제 나도 밥벌이를 할 나이가 되었다고 했어요. 공연에 참가하라는 것이었지요. 처음에는 블라디미르의 공연에 마스코트로 섰어요. 그러다가 나중에는 내 코너를 신설해 노래를 부르게 되었고요. 내가 노래를 부르면 곰이 잠들곤 했거든요. 처음에는 조커처럼 곡예사들이 준비를 하는 동안 막간을 채우는 코너였는데, 인기가 무척 좋았어요. 정말 놀란 건 나 자신이었지만 말이에요. 세르게이는 내 공연 코너를 더 늘려 잡기로 했어요. 그리고 조명을 밝힌 단상에 올라와 병들고 노쇠한 사자들을 놓고 노래를 부르게 했답니다. 내가 노래를 부르기 시작하면 관객들도 사자들도 모두 도취되어버리곤 했거든요. 빈 전역에 내 소문이 퍼져나갔어요. 맹수도 길들이는 목소리의 소녀라고요. 사람들이 돈을 내고 나를 보러 오기 시작했어요. 내 나이 겨우 아홉 살 때였답니다.

세르게이는 머지않아 우리에게 더이상 서커스단이 필요치 않다는 걸 깨달았어요. 눈동자 색깔이 서로 다른 아홉 살 계집애가 행운을 가져온다는 예언이 적중한 거예요. 그는 서류를 꾸며 나의 정식 후견인 자격을 취득했고, 서커스단에는 내 교육 환경을 위해 더이상 함께할 수 없겠다는 의사를 밝혔어요. 그즈음 서커스단 수입 중 상당 부분이 횡령된 사실이 밝혀졌는데, 세르게이와 타티아나는 블라디미르를 범인으로 지목했어요. 게다가 나와 부적절한 관계를 맺었다는 죄목까지 덧붙였지요. 결국 블라디미르는 경찰에 체포되어 옥살이를 하게 되었답니다. 물론 그가 횡령했을 것으로 추정되는 돈은 한 푼도 찾아내지 못했고요.

우리의 독립을 기념하는 의미에서 세르게이는 고급 차량을 구입하고, 타티아나에게는 멋진 옷과 보석 등을 사서 안겨주었어요. 그리고 우리 세 사람은 세르게이가 빈의 숲속에 임대한 근사한 저택으로 이사도 했어요. 그런 호화 생활에 필요한 엄청난 자금을 어떻게 마련한 건지는 나도 알 수 없었지요. 아무튼 나는 날마다 오후와 저녁 오페라 공연 막간에 '모스크바에서 온 천사'라는 이름으로 공연을 했어요. 그 무렵 에바 이리노바라는 이름도 갖게 되었고요. 그 이름은 인기 절정의 어느 연재소설에 등장하는 여주인공 이름이었다는데, 타티아나가 추천해주었어요. 여하튼 이름을 갖게 되면서 그 후로도 계속된 일련의 유명 가수 만들기 과정에 첫걸음을 내디딘 셈이었지요. 타티아나의 제안으로 나는 노래 선생님과 연극 선생님, 춤 선생님으로부터 개인 지도를 받게 되었어요. 무대에 설 때를 빼고는 늘 연습을 했고요. 세르게이는 내가 친구를 사귀는 것도, 산책을 나가거나 혼자 있거나 책을 읽는 것도 모두 금지시켰어요. 말로는 늘 나를 위한 것이라고 하더군요. 그러다가 내 몸이 점점 여성으로 변해가자 타티아나가 내 방을 따로 내주자고 제안했어요. 세르게이는 마지못해 승낙을 하기는 했지만, 내 방 열쇠를 자신이 보관하겠다고 했어요. 그리고 가끔씩 술에 취한 날이면 한밤중에 내 방 문을 따고 들어오려고 했지요. 대부분은 너무 취해서 열쇠 구멍에 열쇠를 제대로 끼워넣지도 못했지만, 그래도 가끔 자물쇠를 따고 들어오기도 했어요. 당시에는 이름 모를 관객들이 보내는 박수만이 나의 유일한 기쁨이었어요. 그리고 점점 더 세월이 흐르면서 숨쉬는 대기보다도 더욱 간절하게 청중의 박수를 갈망하게 되더군요.

우리는 많은 곳을 여행했어요. 내가 빈에서 거둔 성공은 파리와 밀라노, 마드리드의 사업가들 귀에도 들어갔거든요. 세르게이와 타티아나가 늘 나와 함께 다녔지요. 물론 수많은 공연을 했어도 난 동전 한 닢 구경하지 못했어요. 그 많은 돈이 다 어디로 들어가는지도 알지 못했고요. 세르게이는 늘 빚에 쪼들리고 빚쟁이들에게 쫓겼어요. 그는 씁쓸한 표정으로 이 모든 게 다 내 잘못이라고 하더군요. 나를 가꾸고 관리하는 데 그 돈이 다 들어간다는 거였어요. 하지만 나는 세르게이와 타티아나가 나를 위해 하고 있다는 그 모든 일에 전혀 고마움을 느낄 수 없었답니다. 세르게이는 항상 나를 보며 더럽고 게으르고 무지하고 멍청한 계집애라고 손가락질했어요. 도대체가 쓸모도 없고, 그 누구도 사랑해주거나 존중해주고 싶은 마음이 들지 않게 만드는 천박한 계집애라고요. 하지만 술에 취한 날이면 그렇더라도 전혀 걱정할 것 없다고 내 귓가에 속삭였지요. 타티아나와 자신이 늘 내 곁에서 돌봐주고 세상으로부터 날 지켜줄 거라면서요.

열여섯 살이 되던 생일날, 나는 거울 속 내 모습조차 쳐다볼 수 없을 만큼 스스로를 증오하는 나 자신을 발견하게 되었어요. 그날부터 음식을 입에 대지 않았어요. 내 몸이 싫었기 때문에 더

럽고 해진 옷으로 몸을 가렸어요. 그러다가 어느 날 쓰레기통에서 세르게이가 쓰다 버린 면도칼을 발견했지요. 난 그 칼을 주워다가 내 방으로 들어가 손과 팔들을 마구 베었어요. 나 자신에게 벌을 주고 싶었던 거예요. 밤마다 타티아나는 그런 내 몸을 말없이 치료해주곤 했답니다.

2년 후, 베네치아의 한 백작이 내 공연을 보고 반해 나에게 청혼을 했어요. 그날 밤 그 소식을 알게 된 세르게이가 나를 무섭게 두들겨팼지요. 입술이 터지고 늑골이 두 대나 나가는 부상을 입었어요. 타티아나와 경찰이 몰려와 겨우 폭행을 막았다니까요. 결국 나는 앰뷸런스에 실려 베네치아를 떠나게 되었답니다. 다시 빈으로 돌아갔지만 이번에는 세르게이의 빚 문제가 말썽을 일으켰어요. 협박이 날아들 정도였지요. 그러던 어느 날 밤, 일단의 사람들이 몰려와 우리가 자고 있는 사이 집에 불을 질러버렸어요. 마침 그로부터 몇 주 전에 세르게이는 내 공연에 감동받은 마드리드의 한 기업가로부터 제안을 받아놓은 상태였지요. 다니엘 메스트레스라는 그 기업가는 자기 소유의 오래된 바르셀로나 레알 극장 운영에 공을 들이고 있었고, 그곳에서 다음 시즌 공연을 나와 함께하고 싶다고 한 거예요. 그래서 우리 셋은 짐을 싸서 곧장 바르셀로나로 향했어요. 실질적으로는 야반도주를 한 셈이지만요. 그때가 열아홉 생일을 바로 앞둔 시점이었지요. 나는 스무 살이 되고 싶은 생각이 추호도 없었어요. 물론 이미 수

차례 자살을 생각했었고요. 이 세상에 미련을 둘 이유가 전혀 없었으니까요. 숨은 쉬고 있지만 실은 이미 오래전부터 내 인생은 죽은 것이나 다름없었는데, 그 사실을 그제야 깨달은 것이지요. 그런데 그즈음 미하일 콜베니크를 알게 되었어요……

레알 극장에서 공연한 지 몇 주가 지났을 무렵, 소문이 돌았어요. 어떤 신사가 매일 밤 극장을 방문해 똑같은 객석에서 내 노래를 감상한다는 이야기였어요. 물론 바르셀로나 전역에 미하일 콜베니크에 대한 갖가지 소문도 돌고 있을 때였어요. 어떻게 그 많은 재산을 모았는가, 미스터리와 수수께끼로 가득 찬 그의 사생활과 신원 관련 이야기 등등…… 물론 입지전적인 전설이 더 많았지요. 어느 날 밤, 그 묘한 사람에 대해 호기심이 생긴 나는 공연이 끝난 후 내 분장실을 방문해달라는 전갈을 보냈어요. 자정 무렵 미하일 콜베니크가 분장실 문을 노크하더군요. 그에 대한 험담이 어찌나 무성했던지 나는 그가 강압적이고 거만한 남자일 거라고 예상하고 있었어요. 그런데 그를 본 순간 받은 첫 느낌은 신중하고 수줍어하는 남자라는 거였어요. 검은 양복에 작은 브로치를 제외하고는 다른 장신구 하나 걸치지 않았더군요. 양복 깃에 꽂은 날개를 활짝 편 나비 브로치가 전부였어요. 그는 우선 초대에 감사를 표한 뒤, 나를 극찬하면서 만나게 되어 정말 영광이라고 했어요. 나는 그에 대해 워낙 대단한 이야기들을 들어왔기 때문에 오히려 내가 영광이라고 답례를 했지요. 그는 미소를 지으며 지금까지 들어온 온갖 소문들은 다 잊어달라더군요. 미하일의 미소는 그때까지 내가 보아온 숱한 미소 중에서도 가장 아름다웠어요. 그런 미소를 지으며 이야기한다면 그의 입에서 나온 이야기를 믿지 않을 사람은 세상에 없을 거예요. 어떤 사람은 이렇게 얘기한 적도 있어요. 미하일이 마음만 먹으면 지도에서 보듯이 세상은 평평하다고 콜럼버스를 설득할 수 있었을 거라고요. 충분히 일리 있는 말이에요. 그날 밤 자신과 함께 바르셀로나 거리를 산책하도록 그가 나를 설득해내고 말았으니까요. 그는 가끔씩 자정이 넘은 시각에 밤거리를 거닌다고 하더군요. 나는 바르셀로나에 온 뒤로 거의 한 번도 극장 밖을 나서본 적이 없었기 때문에 그러자고 했어요. 나중에 알게 되면 세르게이와 타티아나가 불같이 화를 낼 거라는 걸 뻔히 알았지만 개의치 않기로 했어요. 우리는 무대 측면에 난 문을 통해 아무도 모르게 극장을 빠져나갔어요. 미하일이 팔을 내밀었고, 우리는 팔짱을 낀 채 새벽녘까지 함께 거리를 산책했지요. 그는 자신의 눈을 통해 보는 방식대로 마법과도 같은 도시 바르셀로나를 여기저기 구경시켜주었어요. 도시 구석구석에 담긴 갖가지 미스터리와 거리거리에 깃든 온갖 정신에 대해서도 들려주었고요. 그야말로 천일야화를 들려준 것이지요. 우리는 고딕 지구에 있는, 사람들의 발길이 잘 닿지 않는 골목길도 누볐어요. 미하일은 모르는 게 없는 것 같더군요. 어느 건물에 누가 살았었는지,

어느 담벼락과 창문 뒤 공간에서 어떤 범죄가 일어나고 어떤 로맨스가 피어났었는지까지 다 꿰고 있는 거예요. 건축가들의 이름도 전부 알고 있었고, 장인들의 이름도 다 기억하고 있었고, 도시 건축에 참여했던 눈에 보이지도 않는 숱한 사람들을 일일이 기억했어요. 그의 이야기를 들으면서 나는 그가 어느 누구에게도 이런 이야기를 해본 적 없다는 걸 느낄 수 있었어요. 그에게는 고독감이 절절이 배어 있었고, 내면에는 도저히 빠져들지 않을 수 없는 무한한 심연이 내재하고 있었으니까요. 항구 근처 벤치에 앉아 있던 우리는 동이 틀 때에야 밤을 지새웠다는 사실을 깨닫고 깜짝 놀랐어요. 처음 만난 사이였지만 그를 보고 있으면 평생을 알아온 듯한 느낌이 들었어요. 그에게 그런 말을 했더니 웃더군요. 그의 웃음 띤 얼굴을 보는 순간, 이런 느낌은 평생 한두 번 갖기도 힘든데, 아직 확실치는 않지만 어쩐지 남은 평생을 그의 곁에서 함께하게 되리라는 믿음 같은 게 생겨나더군요.

그날 밤, 미하일은 이런 말을 했어요. 삶은 사람들에게 짧지만 진정으로 행복한 순간들을 부여하기 마련이라고요. 그 순간은 단 며칠에 끝날 수도 있고, 몇 주가 될 수도 있고, 또 몇 년간 이어질 수도 있다면서요. 순전히 각자의 운명에 달려 있다고 했어요. 그 순수한 행복의 순간은 사람들의 뇌리 속에 영원히 남게 되고, 평생을 살아가는 동안 다시는 돌아갈 수 없는 기억의 공간으로 탈바꿈하게 된다고도 했어요. 내게 그 순수한 행복의 순간은 바로 그와 바르셀로나 곳곳을 거닐었던, 영원히 기억 속에 저장될 그 첫날 밤의 추억들이겠지요……

세르게이와 타티아나의 반응은 예상했던 것보다 훨씬 심했어요. 특히 세르게이는 말로 표현하기 힘들 정도였지요. 그는 다시는 미하일을 만나지 말라고 했고, 심지어 대화조차 나누어서는 안 된다고 못박았어요. 다시 한번 그의 허락 없이 극장 밖으로 나갔다가는 죽여버리고 말겠다는 협박도 서슴지 않더군요. 그렇지만 난생처음으로 나는 그의 협박이 전혀 두렵지 않았어요. 그저 경멸감이 밀려올 뿐이었지요. 그의 화를 돋우기 위해 나는 미하일이 청혼했고 나도 그 청혼을 받아들였다고 했어요. 그는 자신이 나의 법적 후견인이라는 사실을 일깨워주며, 결혼을 절대 허락할 수 없음은 물론 당장 리스본으로 데리고 떠나겠다고도 했지요. 나는 극장 소속 발레리나를 통해 겨우 미하일에게 메시지를 보냈어요. 그날 밤 공연 시작 전에 미하일이 변호사 둘을 대동하고 세르게이를 만나러 왔더군요. 그날 오후 자신이 레알 극장 주인으로부터 극장을 통째로 사들였다며, 이제 주인이 바뀌었으니 지금 이 순간부터 세르게이와 타티아나는 해고라고 통보했어요.

그는 지금까지 세르게이가 빈과 바르샤바, 바르셀로나 등지에서 저지른 갖가지 불법행위와 관련된 증거와 증빙서류들을 세르게이 앞에 내밀었어요. 당장이라도 세르게이를 감옥에 처넣고

15년에서 20년 형을 받게 하고도 남을 만큼의 증거 자료들이 그 속에 담겨 있었지요. 거기에 세르게이가 평생 동안 비리를 저지르고 허리띠를 졸라매고 살아도 결코 손에 쥘 수 없을 큰 액수가 적힌 수표까지 한 장 덤으로 내밀었어요. 한 가지 조건을 제시하면서요. 그 조건이란 48시간 안에 세르게이와 타티아나가 바르셀로나를 영원히 떠나 그 어떤 방법으로도 다시는 나를 찾지 않겠다고 약속하는 것이었어요. 그 약속만 지키면 당장 산더미 같은 증거 자료들과 수표는 그들의 것이 될 거라면서요. 하지만 제안을 거절한다면 그 모든 서류는 경찰 손에 넘어갈 것이며, 고액의 수표는 사법부 체계를 원활히 돌아가게 하는 윤활유 작용을 하게 될 거라는 말도 잊지 않았지요. 세르게이는 미친듯이 화를 냈어요. 마치 실성한 사람처럼 날뛰며, 자기 눈에 흙이 들어가기 전에는 절대로 나를 내놓지 않을 것이니, 날 데려가고 싶으면 자신의 시체를 밟고 지나가야 할 거라고 소리쳐댔어요.

미하일은 미소와 함께 자리를 떴어요. 그날 밤 타티아나와 세르게이는 한 남자를 만나 청부 살인을 의뢰했어요. 하지만 약속 장소에서 나오다가 지나가는 마차에서 총탄 세례를 받았지요. 하마터면 목숨을 잃을 뻔했고요. 다음날 신문에는 그 사건에 대한 갖가지 해석들이 난무했어요. 여하튼 다음날, 세르게이는 미하일이 내민 수표를 받아들고 타티아나와 함께 내게 작별인사 한마디 없이 바르셀로나에서 사라져버렸어요……

그 일에 대해 알게 된 나는 미하일에게 전날의 총격 사건과 그가 아무런 상관도 없다고 맹세해달라 요청했어요. 제발 아무 상관없다는 대답이 나오기를 얼마나 바랐는지 몰라요. 그런데 그가 내 눈을 가만히 응시하더니 왜 자신을 의심하느냐고 묻더군요. 난 죽고 싶어졌어요. 가슴속에 짓기 시작한 행복과 희망의 성이 와르르 무너져내리는 것 같았어요. 그래서 다시 물었지요. 아무 상관없는 게 확실하냐고요. 미하일은 자신은 전혀 상관없는 일이라고 대답했어요. 총격 사건은 자신과 무관하다고요.

'내가 한 일이라면 그자들이 살아남았을 것 같소?' 그가 차갑게 반문하더군요.

그날 이후, 미하일은 바르셀로나 최고의 건축가들을 고용해 구엘 공원 인근에 자신의 지시대로 저택을 짓도록 했어요. 비용은 전혀 개의치 않고요. 저택을 완공할 때까지 미하일은 카탈루냐 광장의 유서 깊은 호텔인 콜론 호텔 한 층을 통째로 임대해 우리 두 사람의 임시 거처로 삼았어요. 그때 나는 처음으로 나 혼자서도 그렇게 많은 하인들을 거느리고 살 수 있다는 걸 알았지요. 하인들의 이름조차 다 외울 수 없을 정도였으니까요. 그에 비해 미하일은 운전기사인 루이스, 단 한 명만 데리고 다녔어요.

'바게스'의 보석상들이 내 방을 찾았고, 최고급 디자이너들이 황후급 의상을 만들기 위해 치수를 재러 왔어요. 바르셀로나 특급 은행들에 내 이름으로 된 무한 한도의 계좌가 개설되었고요.

한 번도 본 적 없는 사람들이 거리에서고 호텔 로비에서고 정중하게 인사를 하더군요. 신문에서나 볼 수 있었던 가문이 궁전에서 개최하는 갈라 무도회 초대장이 날아들었고요. 이 모든 게 내 나이 겨우 스무 살 때 일이었답니다. 전차표 살 돈조차 손에 쥐기 힘든 그런 나이에 말이에요. 난 눈을 뜬 채로 꿈을 꾸고 있는 것 같았어요. 모든 것이 호화롭고 사치스러워 구름 위에 떠 있는 기분이었어요. 그런 이야기를 하자, 미하일은 돈이 없어 궁색할 때를 제외한다면 돈이라는 건 전혀 중요치 않은 것이라고 하더군요.

우리는 함께 산책도 하고 도시 구경을 하는가 하면, 티비다보의 카지노에도 들르면서 하루하루를 보냈어요. 리세오에서도 카지노에 가기는 했지만 미하일은 사실 동전 한 닢 거는 일이 없었어요…… 해 질 무렵이면 함께 콜론 호텔로 돌아온 뒤 미하일은 자신의 방으로 가곤 했어요. 그런데 미하일이 매일 한밤중에 호텔을 나섰다가 동틀 무렵에야 돌아온다는 사실을 알게 되었어요. 미하일은 사업 때문이라고 설명하더군요.

하지만 사람들의 수군거림은 점점 심해져만 갔어요. 언제부턴가 내가 결혼하려는 남자에 대해 세상에서 내가 제일 모르고 있다는 생각이 들기 시작했지요. 하녀들이 내 등뒤에서 수군거리는 게 느껴졌어요. 거리에서 부딪치는 사람들은 가식적인 미소만 지을 뿐 실은 색안경을 쓰고 날 쳐다본다는 것도 깨닫게 되었지요. 그렇게 서서히 나는 스스로 의심의 포로가 되어갔어요. 그리고 그즈음 들기 시작한 어떤 생각이 나를 병들게 만들었어요. 내가 누리는 이 모든 호사와 내 주변에 차고 넘치는 물질적 풍요로 인해 나 자신이 하나의 '물건'으로 여겨졌던 거예요. 말하자면 나 자신이 미하일이 갖고 싶어했던 또하나의 상품에 불과하다는 생각을 하게 된 거지요. 미하일은 뭐든 살 수 있는 사람이었어요. 그래서 레알 극장도 샀고, 세르게이도 샀고, 자동차와 보석과 성도 샀어요. 그렇다면 나도 산 것일 수 있잖아요. 그러다보니 매일 밤마다 호텔을 빠져나가는 그를 보면서 밤새도록 다른 여자의 품에 안겨 있는 건 아닐까 하는 초조한 마음도 들더군요. 그래서 결국 어느 날 밤, 나는 의심에서 해방되기 위해 그의 뒤를 밟아보기로 했어요.

그를 따라가니 보르네 시장 인근 벨로 그라넬 사의 낡은 작업장이 나왔어요. 미하일은 혼자더군요. 나는 골목길에 면한 작은 창문에 매달려서 안을 들여다봤어요. 작업장 내부에는 악몽 속에서나 나올 법한 흉흉한 장면이 펼쳐지고 있었지요. 수백 개의 팔, 다리, 손, 발, 수조에 둥둥 떠 있는 유리 눈알…… 한마디로 훼손되거나 불구가 된 인체를 고치는 데 필요한 부속품들이었어요. 작업장 안으로 들어가보니 가운데 큼지막한 방이 하나 있고, 어두컴컴한 그 방 안에는 유리로 된 거대한 수조가 몇 개 있었어요. 그 속에는 뭔지 모를 그림자 같은 것들이 둥둥 떠 있었고요.

그리고 그 방 한가운데 어둠 속에 미하일이 의자에 앉아 담배를 피우면서 나를 지켜보고 있었지요.

'나를 미행하는 건 안 될 일이에요.' 그의 목소리만 들어서는 화를 내는 것 같지는 않았어요.

나는 절반밖에 보지 못한 남자, 낮의 모습만 알고 밤의 모습은 모르는 그런 남자와는 결혼할 수 없다고 호소했어요.

'알아봐야 당신에게 좋을 게 없소.' 그가 넌지시 경고했지요.

하지만 나는 그가 무얼 하든, 어떻게 하든 상관없다고 했어요. 내게는 그가 하는 일이 무엇인지도 중요치 않고, 사람들이 수군거리는 말들이 사실인지 아닌지도 중요치 않았으니까요. 다만 나는 그의 삶의 완벽한 일부가 되고 싶었어요. 감추어진 그늘도, 비밀도 전혀 없는 그런 사이가 되고 싶었다고요. 그가 고개를 끄덕이더군요. 그 순간 나는 그 끄덕임의 의미를 직감했어요. 돌아올 수 없는 강을 건넜다는 뜻이었지요. 미하일이 전등을 켜는 순간, 나는 수주 동안의 꿈에서 여지없이 깨어나고 말았어요. 내 눈앞에 펼쳐진 광경은 그야말로 지옥 그 자체였어요.

포르말린이 가득 찬 수조 속에 담겨 있는 것은 시신들로, 액체 속에서 소름 끼치는 춤사위를 보이며 빙빙 돌고 있었어요. 큼지막한 철제 탁자 위에는 시신 한 구가 놓여 있었고요. 알몸의 여자 시신은 배에서부터 목구멍까지 기다랗게 갈라져 해부되어 있었지요. 두 팔은 가슴 위에 포개져 있었는데, 팔과 손이 나무와 금속으로 되어 있었어요. 목구멍에는 튜브가 여러 개 연결되었고, 구리 케이블이 사지와 엉덩이 곳곳에 깔려 있었어요. 반투명한 피부는 푸르스름한 게 꼭 물고기 피부 같더군요. 난 미하일이 여자의 시신 앞으로 다가가 슬픈 눈빛으로 내려다보는 모습을 말없이 지켜보았어요.

'자연이라는 것이 제 자식들에게 한 짓이 바로 이거요. 사람들의 심성은 악하지 않아요. 다만 살아남기 위해 도저히 어찌할 수 없는 힘에 대항해 싸울 뿐이지. 세상에 자연보다 더 심술궂은 것도 없을 거요…… 따라서 내가 하고 있는 일은, 내가 혼신의 힘을 다하고 있는 이 일은 창조라는 위대한 불경을 조롱하려는 것이오.'

미하일이 주사기를 집어들더니 유리병에 담겨 있던 초록빛 액체를 주사기에 넣더군요. 잠시 우리의 시선이 엇갈렸지만, 이윽고 미하일은 주삿바늘을 여자의 머리에 찔러넣고는 액체가 완전히 비어버릴 때까지 피스톤을 눌렀어요. 주사기를 뽑은 그는 잠시 꼼짝 않고 서서 여인의 시신을 내려다보았어요. 잠시 후, 나는 피가 얼어붙는 느낌이었어요. 죽은 여자의 속눈썹이 흔들렸거든요. 나무와 금속으로 제작된 손과 팔의 관절에서 톱니바퀴 맞물리는 소리가 나는가 싶더니, 손가락이 퍼뜩퍼뜩 움직이기 시작했어요. 별안간 여자가 요란하게 온몸을 떨더니 상체를 벌떡 일으켰어요. 짐승의 포효가 온 방을 가득 메웠고요. 귀청이 찢어질 듯한 괴성이었지요. 퉁퉁 붓고 시커멓게 변색된 여자의 입술에서 하얀 거품이 일어나 흘러내렸어요. 그런데 여자가 온몸에 부착된 전선을 마구 떼어내는가 싶더니 망가진 인형처럼 다시 바닥으로 털썩 누워버리는 거였어요. 상처 입은 늑대처럼 울부짖으면서요. 여자가 고개만 쳐들고 내 눈을 바라보았어요. 나는 두려운 시선을 거둘 힘조차 없었답니다. 여자의 눈빛은 맹수처럼 살벌해 등골이 오싹했지요. 여자는 살고 싶었던 거예요.

당장이라도 심장이 멎어버릴 것만 같았어요. 잠시 후, 여자의 몸은 다시 생명이 빠져나간 시신으로 돌아갔어요. 무심한 표정으로 이 모든 장면을 지켜보던 미하일이 하얀 시트를 펼쳐 시신을 덮어버렸어요.

그리고 내게로 다가오더니 떨리는 내 손을 잡아주었답니다. 이런 현장을 목격하고도 과연 내가 그의 곁에 남아 있을 수 있을지 눈동자에서 읽어보기라도 하려는 듯 내 눈을 응시했어요. 나는 내 안에 일어나는 두려움과 내가 얼마나 착각에 빠져 있었던가를 어떤 말로든 표현하고 싶었어요…… 하지만 겨우 토해낸 한마디는 그곳에서 데리고 나가달라는 것뿐이었어요. 그가 나를 데리고 나왔지요. 우리는 함께 콜론 호텔로 돌아왔어요. 그는 나를 방까지 데려다준 뒤, 룸서비스로 따끈한 수프를 주문하고 내가 수프를 떠먹는 동안 내 어깨를 따뜻하게 감싸주었어요.

'오늘밤에 당신이 본 여자는 6주 전에 전차 바퀴에 깔려 죽은 여인이오. 철길에서 놀던 어린아이를 구하려다 그만 본인이 전차에 부딪힌 거지. 전차 바퀴에 두 팔이 팔꿈치 높이에서 잘려버리고 말았고. 그야말로 개죽음을 당한 것이었소. 여자의 이름을 아는 사람도 없고, 시신이라도 찾겠다고 나서는 사람도 없었소. 그런 시신이 한둘이 아니오. 날마다……'

'미하일! 당신이 잘못 알고 있는 게 있어요…… 당신이 신의 일을 대신할 수는 없어요……'

미하일이 내 얼굴을 쓰다듬더니 고개를 끄덕이며 슬픈 미소를 보내더군요.

'잘 자요.'

그리고 문을 나서며 이렇게 말했답니다.

'내일 다시 왔을 때 당신이 이곳에 없더라도…… 난 이해할 수 있소.'

그리고 2주 후, 우리는 바르셀로나 성당에서 결혼식을 올렸어요."

23

"미하일은 결혼식 날을 내게 아주 특별한 날로 만들어주고 싶어했어요. 그래서 바르셀로나 전체를 요정 이야기의 무대로 만들어버렸답니다. 하지만 꿈속 나라의 황후 시절은 성당 계단을 내려가면서 영영 종지부를 찍고 말았지요. 사람들이 비명을 질러대는 걸 미처 듣지 못했어요. 세르게이가 사람들 틈바구니에서 맹수처럼 튀어나와 염산을 내 얼굴에 쏟아부은 거예요. 염산은 내 얼굴과 내 눈꺼풀과 내 두 손을 녹여버리고 말았어요. 목구멍을 갈기갈기 찢어 목소리도 앗아가버렸고요. 그로부터 2년 동안 나는 말 한마디 할 수 없었어요. 미하일이 망가진 인형을 고치듯 나를 고쳐낸 그 순간까지요. 그 순간이 내겐 공포의 시작이었지만 말이에요.

우리의 신혼집 공사는 중단되었고, 결국 우리는 다 짓지도 못한 미완의 궁전에 입주했어요. 그리고 그 궁전은 산기슭에 우뚝 선 감옥으로 변해갔고요. 그곳은 춥고 어두웠어요. 뾰족지붕과 아치, 돔 지붕과 나선형 계단들이 수없이 나 있는 그곳. 나는 그곳에서도 가장 높은 꼭대기 방에 갇혀 지냈어요. 미하일 외에는 그 누구도 출입할 수 없었지요. 가끔 셸리 박사만이 방문했어요. 처음 한 해 동안은 모르핀 주사액에 취해 지냈어요. 늘 악몽에 시달렸지요. 미하일이 병원과 시체 안치실에서 구해온 행려병자 시신에 행하던 그 시술을 내 몸에 하는 꿈을 꾸었거든요. 자연을 조롱하며 내 몸을 새로이 만드는 악몽을요. 그런데 의식을 되찾고 보니 그 꿈이 어느덧 현실이 되어 있었어요. 미하일이 내 목소리를 되살려놓은 거예요. 음식을 먹고 말을 할 수 있도록 목구멍을 다시 만들고 입을 새로 붙여주었지요. 그리고 말초신경을 전부 죽여서 염산으로 생긴 상처 때문에 고통을 느끼지 않게 했더군요. 그래요, 그 사람은 죽음을 조롱한 거예요. 하지만 나 역시 미하일이 만들어낸 그 저주받은 피조물 가운데 하나가 되어버렸지요.

 한편 미하일은 바르셀로나 전역에 미치던 사회적 영향력을 잃게 되었어요. 도와주는 이가 없게 된 거예요. 한때 동맹관계에 있던 사람들은 모두 등을 돌리고 그를 떠나버렸어요. 경찰과 사법당국도 추적을 시작했지요. 동업자인 센티스는 시기심으로 똘 똘 뭉친 인색한 고리대금업자였어요. 그는 미하일을 알지도 못하는 수백 수천 가지 사안에 연루시키려 당국에 가짜 정보를 제공했어요. 회사에 대한 통제권을 빼앗아가기 위해서였지요. 그 역시 지천에 널린 또 한 마리의 사냥개였어요. 사실 세상 사람들 모두가 미하일이 단상에서 떨어지기를 열망했거든요. 떨어지는 순간 달려들어 온몸을 뜯어먹으려고 말이지요. 거짓 충성을 보이던 위선자와 아첨꾼 들은 하루아침에 굶주린 하이에나로 변신해버렸어요. 하지만 그 모든 변화를 지켜보면서도 미하일은 전혀 놀라지 않았어요. 처음부터 벗이었던 셸리 박사와 루이스 클라레트를 제외한 그 누구도 믿지 않았으니까요. 늘 '편협한 인간들은 언제고 불이 붙어 타오를 수 있는 성냥 같은 존재'라고 말했었거든요. 하지만 사람들에 대한 그러한 태도가 결국에는 그와 바깥세상을 연결하는 하나 남은 약해빠진 고리마저 끊어버리는 결과를 가져왔어요. 그가 스스로 지은 고독의 미로 속으로 은둔해버린 거예요. 그의 행동은 하루하루 더 기괴해져갔어요. 날마다 지하실에 내려가서 일명 '토이펠'이라는 검은 나비 기르기에 완전히 몰두하기도 했지요. 얼마 지나지 않아 검은 나비는 집 안 전체에 퍼져갔어요. 거울 위에도, 액자 위에도, 가구 위에도 침묵하는 보초처럼 검은 나비들이 앉아 있었어요. 미하일은 하인들에게 검은 나비를 죽이거나 쫓아버리거나 가까이 접근하는 행위를 금지시켰지요. 새까만 날개를 활짝 편 나비떼가 복도와 방 곳곳을 날아다녔어요. 어떤 때에는 미하일의 몸에도 내려앉았는데, 그가 일부러 꼼짝 않고 서 있기라도 하면 나비떼로 온몸이 뒤덮이기도 했어요. 그런 그를 보면서 나는 그를 영영 잃게 되는 건 아닐까 두려웠어요.

그즈음 나와 루이스 클라레트 사이의 우정이 시작되었고, 그 우정은 오늘까지도 유지되고 있답니다. 성채와도 같은 저택 담장 너머에서 일어나는 일들에 대해 내게 알려주는 사람도 다름 아닌 클라레트였고요. 미하일은 레알 극장과 나의 복귀 무대에 대해 늘 거짓말을 하곤 했어요. 염산 테러로 인한 흉터는 마침내 회복될 것이고, 다시 무대에 서서 노래할 수 있을 거라고도 했지요. 남아 있지도 않은 그 목소리로…… 다 망상이었어요. 루이스는 레알 극장의 공사가 이미 중단되었다고 알려줬어요. 자금이 몇 달 전에 바닥나버렸다는 사실도. 이제 극장 건물은 아무짝에도 쓸모없는 거대한 돌덩어리로 남게 되었다고요…… 미하일이 짐짓 태연한 척했던 건 다 연기였던 거예요. 그렇게 몇 주가 지나고 몇 달이 흐르도록 그는 집 안에서 한 발짝도 나가지 않았어요. 하루 종일 스튜디오에 처박혀 먹지도 자지도 않았어요. 나중에는 조앤 셸리 박사 역시 미하일의 신체 건강도 걱정되지만 무엇보다 분별력을 상실할까봐 더 걱정이라고 하더군요. 누구보다 미하일을 잘 알고 있었고, 처음부터 미하일의 일거수일투족을 지켜봐온 사람이었으니까요. 미하일이 유독 퇴행성 질병, 그리고 선천적 신체 위축과 기형 문제를 해결할 수 있는 메커니즘 발견에 집착하고 있다는 점을 내게 명확하게 설명해준 사람이 바로 셸리 박사였어요. 미하일은 그 신체들에서 이성을 넘어서는 힘과 규율과 의지를 보았지요. 그의 눈에 자연은 자신의 피조물을 잡아먹고, 자신이 품고 있는 수많은 존재들의 운명 같은 건 관심도 없는 야수일 뿐이었어요. 그는 기형과 특이한 의학적 현상에 대한 사진들을 수집했어요. 그 사진 속 사람들을 통해 답을 얻으려 했고요. 어떻게 악마를 속여 넘길 수 있을까 하는 문제에 대한 답을요.

바로 그 무렵, 그가 가진 병증이 겉으로 드러나기 시작했어요. 미하일은 자신에게 그 병증이 숨어 있음을 진작부터 알고 있었답니다. 다만 시계의 기계장치처럼 참을성 있게 발병을 기다렸을 뿐이지요. 그가 자신의 병을 처음 알게 된 건 프라하에서 쌍둥이 동생이 죽어가는 걸 지켜보면서부터였어요. 그의 몸은 스스로 파괴되기 시작했어요. 뼈도 바스라져갔고요. 미하일은 손에 장갑을 끼고, 얼굴과 몸도 가렸지요. 나와 함께 있는 것도 피하더군요. 나는 아무것도 눈치채지 못한 척했지만, 사실 그의 외양이 달라지고 있는 게 눈에 빤히 보였어요. 어느 겨울날엔가는 동틀 무렵 미하일의 비명 소리가 울려퍼졌어요. 모두들 잠에서 깨어났지요. 미하일은 하인들을 소리쳐 쫓아냈어요. 결국 그를 견뎌낼 수 있는 사람은 아무도 없게 되었지요. 불과 몇 달 만에 모두들 겁을 집어먹었으니까요. 오직 루이스만이 우리를 떠나지 않겠다고 했어요. 분노의 눈물을 흘리면서 미하일은 집 안에 있던 거울이란 거울은 모조리 깨뜨려버린 후 스튜디오로 달려갔어요.

결국 어느 날 밤, 나는 루이스에게 셸리 박사를 데리고 와달라고 부탁했어요. 미하일이 두 주가 지나도록 스튜디오에서 나오지도 않고, 내가 아무리 불러도 대답 한마디 없었거든요. 스튜디오 안에서 흐느끼는 소리나 혼잣말하는 소리가 들리기는 했지만요…… 나도 더이상 무엇을 어찌해야 할지 알 수가 없었어요. 그를 점점 잃어가고 있었던 거예요. 셸리 박사와 루이스의 도움으로 문짝을 뜯어내고 미하일을 끄집어냈어요. 그리고 그 경악스러운 현장을 목격했지요. 미하일이 자신의 몸을 제 손으로 수술했던 거예요. 아무짝에도 쓸모없는 끔찍한 갈고리처럼 변해버린 자신의 왼손을 재생시키려 한 것이지요. 셸리 박사는 미하일에게 진정제를 투여하고 잠이 든 그를 새벽까지 곁에서 지켰어요. 긴긴밤 내내 오랜 친구의 고뇌를 지켜보며 절망한 셸리 박사는 결국 아무에게도 말하지 않겠다던 미하일과의 약속을 깨뜨리고 수년 전 미하일이 털어놓았던 이야기를 내게 들려주었어요. 그의 이야기를 듣고 나는 깨달았어요. 경찰이나 플로리안 형사는 자신들이 쫓고 있는 대상이 유령일 거라고는 일말의 의심조차 품어보지 않았으리라는 사실을요. 실상 미하일은 범죄자도 아니었고, 사기꾼도 아니었어요. 죽음이 자신을 기만하기 전에 그가 먼저 죽음을 기만하는 운명을 타고났다고 스스로 믿고 있는 사람일 뿐이었던 거예요."

"미하일 콜베니크는 19세기의 마지막 날, 프라하의 지하 하수로에서 태어났어요.

어머니는 어느 대귀족의 성에서 일하던 겨우 열일곱 살 된 하녀였어요. 워낙 예쁘고 영리해서 주인이 가장 총애하는 하녀가 되었답니다. 하지만 임신 사실이 발각되면서 옴 오른 개처럼 오물이 널리고 눈 쌓인 거리로 쫓겨나고 말았어요. 영원히 돌이킬 수 없는 주홍 글자를 달게 된 거예요. 그 당시만 해도 겨울에 거리에 있다가는 얼어 죽기 십상이었어요. 그런데 돈 한 푼 없는 빈털터리들이 폐하수도 속 터널에 숨어 산다는 이야기가 돌았어요. 지역 주민들 사이에 프라하 도로 아래로 어둠의 도시가 존재한다는 신화적 이야기가 퍼져 있었던 거지요. 수천 명의 빈민들이 다시는 태양 아래 그 모습을 드러내지 않고 평생을 지하에 숨어 산다는 거예요. 거지, 병자, 고아, 도망자 들이요. 그들은 일명 '거지 왕자'라 불리는 수수께끼 같은 인물을 신봉했다고 해요. 거지 왕자는 나이는 알려지지 않았고, 얼굴 생김새가 천사를 닮았으며, 눈에서는 불꽃이 타오른다고들 했어요. 늘 검은 나비가 그려진 망토를 온몸에 두르고 다녔는데, 잔혹한 세상에서 더이상 살아갈 가능성이 없는 사람들을 자신의 왕국에 기꺼이 품어 줬지요. 어린 하녀는 살아남겠다는 일념으로 그 지하 왕국을 찾아 하수도로 내려갔어요. 그녀는 곧 사람들 이야기가 틀리지 않았다는 걸 알게 되었어요. 터널 안 사람들은 어둠 속에서 살아가며 그들만의 세계를 형성하고 있었던 거예요. 그들만의 법이 있었고, 그들만의 신이 있었어요. 바로 거지 왕자 말이에요. 아무도 그 사람의 얼굴을 본 적은 없었지만, 모두들 그를 믿었고 그를 위해 봉헌을 아끼지 않았어요. 그리고 모두들 불에 달군 인두로 피부에 검은 나비 낙인을 찍었지요. 예언에 따르면 언젠가 거지 왕자가 보낸 메시아가 지하 터널에 강림해 제 생명을 바쳐 그들 모두를 고통에서 구할 거라고 했어요. 물론 그 메시아는 그들 손에 죽을 거라고도 했고요.

그 지하 세계에서 어린 하녀는 안드레이와 미하일 쌍둥이 형제를 낳았어요. 그런데 안드레이는 끔찍한 병을 안고 세상에 나왔답니다. 뼈가 단단히 여물지 못한 탓에 아이의 몸은 내부기관은 물론 겉모습도 제대로 갖추지 못한 상태였어요. 사법당국의 추적을 피해 터널 속에 숨어 지내던 한 의사가 안드레이는 불치병에 걸렸다고 알려줬어요. 얼마 살지 못할 거라면서요. 하지만 쌍둥이 형제 미하일은 내성적인 성격에 매우 총명했답니다. 그는 언젠가 터널을 벗어나 지상 세계로 나갈 수 있을지도 모른다는 꿈을 꾸었지요. 더 나아가 어쩌면 고대하는 메시아가 자신일지도 모른다는 환상에 빠지기도 했어요. 아버지가 누군지 모르는 그는 내심 거지 왕자를 자신의 아버지 대신으로 생각하기도 했어요. 거지 왕자라면 그의 꿈속 이야기까지 모두 듣고 있을 거라 믿은 거예요. 외형적으로 미하일에게는 쌍둥이 동생의 목숨을 앗아간 끔찍한 질병의 징후가 보이지 않았어요. 안드레이는 일곱 살이 되던 해 하수관 밖으로 한 번 나가보지도 못한 채 세상을 뜨고 말았답니다. 지하 세계의 제례의식에 따라 안드레이의 시신을 지하 개울에 띄워 보냈어요. 왜 이런 일이 일어난 거냐고 미하일이 묻자 어머니가 대답했어요.

'이게 다 신의 의지란다, 미하일.'

미하일은 그날 어머니의 그 말씀을 평생 잊지 못할 것 같았어요. 어린 자식 안드레이의 죽음이 어머니에게는 극복하기 힘든 충격이었어요. 그래서 곧 찾아온 겨울 내내 미하일의 모친은 폐렴으로 고생했지요. 미하일은 어머니가 숨을 거두는 마지막 순간까지 어머니의 떨리는 두 손을 꼭 잡은 채 곁을 지켰어요. 어머니는 이제 겨우 스물여섯이었지만, 얼굴은 노파 같았어요.

'이것도 신의 의지인가요, 어머니?' 미하일이 이미 숨을 거둔 어머니의 시신을 부여잡고 물었어요.

끝내 대답은 들을 수 없었지요. 그로부터 며칠 후, 미하일은 지상 세계로 나왔어요. 지하 세계와 그를 연결하는 고리가 이제 없어져버렸으니까요. 추위와 배고픔에 죽을 듯한 심정으로 그는 어느 집 처마 아래로 몸을 피했어요. 그런데 우연히 왕진을 왔다가 집으로 돌아가던 안토닌 콜베니크 박사의 눈에 띄게 된 거예요. 콜베니크 박사는 아이의 손을 잡고 식당으로 데려가 따듯한 음식을 먹게 해주었어요.

'이름이 뭐니, 애야?'

'미하일입니다, 선생님.'

안토닌 콜베니크의 얼굴이 하얗게 질렸어요.

'내게도 이름이 미하일인 아이가 있었단다. 지금은 이 세상에 없지만 말이야. 가족은 어디 있니?'

'없어요.'

'어머니는?'

'신께서 데려가셨어요.'

의사가 고개를 크게 끄덕였지요. 그리고 가방을 열더니 그 속에서 기이한 물건 하나를 꺼냈어요. 미하일의 입이 떡 벌어졌지요. 가방 속을 흘낏 들여다보니 그 속에는 반짝반짝 윤이 나는 놀라운 물건들이 가득했어요.

의사가 그 이상하게 생긴 물건의 두 꼭지를 귀에다 꽂더니 판을 미하일의 가슴에 갖다댔어요.

'이게 뭐예요?'

'네 허파에서 나는 소리를 듣는 물건이란다. 자, 심호흡을 해

보아라.'

'마법사세요?' 미하일은 어리둥절한 표정을 지었죠.

의사가 웃었어요.

'아니, 난 마법사는 아니다. 그저 의사일 뿐이지.'

'무슨 차이가 있는데요?'

안토닌 콜베니크는 몇 년 전 대유행했던 콜레라로 아내와 아들을 잃었어요. 그 무렵에는 혼자 지내면서 조그만 병원을 운영하고 있었고요. 유일한 취미라면 바그너의 음악을 듣는 것뿐이었지요. 의사는 누더기를 걸친 그 소년을 호기심 반, 연민 반의 눈빛으로 쳐다보았어요. 미하일은 자신의 최고 장점이랄 수 있는 그 선량한 미소를 지어 보였고요.

콜베니크 박사는 아이의 후견인을 맡기로 결심하고 미하일을 집으로 데려갔어요. 그곳에서 미하일은 10년의 세월을 보내게 되었지요. 마음 좋은 의사 선생 덕분에 미하일은 교육도 받고 머물 곳도 제공받고 이름도 얻었어요. 그리고 청소년기에 접어들 무렵에는 이미 양아버지 옆에서 수술을 보조하며 다양한 인체의 신비를 배울 수 있었지요. 살과 뼈로 이루어진 복잡한 구조물에 불가사의한 마법의 한숨을 불어넣어 완성된 인체를 통해 그는 기이하기만 한 신의 의지를 볼 수 있었어요. 미하일은 양아버지의 가르침을 스펀지가 물을 빨아들이듯 그렇게 쑥쑥 받아들였답니다. 의술 속에 그가 그토록 발견해내고자 했던 메시지가 담겨 있음을 확신했던 거지요.

그런데 스무 살이 되기도 전에 또 한 번의 죽음이 미하일을 찾아왔어요. 얼마 전부터 노의사의 건강이 급속히 쇠락하더니, 어느 성탄절 밤에 심근경색이 찾아와 심장의 절반을 못쓰게 만들어버린 거예요. 미하일에게 남유럽을 구경시켜주겠다며 함께 여행 준비를 하고 있을 때였지요. 안토닌 콜베니크는 죽어가고 있었어요. 미하일은 이번만은 죽음이 그에게서 양아버지를 빼앗아가도록 내버려두지 않겠노라고 다짐했어요.

'내 심장이 이미 지쳤구나, 미하일. 이제 내 아내 프리다와 또 다른 미하일을 만나러 가야 할 시간이 된 것 같다……'

'제가 새로 심장을 만들어드릴게요, 아버지.'

의사가 미소지었어요. 늘 독특한 아이다 싶었지만 발상이 얼마나 기발한지…… 그가 세상을 뜨기 두려운 단 한 가지 이유가 있다면, 바로 그 어느 곳에도 의탁할 곳 없는 저 아이를 이 세상에 홀로 남겨두고 가야 한다는 것뿐이었어요. 미하일에게는 책 말고 다른 친구도 없었거든요. 저 아이는 앞으로 어찌 될까?

'지난 10년간 나와 함께해준 것만으로도 충분하다, 미하일. 이젠 네 걱정부터 해야 한다. 네 미래를 고민해야 해.'

'절대로 아버지를 죽게 내버려두지 않을 거예요.'

'미하일! 마법사와 의사의 차이가 뭐냐고 물었던 것 기억하지? 잘 들어라, 미하일. 세상에 마법은 없단다. 우리 몸은 태어나는 그 순간부터 파괴되기 시작한단다. 우리는 연약한 존재거든. 잠시 스쳐지나는 삶을 사는 인생이라는 말이다. 따라서 남는 것은 우리의 행위뿐이다. 다른 사람들에게 행한 선행과 악행만이 남는 거지. 무슨 말인지 알겠지, 미하일?'

그로부터 열흘 후, 경찰은 아버지라고 부르는 남자의 시신 옆에서 온몸이 피투성이가 된 채 한없이 울고 있는 미하일을 발견했어요. 이웃들이 이상한 냄새가 나고 젊은이가 울부짖는 소리가 들린다며 경찰에 신고했던 거지요. 경찰 조서에는 아버지의 죽음으로 충격을 받은 미하일이 아버지의 시신을 해부한 뒤 밸브와 톱니 장치를 이용해 새 심장을 만들어 달아주려 했다고 적혀 있었어요. 미하일은 프라하 정신병원에 수용되었답니다. 2년 후 죽은 척 연기해서 병원을 탈출했고요. 나중에 경찰이 시신 안치소로 달려가보았지만 남아 있는 건 하얀 시트와 주변을 날아다니는 검은 나비뿐이었다고 하더군요.

미하일은 이미 수년 전부터 드러나기 시작한 광기와 질병의 씨앗을 내면에 지닌 채 바르셀로나로 왔어요. 그는 물질세계에도, 타인과의 관계에도 별 관심을 보이지 않았지요. 넘치도록 쌓인 재산을 자랑하는 일도 없었어요. 그는 늘 자신보다 더 가난한 이를 위해 언제고 내줄 수 있는 동전 한 닢보다 더 큰 가치를 지닌 인간은 없는 법이라고 말했어요. 그리고 우리가 처음 만났던 그날 밤, 무슨 이유로 그런 말을 했는지는 모르겠지만, 미하일은 삶은 늘 사람들이 원하는 것과는 다른 무언가를 주는 법이라고도 말했어요. 그는 재산과 명예와 권력, 이 모두를 얻었어요. 하지만 그의 영혼이 진정으로 원했던 건 마음의 평화, 그리고 그의 심장 속에 똬리를 틀고 있는 그 검은 그림자들을 잠재우는 것이었죠……"

"그의 스튜디오 사건 이후 여러 달 동안 셸리 박사와 루이스, 그리고 나는 미하일이 집착에서 벗어나도록 만들기 위해 고군분투했어요. 쉬운 일이 아니었지요. 미하일은 말은 하지 않았지만 우리가 거짓말을 할 때면 귀신같이 알아차리곤 했어요. 물론 겉으로는 온순함을 가장하고 집착을 포기한 듯 우리의 뜻을 순순히 따라주었지만 말이에요…… 하지만 난 그의 눈을 바라볼 때면 그 속에서 그의 영혼을 가득 채운 암흑을 발견할 수 있었어요. 그는 이미 우리 셋을 믿지 않게 된 거예요. 경제적 어려움이 가중되어갔어요. 은행들은 우리 계좌를 차압했고, 벨로 그라넬의 재산은 정부에서 나서서 몰수해버렸어요. 자신이 회사를 독차지하게 될 거라고 기대했던 센티스는 완전히 파산하고 말았고요. 센티스 손에 떨어진 거라고는 과거 미하일이 소유했던 프린세사 거리의 낡은 아파트가 전부였어요. 우리에게 남은 것은 과거 미하일이 내 앞으로 등기이전해두어 현재 내가 피신해 지내고 있는, 아무짝에도 쓸모없는 이 무덤 같은 레알 극장과, 한때 미하일이 개인 실험실로 사용했던 사리아 철로 인근의 온실이 전부였고요.

입에 풀칠이라도 하기 위해 루이스를 시켜 한 푼이라도 더 주는 사람에게 내 보석과 옷가지들을 팔아오게 했어요. 결혼 예물로 장만했던 모든 것들이 한 번 써보지도 못하고 생계수단으로 변해버린 거지요. 미하일과 나는 더이상 대화도 나누지 않게 되었어요. 그는 거대한 저택 안을 마치 유령처럼 떠돌아다녔지요. 외모는 점점 더 일그러져갔고요. 이제 그의 손은 책 한 권 집어들 수 없을 정도로 뒤틀려버렸어요. 눈도 글자 하나 제대로 읽어내기 힘들게 되었고요. 이제 더이상 울지도 않더군요. 그저 웃기만 할 뿐이었지요. 한밤중에 울려대는 그의 쓰디쓴 웃음소리는 듣는 이의 피를 얼어붙게 만들었어요. 그는 뒤틀린 손으로 공책에 알아보기 힘든 글자를 빼곡하게 써내려가곤 했어요. 그 내용이 뭔지는 우리도 알 수 없었어요. 셸리 박사가 왕진을 오는 날에도 미하일은 스튜디오에 처박혀, 끝내 벗이 걸음을 돌릴 때까지 나오지 않고 버텼지요. 나는 셸리 박사에게 저러다가 미하일이 자살이라도 하면 어쩌나 걱정이 된다고 털어놓았어요. 그런데 셸리 박사는 그보다 더한 걱정이 있다고 하더군요. 사실 그때만 해도 난 셸리 박사의 그 말이 무슨 뜻인지 알지 못했어요.

그런데 사실 한참 전부터 내 머릿속에 다소 터무니없는 생각하나가 자리잡고 있었어요. 당시 내 판단으로는 그 방법만이 미하일과 우리의 결혼생활을 구제해줄 수 있을 것 같았지요. 아이를 갖기로 한 거예요. 내가 아이를 낳는다면 미하일이 살아갈 이유를 찾게 될 테고, 내 곁으로 돌아올 거라는 생각이 들었거든요. 그 꿈을 도저히 버릴 수 없었어요. 구원과 희망인 아이를 잉태하고자 하는 열망에 내 몸은 온통 들끓었답니다. 순수하고 정결한 미하일 2세를 키우는 꿈을 날마다 꾸었어요. 내 심장은 모든 질병에서 자유로운, 아버지를 꼭 닮은 2세를 갖고 싶다는 열망으로 터질 것 같았어요. 자칫 미하일이 내 계획을 눈치채면 어쩌나, 그래서 단호히 거절하면 어쩌나 하는 걱정을 잠시도 떨칠 수 없었지요. 그이와 나, 이렇게 단둘이 있을 기회를 잡는 것 자체가 보통 어려운 일이 아니었답니다. 아까도 말했듯이 이미 한참 전부터 미하일이 나를 피해왔으니까요. 모습이 일그러지기 시작하면서부터 나와 함께 있는 게 불편했던 거지요. 이제 미하일은 발음도 정확하지 않았어요. 더듬더듬 말하면서 분노와 수치심을 표출했지요. 음식도 겨우 액체만 넘길 수 있을 정도였어요. 외모가 어떻게 변했든 나는 상관없다고, 그의 고통을 세상 그 누구보다 잘 이해하고 함께 나눌 수 있다고 강조하고 또 강조했지만 상황은 점점 더 나빠질 뿐이었어요. 그래도 난 인내심을 갖고 버텼고, 평생 한 번 있을까 말까 한 기회를 잡아 마침내 미하일을 속일 수 있었어요. 아니, 속였다고 생각했어요. 하지만

마리나 301

그건 다 내 착각이었지요. 내 실수 중에서도 최악의 실수였던 거예요.

미하일에게 아이가 생겼다고 말했을 때 그가 보인 반응은 정말 무시무시했답니다. 미하일은 거의 한 달 동안 어딘가로 사라져버렸어요. 몇 주가 지난 뒤 루이스가 온실에서 의식을 잃고 쓰러져 있는 미하일을 발견했지요. 잠시도 쉬지 않고 작업에 몰두했던 모양이었어요. 이미 자신의 목과 입을 복원한 상태더군요. 그의 외모는 정말이지 괴물 같았어요. 악의에 찬 듯한 금속성의 낮은 목소리가 흘러나왔어요. 기다란 금속 송곳니가 턱까지 뻗쳐 있었고요. 눈빛을 빼고 얼굴 자체만으로는 미하일이라고 알아볼 수도 없을 정도였어요. 그 끔찍한 형상 아래 내가 여전히 사랑하는 미하일의 영혼은 스스로 피운 지옥불 속에서 타들어가고 있었지요. 그가 쓰러져 있던 곳에서 루이스는 일련의 장치와 수백 장은 족히 될 듯한 설계도면들을 찾아냈어요. 미하일이 깊은 혼수에 빠져 있던 사흘 동안 나는 셸리 박사에게 그 도면들을 한번 살펴봐달라고 부탁했어요. 결과는 머리털이 쭈뼛 설 만큼 충격적이었어요. 미하일이 이성을 완전히 상실해버렸다는 증거였지요. 미하일은 질병이 자신을 완전히 좀먹기 전에 스스로 육체를 완벽하게 복원시킬 생각이었던 거예요. 우리는 아무도 들어갈 수 없는 망루 꼭대기 방에 미하일을 가둬놓기로 했어요. 우리에 갇힌 야수와도 같은 남편의 울부짖음이 들려오는 가운데

나는 딸을 낳았어요. 단 하루도 내 품에 머물 수 없는 아이였지만 말이에요. 셸리 박사가 아이를 데려가 친딸처럼 키우겠다고 약속했거든요. 이름은 마리아였어요. 나처럼 친엄마에 대해서 전혀 아는 것 없이 자랐고요. 얼마 남지도 않은 내 심장 속 생명을 그 아이에게 나누어주었지만, 떠나보내는 것 외에 다른 선택의 여지가 없었어요. 머잖아 몰아칠 비극의 기운이 사방에 가득했으니까요. 그 아이가 독이 되는 건 아닐까 걱정되기 시작했어요. 하지만 기다리는 수밖에 없더군요. 언제나 그렇듯이 최후의 일격은 늘 가장 예기치 않은 곳에서 날아오기 마련이니까요."

"시기심과 탐욕으로 결국 파산에 이르게 된 벤하민 센티스는 복수의 칼날을 갈고 있었어요. 성당에서 염산 테러 사건이 발생했을 때 세르게이의 탈출을 도운 게 그자가 아닐까 하는 의혹은 벌써부터 있었지요. 지하 세계 사람들의 불길한 예언대로 수년 전 미하일이 손수 만들어준 센티스의 두 손은 오로지 사악한 배신행위를 준비하는 데에만 쓰였던 거예요. 1948년의 마지막 밤, 벤하민 센티스는 죽도록 증오해온 미하일을 향해 최후의 칼날을 휘두르려고 돌아왔어요.

나의 옛 후견인이었던 세르게이와 타티아나는 지난 수년간 몰래 숨어 살고 있었더군요. 역시 복수의 칼날을 갈면서 말이지요.

그리고 마침내 그 시간이 찾아온 거예요. 센티스는 플로리안의 수사팀이 새해 첫날 구엘 공원 옆 우리 집을 압수수색할 예정임을 알게 되었어요. 미하일의 죄상을 입증해줄 증거를 찾기 위해서였지요. 그런데 정말로 압수 수색이 이루어질 경우 센티스가 지금까지 했던 거짓과 기만이 그대로 드러날 처지가 된 거예요. 자정 직전, 세르게이와 타티아나가 석유통 여러 개를 가져와 우리 집 주변에 마구 뿌렸어요. 언제나 그랬듯이 비겁한 센티스는 컴컴한 구석에 숨어서 자동차에서 최초의 불길이 치솟는 걸 확인하고는 줄행랑을 쳐버렸고요.

잠에서 깨어나니 푸르스름한 연기가 계단을 타고 올라오고 있었어요. 그야말로 눈 깜짝할 사이에 불길이 마구 옮겨붙더군요. 루이스가 들어와 나를 데리고 발코니에서 차고 지붕으로 뛰어내린 뒤 다시 정원으로 뛰어내려 목숨을 구할 수 있었지요. 돌아보니 불길이 1층과 2층을 완전히 삼켜버린 뒤 망루 쪽으로 올라가고 있었어요. 미하일이 갇혀 있는 그곳 말이에요. 나는 미하일을 구해야 한다며 불 속으로 뛰어들려 했지만, 루이스는 내가 발길질을 하고 고함을 질러대도 모른 척하며 날 꼼짝 못 하게 붙들어 놓았어요. 그리고 그 순간, 세르게이와 타티아나가 모습을 드러냈지요. 세르게이가 실성한 사람처럼 웃어대더군요. 타티아나는 손이 석유 범벅인 채 말없이 벌벌 떨고 서 있었고요. 그 뒤에 벌어진 장면은 악몽 그 자체였어요. 불길이 탑 꼭대기까지 이르렀어요. 유리창이 터지면서 유리 조각이 비 오듯 쏟아져내렸지요. 그때 불 속에서 사람의 형상이 불쑥 튀어나왔어요. 내 눈에는 꼭 검은 천사 같더군요. 그 형상이 망루 벽에 몸을 던졌어요. 미하일이었지요. 그이는 마치 거미처럼 벽을 타고 내려왔어요. 새로 만들어 장착한 금속제 갈고리 손을 벽에 박으면서요. 놀라운 속도였지요. 세르게이와 타티아나는 눈앞의 장면을 믿을 수 없다는 듯 멍한 표정으로 지켜봤어요. 시커먼 그림자가 두 사람 위로 드리워지는가 싶더니, 초인적인 힘으로 두 사람을 들어 불 속으로 내동댕이쳤어요. 지옥불 속에서 타들어가는 두 사람을 지켜보며 나는 정신을 잃고 말았고요.

루이스가 우리에게 남은 마지막 은신처인 레알 극장으로 날 옮겨놓았더군요. 그때부터 지금까지 이곳에 머물게 된 거예요. 다음날 아침, 신문마다 비극적인 화재 소식이 실렸어요. 화재 현장에서 서로 부둥켜안고 죽은, 새까맣게 탄 시신 두 구가 발견되었다는 기사였어요. 경찰에서는 그 시신이 나와 미하일일 거라고 단정했어요. 세르게이와 타티아나의 유골이라는 걸 아는 사람은 우리뿐이었고요. 또다른 시신은 발견되지 않았더군요. 바로 그날, 셸리 박사와 루이스가 미하일을 찾아 사리아의 온실로 가보았지만 미하일은 흔적도 없었어요. 변신은 거의 완성 단계였던 걸로 보였는데, 셸리 박사가 남아 있던 서류와 설계도, 메모 등을 모두 취합해 내린 결론이었어요. 명백해 보였지요. 우리는 그 문서들을 몇 주에 걸쳐 검토하고 또 검토했어요. 그 속에서 미하일의 행방을 찾을 수 있는 단서를 찾아낼 수 있으리라는 기대에서요. 분명 바르셀로나 시내 어딘가에 숨어서 마지막 변신의 기회를 엿보고 있을 게 분명했거든요. 그의 기록들을 통해 마침내 셸리 박사가 미하일의 계획을 추정해냈어요. 미하일의 수첩에 수년간 키워온 나비에서 추출한 진액을 이용해 개발한 장액에 대한 기록이 남아 있었거든요. 언젠가 미하일이 벨로 그라넬 공장에서 죽은 여인의 시신에 투여했던 바로 그 장액이었어요. 마침내 미하일이 뭘 하려는 건지 알아냈지요. 미하일은 죽음에서 귀환하고자 했어요. 그런데 우선 죽음의 강을 건너려면 살아 있는 인간으로서의 마지막 숨을 거둬야 했지요. 검은 나비처럼 어둠 속에서 다시 태어나기 위해 땅에 묻혀야 했던 거예요. 그리고 이 땅으로 다시 돌아올 때에는 더이상 과거의 미하일 콜베니크일 수 없겠지요. 아마도 한 마리 야수가 되어 있을 테니까요."

에바 이리노바의 목소리가 극장 안에 메아리치며 울렸다.
"여러 달 동안 미하일 소식을 전혀 듣지 못했고, 은신처도 찾아내지 못했어요." 그녀가 이야기를 이어나갔다. "내심 그의 계획이 실패했을지도 모른다는 일말의 기대를 가지고 있었지요. 하지만 그건 철저히 우리의 착각이었어요. 화재가 발생하고 1년 후, 익명의 제보를 받고 형사 둘이 벨로 그라넬 창고를 급습했어요. 물론 이번에도 센티스의 소행이었지요. 세르게이와 타티아나로부터 소식이 끊기자 미하일이 살아 있는 게 아닐까 의심하게 된 거예요. 공장 설비는 전면 폐쇄되어 아무도 들어갈 수 없는 상태였지요. 형사들이 들이닥치자 공장 내부에 있던 은밀한 침입자가 꽤나 놀랐던 모양이에요. 형사들은 그 침입자를 향해 탄창이 텅 비도록 총탄 세례를 퍼부었지만……"

"그래서 총알 자국이 하나도 없었던 거군요." 나는 플로리안의 말을 떠올리며 말했다. "콜베니크의 몸이 총알을 다 받아내 흡수해버렸을 테니까요……"

노부인 에바 이리노바가 고개를 끄덕였다.

"형사들의 시신은 갈기갈기 찢어진 상태로 발견되었어요. 도대체 그곳에서 무슨 일이 있었는지에 대해서는 아무도 알지 못했고요. 물론 셸리 박사와 루이스, 나는 알고 있었죠. 미하일이 귀환한 거예요. 그 후 며칠에 걸쳐 과거 벨로 그라넬의 이사진이었으나 미하일을 배신하고 말았던 사람들이 하나둘 기이한 죽음을 맞이했지요. 우리는 미하일이 하수도 어딘가에 숨어 지내면서 지하 터널을 통해 도시 곳곳을 이동해 다니는 게 아닐까 추측했어요. 미하일에게는 지하 세계가 그리 낯설지만도 않을 테니까요. 다만 한 가지 의문이 남았어요. 도대체 왜 공장에 있었던 걸까? 다시 한번 우리는 그의 수첩에서 답을 찾아냈어요. 장액.

그는 삶을 유지하기 위해 장액 주사를 맞아야 했던 거예요. 망루에 보관하고 있던 장액은 모두 불타 없어졌고, 온실에 있던 건 다 써버린 터였어요. 셸리 박사가 경찰 간부에게 뇌물까지 써가며 공장에 들어갔다가 찬장 속에서 마지막으로 남아 있던 장액 두 병을 발견했어요. 그중 하나를 아무도 모르는 곳에 보관했고요. 평생을 질병과 죽음, 고통과 싸워온 그였기에 그 장액을 도저히 훼손해버리지 못한 거예요. 액체를 연구해서 그 비밀을 파헤쳐봐야겠다는 생각이 든 거지요…… 그리고 그 액체를 분석해 결국 수은을 바탕으로 그 장액의 효과를 무화시킬 수 있는 새로운 화합물을 합성해내는 데 성공했어요. 그리고 그 화합물을 가득 채운 은제 총알 열두 개를 만들었어요. 그 총알을 쓰는 일이 결코 일어나지 않기를 바라면서요."

셸리 박사가 루이스 클라레트에게 건넸던 총알이 바로 그것인 듯했다. 그리고 그 총알 덕분에 내가 여태 살아 있는 것이고.

"미하일은요?" 마리나가 물었다. "장액이 없으니……"

"우리는 고덕 지구 하수관 속에서 그의 시신을 찾아냈어요. 시신으로 만난 그의 모습은 지옥의 사자라고 부를 수 있을 만큼 끔찍하게 일그러져 있었어요. 사체를 이용해 자신의 몸을 되살린 탓에 온몸에서는 썩은 고기 냄새가 진동했고요……"

에바가 고개를 들고 오랜 친구 루이스를 쳐다보았다. 운전기사 루이스가 바통을 이어받아 나머지 이야기를 들려주었다.

"우리는 미하일의 시신을 거두어 사리아 공원묘지에 매장하고 이름 없는 묘비를 세웠네. 공식적으로는 이미 1년 전에 죽은 사람이었지만, 진실을 밝힐 수 없었거든. 부인이 살아 있다는 사실을 알게 되면 센티스가 가만있지 않을 게 뻔했으니까. 결국 우리는 스스로를 이곳에서 아무도 모르게 살아가는 형벌에 처해버린 거지……"

"그렇게 몇 해가 지나는 동안, 우리는 미하일이 영면을 취하고 있을 거라 믿었어요. 그리고 이미 봐서 알겠지만, 매달 마지막 일요일에 그의 무덤을 찾아가 조금만 기다리면 날 다시 만날 수 있게 될 거라고 이야기하곤 했지요…… 그렇게 우리 모두는 추억 속에 살아가고 있었어요. 문제는, 정말 핵심적인 뭔가를 까맣게 잊어버리고 있었다는 거예요……"

"그게 뭔데요?"

"마리아요. 우리 딸 마리아."

마리나와 내가 서로 얼굴을 쳐다보았다. 셸리 박사가 우리가 보여준 사진을 벽난로 속에 던져넣던 장면이 떠올랐다. 그 사진 속에 등장한 여자아이는 다름아닌 마리아 셸리였던 것이다.

온실에서 그 앨범을 가지고 나온 순간, 우리는 미하일 콜베니크가 평생 단 한 번도 만날 수 없었던 딸에 대한 유일한 추억을 훔쳐와버린 셈이었다.

"셸리 박사는 마리아를 친딸처럼 키웠어요. 하지만 마리아는 셸리가 해준 이야기, 즉 어머니가 자기를 낳다가 죽었다는 그 이야기가 진실이 아닐 거라는 생각을 항상 하고 있었지요. 셸리 박사는 거짓말 같은 건 할 줄 모르는 사람이었거든요. 세월이 흐른 어느 날, 마리아는 셸리 박사의 연구실에서 우연히 미하일의 수첩을 발견하고 그동안 자신이 들어온 이야기들을 재구성하게 되었어요. 마리아는 제 아버지의 광기를 이어받고 태어난 아이였지요. 내가 처음 미하일에게 임신 사실을 알렸을 때 그가 빙그레 웃던 게 생각나요. 사실 그의 미소는 나를 무척 불안하게 만들었거든요. 물론 당시만 해도 그 이유까지는 알지 못했지만 말이에요. 몇 년 후에야 나는 미하일의 메모를 통해 하수구 속 검은 나비가 제 새끼를 뜯어먹고 산다는 사실을 알게 되었지요. 검은 나비는 죽을 때 제 새끼인 유충의 몸 안으로 파고들어가 죽는대요. 그리고 그 유충의 몸을 뜯어먹으며 다시 소생하고요…… 여러분이 묘지에서부터 내 뒤를 밟다가 온실을 찾아냈을 무렵, 마리아도 평생을 찾아오던 걸 마침내 발견했어요. 셸리 박사가 숨겨놓았던 장액 병을 찾아낸 거예요…… 그렇게 사후 30년 만에 미하일이 죽음에서 귀환했지요. 그때부터 그는 다른 이들의 신체 조각을 새로이 자신의 것으로 만들어 붙이고 마리아를 통해 양분을 흡수하면서 활력을 얻는가 하면 자신과 닮은 또다른 생명체들을 창조했어요……"

 침이 꼴깍 넘어갔다. 지난밤 터널 속에서 보았던 괴물체가 생각난 것이다.

 "일이 어떻게 되어가고 있는지 깨닫기가 무섭게 나는 센티스에게 알려야겠다고 생각했어요." 에바가 말했다. "그가 첫번째로 당할 거라고 생각했으니까요. 하지만 내 신분은 감춰야 했지요. 그래서 오스카르를 이용한 거예요. 그 명함을 써서요. 속으로는 여러분이 별로 이번 일에 대해 아는 것이 없는데다가, 센티스가 명함을 보면 무서워서 아무 짓도 하지 못할 거라 생각했어요. 그것이 곧 그 사람을 보호하는 길이기도 할 테고요. 그런데 그 비열한 사람을 내가 너무 과대평가한 모양이에요. 몸을 사릴 것으로 예상했는데 그자가 미하일을 무너뜨리겠다며 만나러 갔으니까요. 플로리안도 끌어들였고요…… 루이스가 사리아 공원묘지로 가서 확인해보니 무덤이 텅 비어 있었어요. 처음에는 셸리 박사가 우리를 배신했다고 생각했어요. 틈틈이 온실에 가서 새로운 생명체들을 만들어내는 게 박사일 거라고 생각한 거지요…… 미하일이 아무런 설명도 없이 놓아두고 간 미스터리를 풀지 못하고는 눈조차 감을 수 없는 사람 같았거든요…… 하지만 우리가 그 사람을 잘못 본 거였어요. 사실 그가 마리아를 보호하기 위해 모든 일을 꾸민 것임을 깨달았을 때에는 이미 너무 늦어버렸지요…… 이제 미하일이 우릴 찾아올 거예요."

"왜요?" 마리나가 물었다. "뭣 때문에 이리로 돌아온다는 거죠?"

에바가 말없이 드레스 윗단추 몇 개를 풀더니 긴 목걸이를 꺼냈다. 목걸이에는 에메랄드빛 액체가 담긴 유리병이 매달려 있었다.

"이것 때문에요."

24

 에바가 장액이 든 유리병을 불빛에 비춰보고 있는데 그 소리가 들렸다. 마리나 역시 들은 모양이었다. 뭔가가 극장 돔 지붕 위를 기어다니는 소리였다.

 "왔나봅니다." 루이스 클라레트가 문간에 서서 우울한 음성으로 말했다.

 에바 이리노바는 놀란 기색 하나 없이 장액 병을 다시 품 안으로 집어넣었다. 루이스 클라레트가 리볼버 권총을 꺼내들고 장전을 확인했다. 셸리 박사가 준 은제 총알이 탄창 속에서 반짝거렸다.

 "그만들 가봐요." 에바 이리노바가 말했다. "이제 진실을 알았으니, 모든 것을 그만 잊어버리도록 해요."

그녀의 얼굴은 베일에 가려 있었고, 기계적인 음성에서는 아무런 감정도 느껴지지 않았다. 도대체 이 모든 이야기를 왜 우리에게 들려준 것인지 알 수가 없었다.

"여사님의 비밀은 우리가 지켜드리겠습니다." 내가 말했다.

"사람들은 늘 진실을 모른 채 살아가는 법이죠." 에바 이리노바가 말했다. "자, 그만 가요."

클라레트가 따라오라는 신호를 했고, 우리는 분장실을 빠져나왔다. 천장의 유리창을 통해 쏟아져들어온 달빛이 무대 위에 은색 사각형을 그려내고 있었다. 그리고 그 사각형 위로 콜베니크와 그의 피조물들의 그림자가 춤을 추듯 흔들거렸다. 고개를 들어보니 열두어 개의 형상들이 보였다.

"세상에……" 마리나가 내 귀에 대고 속삭였다.

클라레트도 같은 쪽을 쳐다봤다. 나는 그의 눈동자에 서린 두려움을 보았다. 형상 중 하나가 지붕을 세차게 내리쳤다. 클라레트가 방아쇠에 건 손가락에 힘을 주면서 권총을 겨눴다. 시커먼 형상은 계속해서 천장을 내리치고 있었다. 이제 천장 유리창이 깨지는 건 시간문제였다.

"오케스트라석 아래로 구멍이 있고 그리로 내려가면 터널이 나올 거야. 그 터널을 따라가면 1층 관객석 아래를 지나 로비로 나가게 돼." 클라레트가 천장에서 눈을 떼지 않고 설명했다. "로비 중앙 계단 밑에 보면 창문이 하나 있고, 그 창문을 넘어가면 복도가 나올 거야. 그 복도를 계속 따라가. 그러면 소방용 출구가 나올 테니까……"

"우리가 왔던 길로 돌아나가는 게 훨씬 쉽지 않을까요?" 내가 물었다. "아저씨 아파트를 통해서요……"

"안 돼. 이미 그자들이 차지했을 거야……"

마리나가 내 손을 잡아끌었다.

"아저씨 말대로 하자, 오스카르."

클라레트를 바라보니 눈을 가리고 죽음을 맞이하는 사람처럼 차가울 정도로 차분했다. 잠시 후 마침내 천장 유리창이 산산조각 났고, 이리 같은 괴물체가 울부짖으며 무대 위로 뛰어들었다. 클라레트가 괴물의 머리통에 총알을 발사해 적중시켰다. 하지만 천장에서는 더 많은 기형의 괴물체들이 득달같이 쏟아져내려오고 있었다. 그리고 그 한가운데 콜베니크의 모습이 보였다. 그의 신호에 맞춰 괴물체들이 동시에 극장 바닥을 기어오기 시작했다.

마리나와 나는 오케스트라석 아래로 난 구멍으로 들어가 클라레트가 가르쳐준 대로 달려갔다. 클라레트가 우리 뒤를 엄호하고 있을 터였다. 다시 고막을 찢는 듯한 총성이 울렸다. 좁다란 터널로 들어서기 직전, 나는 마지막으로 뒤를 돌아보았다. 피투성이 넝마를 걸친 웬 괴물체가 무대 위에서 펄쩍 뛰어오르더니 클라레트를 향해 달려들었다. 총알이 관통하며 괴물체의 가슴에 주먹만한 구멍이 뚫리고 연기가 피어올랐다. 그런데도 괴물체는 죽지 않고 앞으로 전진해왔다. 그 모습을 보면서 나는 뚜껑문을 닫고 복도 안쪽으로 마리나의 등을 떠밀었다.

"클라레트는 어떻게 되는 걸까?"

"글쎄, 나도 모르지." 내가 거짓말을 했다. "뛰자."

우리는 터널 안을 달렸다. 터널은 폭이 1미터, 높이가 1미터 50 정도 되었다. 균형을 잡기 위해 두 팔을 벌려 터널 벽을 만져가며 고개를 숙이고 달려야 했다. 겨우 몇 미터 정도 달렸는데 머리 위로 발소리가 들렸다. 우리를 추격하느라 1층 관객석 위를 뛰어다니는 괴물체들의 발소리였다. 총소리가 점점 더 큰 메아리를 만들어냈다. 저 사냥개 무리에게 발기발기 찢겨 죽기까지 클라레트에게 남은 시간은 얼마나 될까? 그에게 남은 총알은 몇 개나 될까?

갑자기 누군가가 우리 머리 위에서 썩은 널빤지를 뜯어냈다. 빛이 마치 칼날처럼 틈새로 쏟아져들어왔다. 눈이 부셨다. 그때 뭔가가 우리 발치로 툭 떨어져내렸다. 죽어 널브러진 클라레트의 시신이었다. 이미 숨이 끊어진 그의 얼굴에는 눈알이 빠져나가 텅 빈 눈구멍만 남아 있었다. 손에 쥔 권총 총구에서는 아직 연기가 피어오르고 있었다. 몸에는 상처도 흉터도 없었지만, 뭔가가 위치를 벗어나 있었다. 마리나가 내 어깨 너머로 그 모습을 보더니 신음했다. 억센 힘으로 목뼈를 부러뜨려 얼굴이 등 쪽으로 돌아가 있었던 것이다. 머리 위로 그림자가 드리워지는가 싶더니, 검은 나비 한 마리가 콜베니크의 충실한 벗 클라레트의 시신 위에 내려앉았다. 그 모습에 넋이 나간 나는 미하일이 코앞에 와 있는 것도 눈치채지 못했다. 그는 널빤지가 떨어져나간 구멍으로 내려오더니 갈고리 같은 손으로 마리나의 목을 움켜쥐었다. 그러고는 그대로 들어올렸다. 내가 어떻게 잡아보기도 전에 마리나의 몸이 휙 끌려갔다. 내가 마리나의 이름을 소리쳐 부르자 미하일이 입을 열었다. 평생 잊을 수 없을 것 같은 목소리였다.

"네 여자친구를 멀쩡한 상태로 다시 보고 싶거든 장액 병을 가져와라."

나는 잠시 동안 한마디도 하지 못했다. 하지만 휘몰아치는 엄청난 괴로움에 오히려 현실로 되돌아올 수 있었다. 나는 클라레트의 시신 옆으로 가 그가 쥐고 있던 총을 집으려 했다. 하지만 주검의 손가락 근육 하나하나가 최후의 경련과 더불어 굳게 경직되어 있었다. 검지는 여전히 방아쇠에 걸린 채였다. 나는 그의 손가락을 하나씩 떼어내고 마침내 권총을 손에 쥐었다. 탄창을 열어보니 총알이 남아 있지 않았다. 혹시 남은 총알이 있나 싶어 클라레트의 주머니를 뒤져보았다. 재킷 안주머니에 꼭지에 구멍이 난 은제 총알 여섯 개가 든 탄창이 있었다. 가엾은 클라레트는 탄창을 갈아끼울 시간조차 없었던 모양이다. 평생을 바쳤던 주인의 그림자가 탄창 갈아끼울 틈조차 주지 않고 거칠고 사나운 일격으로 그의 목숨을 앗아가버린 것이다. 어쩌면 오늘의 이

만남을 두려워하며 그 오랜 세월을 보내온 클라레트는 미하일 콜베니크를 향해, 아니 그라는 사람의 잔존물을 향해 총알을 발사할 수 없었는지도 모른다. 어쨌든 이젠 상관없었다.
 나는 떨리는 팔다리로 터널 벽을 기어올라 1층 관람석으로 나온 뒤 마리나를 찾아나섰다.

 셸리 박사가 제작한 총알에 맞은 괴물체 하나가 무대 위에 널브러져 있었다. 또다른 괴물체들도 천장에 매달린 샹들리에와 칸막이 관객석 등지에 죽은 채 걸려 있었다. 루이스 클라레트는 콜베니크가 몰고 온 야수 같은 괴물체들과 정면으로 맞섰던 것이다. 추악하고 기형적인 괴물체들의 시신을 바라보면서, 이 모습이야말로 그들이 갈망하던 최선의 운명이었으리라는 생각을 떨칠 수 없었다. 그것들은 생명이라고는 전혀 깃들지 않은, 인위적으로 이런저런 조각과 파편을 이어붙여 만든 것임이 확연했다. 어떤 괴물체는 턱뼈가 날아가버린 채 1층 관람석을 가르는 중앙 통로 위에 그대로 뻗어 있었다. 나는 그 시신을 타고 넘었다. 음침한 텅 빈 안구를 보자 등골이 서늘했다. 안구 속에는 아무것도 들어 있지 않았다. 아무것도.
 나는 위로 올라갔다. 에바 이리노바의 분장실에는 여전히 불이 켜져 있었다. 하지만 안에는 아무도 없었다. 썩은 고기 냄새가 풍겼다. 피 묻은 손자국이 벽에 걸린 옛날 사진 여기저기에 찍혀 있었다. 콜베니크가 다녀간 것이다. 등뒤에서 삐걱 소리가 났다. 나는 뒤돌아서며 리볼버 권총을 겨눴다. 멀어져가는 발소리가 들렸다.

"에바?"

다시 무대로 나가보니 계단식 관객석 안쪽으로 둥그런 호박색 광채가 빛나는 게 보였다. 가까이 가보니 에바 이리노바였다. 그녀는 한 손에 촛대를 든 채 폐허로 변해버린 레알 극장을 지켜보고 있었다. 그리고 돌아서더니 천천히 촛불을 들어올렸다. 칸막이 관객석에서 아래로 치렁치렁 늘어진 기다란 벨벳 커튼 자락에 불꽃이 닿았다. 바싹 마른 천 조각에 불이 붙었다. 그리고 불꽃을 탁탁 튀기면서 삽시간에 칸막이 관객석 벽과 벽에 새겨진 금 장식과 팔걸이의자로 불이 번져나갔다.

"안 돼요!" 내가 소리쳤다.

에바는 나의 절규 따위는 들은 척도 하지 않고 칸막이 관객석 뒤 갤러리로 연결되는 문을 빠져나갔다. 눈 깜짝할 사이에 불길은 무서운 재앙으로 화했다. 앞길을 가로막는 것이라면 뭐든 슬슬 기어가 태워버렸다. 새롭게 변신하다 멈춰버린 레알 극장의 모습이 눈부신 화염에 드러나 보였다. 그 불꽃이 뿜어내는 열기, 목재와 그림들이 타면서 뿜어내는 냄새에 현기증이 났다.

내 시선이 불꽃을 따라 천장 쪽으로 옮겨갔다. 허공에 갖가지 무대장치들이 매달려 있었다. 밧줄, 무대 막, 도르래, 이동용 교량까지. 그리고 타는 듯한 눈동자 두 개가 허공 위에서 날 내려다보고 있었다. 콜베니크였다. 그는 한 손으로 마치 인형을 쥔 듯 마리나를 움켜쥐고 있었다. 그가 구조물 사이를 고양이처럼 민첩하게 빠져나갔다. 고개를 돌려보니 화염은 이미 1층 전체를 삼키고 이제 관객석으로 올라가는 계단을 타고 2층으로 옮겨붙기 시작했다. 돔 지붕에 난 깨진 창문은 부채 역할을 하며 극장 안을 온통 거대한 아궁이로 만들어버렸다.

나는 서둘러 목제 계단으로 달려갔다. 지그재그 형태로 이어진 층계가 발밑에서 진동하는 게 느껴졌다. 3층까지 올라가서 천장 쪽을 다시 올려다보았다. 콜베니크의 모습은 어디에도 없었다. 바로 그때, 쇠 갈고리 같은 것이 내 등에 박히는 느낌이 들었다. 어찌나 아프던지 휙 돌아보았다. 콜베니크의 피조물 중 하나가 눈앞에 서 있었다. 클라레트가 쏜 총에 한쪽 손목이 날아가고 없었지만 여전히 살아 있었다. 머리카락이 길었고, 언뜻 여자 얼굴로 보였다. 내가 권총을 겨누었지만 상대는 꿈쩍도 하지 않았다. 순간 나는 화들짝 놀랐다. 분명 어디선가 본 얼굴이었던 것이다. 무섭게 타오르는 화염에 여자의 눈을 볼 수 있었다. 숨이 턱 막혀왔다.

"마리아?" 내가 더듬거리며 물었다.

콜베니크의 딸, 아니 어쩌면 그 껍데기를 쓰고 살았을지 모를 콜베니크의 피조물이 순간 망설이듯 멈칫했다.

"마리아?" 다시 물었다.

그녀에게서 풍기던 천사 같은 소녀의 분위기는 이미 사라지고 없었다. 아름다움도 깨끗하게 가셔버린 뒤였다. 내 앞의 존재는 비통하고 섬뜩한 한 마리 야수일 뿐이었다. 피부는 아직 생기 있어 보였다. 콜베니크가 매우 급하게 작업을 한 모양이었다. 나는 총구를 내리고 가엾은 여인을 향해 한 손을 내밀었다. 아마도 그녀에게 한줌 희망을 기대했던 것 같다.

"마리아! 나 알겠어요? 오스카르예요. 오스카르 드라이. 나 기억나죠?"

마리아 셸리가 내 얼굴을 가만히 들여다보았다. 아주 짧은 순간, 그녀의 눈동자에 삶의 불꽃이 반짝거렸다. 그녀의 두 눈에서 눈물이 주르륵 흘렀다. 그리고 자신의 두 팔에 달린 기괴한 금속 갈고리를 내려다보더니 신음했다. 내가 그녀 쪽으로 손을 내밀었다. 마리아 셸리가 한 걸음 뒤로 물러섰다. 온몸을 떨고 있었다.

큼지막한 불꽃이 무서운 기세로 솟아오르는가 싶더니 무대용 대형 막을 지탱하던 천장의 봉이 우지끈 부러졌다. 커튼이 불의 망토 속으로 떨어져내렸다. 막과 연결된 밧줄들이 불꽃 속에서 휘두르는 채찍처럼 춤을 추었다. 이제 불꽃은 우리가 올라선 이동용 교량마저 통째로 집어삼킬 기세였다. 우리 두 사람 사이로도 혀 같은 불꽃 한줄기가 널름거리기 시작했다. 내가 다시 콜베니크의 딸 마리아를 향해 손을 내밀었다.

"자, 내 손을 잡아요."

마리아는 다시 한 걸음 뒤로 물러섰다. 얼굴은 온통 눈물 범벅이었다. 발아래 교량이 삐걱거렸다.

"마리아, 어서요······"

콜베니크의 피조물 마리아는 마치 뭔가를 보기라도 한 듯 불꽃을 들여다보았다. 그러고는 알 수 없는 눈빛으로 한 번 더 나를 쳐다보더니 교량에 걸쳐진 불붙은 밧줄을 꽉 움켜쥐었다. 불꽃이 그녀의 팔로 옮겨붙었다. 그리고 상반신과 머리카락, 옷, 얼굴로 옮아갔다. 그렇게 그녀는 밀랍 인형처럼 불꽃 속에서 타들어갔고, 발아래 교량이 무너지면서 저 아래 심연으로 추락하고 말았다.

나는 3층에 난 출입구를 향해 내달렸다. 에바 이리노바를 찾아 마리나를 구해야 했다.

"에바!" 마침내 저만치 에바의 모습이 보이자 내가 소리쳐 불렀다.

그녀는 내가 부르는 소리도 무시한 채 계속 걸어나갔다. 대리석 중앙 계단에서 그녀를 따라잡았다. 그녀의 팔을 낚아채자 에바가 힘껏 뿌리쳤다.

"마리나를 잡아갔어요. 장액을 넘겨주지 않으면 죽이겠대요."

"친구는 죽은 셈 치고, 오스카르라도 아직 달아날 수 있을 때

여길 벗어나도록 해요."

"싫어요!"

에바 이리노바가 내 주위를 돌아보았다. 연기가 회오리를 일으키며 계단을 따라 치솟고 있었다. 시간이 별로 없었다.

"마리나를 두고 혼자 갈 수는 없어요……"

"이해를 못 하는군요. 장액을 넘겨받는 순간 두 사람을 모두 죽여버릴 거예요. 아무도 그를 막을 수 없으니까요."

"그분은 누굴 죽이려는 게 아니에요. 그저 자신이 살고 싶을 뿐이라고요."

"여전히 말귀를 못 알아듣고 있군요, 오스카르. 내가 할 수 있는 일은 아무것도 없어요. 모든 건 신의 소관일 뿐이에요."

에바는 돌아서 다시 걷기 시작했다.

"그 누구도 신이 하는 일을 대신할 수는 없어요. 당신도 그건 마찬가지라고요." 나는 에바가 했던 말을 그대로 떠올리며 소리쳤다.

에바가 걸음을 멈췄다. 나는 권총을 들어 그녀를 겨냥했다. 공이치기를 뒤로 당기는 소리가 복도에 울려퍼졌다. 그 소리에 에바가 다시 돌아섰다.

"난 단지 미하일의 영혼을 구제하고 싶을 뿐이에요."

"당신이 콜베니크의 영혼을 구할 수 있을지는 잘 모르겠지만, 당신 자신의 영혼은 분명히 구할 수 있어요."

부인은 떨리는 손으로 권총을 겨누고 있는 나를 아무 말 없이 바라보았다.

"과연 나를 향해 방아쇠를 당길 수 있겠어요?" 에바가 물었다.

나는 대답하지 않았다. 나도 답을 알 수 없었으니까. 내 머릿속에는 오로지 콜베니크의 갈고리 같은 손이 움켜쥐고 있는 마리나의 모습과, 이제 곧 화마가 레알 극장 위에 지옥의 문을 열어놓을 것이라는 사실뿐이었다.

"친구가 당신에게 그렇게 중요해요?"

나는 고개를 끄덕였다. 여자의 얼굴에 그 어느 때보다도 서글픈 미소가 서리는 것 같았다.

"그 친구도 그걸 알아요?" 에바가 다시 물었다.

"그건 나도 몰라요." 내가 생각할 겨를도 없이 대답했다.

에바가 천천히 고개를 끄덕이더니 품 안에서 장액 병을 꺼냈다.

"우리 두 사람은 서로 닮았군요, 오스카르. 우린 둘 다 누군가를 끝없이 짝사랑하는 형벌에 처해진 외로운 사람들이에요……"

그러면서 에바는 내게 장액 병을 건넸다. 나는 총구를 내렸다. 그리고 권총을 바닥에 내려놓은 뒤 두 손으로 병을 받아들었다. 그 병을 보고서야 겨우 큰 짐을 하나 덜어낸 기분이었다. 고맙다고 인사를 하려고 보니 에바 이리노바는 어느새 사라지고 없었다. 바닥에 내려놓았던 리볼버 권총도 함께.

꼭대기층까지 왔을 때 건물 전체는 내 발아래서 그야말로 지옥의 도가니로 변해 있었다. 나는 복도 끝으로 달려가 무대장치들이 매달린 돔 지붕으로 들어가는 입구를 찾아보았다. 별안간 어느 문에선가 불길이 확 치솟았다. 복도는 삽시간에 아궁이로 변해버렸다. 불구덩이에 갇혀버린 것이다. 필사적으로 주변을 돌아보는데 출구가 보였다. 건물 외벽에 줄지어 난 창문들이었다. 연기가 뭉게뭉게 피어오르는 창가로 가보니 창문 너머 앞 건물의 처마 장식이 보였다. 불꽃은 이미 내 코앞까지 다가와 있었다. 유리창이 지옥의 숨결이라도 닿은 양 퍽퍽 깨지기 시작했다. 내 옷자락에서도 연기가 피어오르기 시작했다. 불길이 피부를 간질이는 느낌까지 들었다. 숨이 막혀왔다. 나는 건너편 처마를 향해 펄쩍 뛰었다. 상쾌한 밤공기가 폐를 채웠고, 저만치 발아래로 바르셀로나의 거리가 펼쳐졌다. 눈앞의 광경은 경악 그 자체였다. 레알 극장은 완전히 불길에 휩싸였다. 내부 구조물들은 이미 무너져내려 잿더미로 변해버렸고, 외벽만이 라발 구역 한가운데에 불꽃 성당을 세워놓은 듯 장엄한 바로크 양식의 외양을 자랑하며 버티고 서 있었다. 자신의 무기력함을 탓하기라도 하듯 소방차는 구슬픈 사이렌 소리를 울려댔다. 돔 지붕의 강철판들이 한데 수렴되는 지붕 꼭대기 한가운데 마리나를 움켜쥔 콜베니크가 있었다.

"마리나!" 내가 절규했다.

나는 앞으로 한 걸음 내디뎠다. 나도 모르게 떨어지지 않으려고 철제 난간을 세게 움켜쥐었다. 그런데 그 쇠도 지글거리며 타고 있었던 모양이다. 고통스러운 비명과 함께 손을 놓았다. 손바닥이 시커멓게 그을리고 김이 모락모락 피어올랐다. 그 순간 다시 한번 지축이 흔들렸다. 바야흐로 어떤 장면이 연출될지 짐작이 갔다. 거대한 극장 건물이 요란한 굉음과 함께 무너져내린 것이다. 이제 철제 구조물만이 그 몰골을 드러내며 꿋꿋하게 버티고 서 있었다. 그 모습은 마치 지옥불 위에 쳐놓은 거미줄 같았다. 그리고 그 거미줄 한가운데 콜베니크가 서 있었다. 마리나의 얼굴도 보였다. 아직 살아 있었다. 그래서 나는 마리나를 구하기 위해 할 수 있는 유일한 행동을 했다.

장액 병을 손에 쥐고 콜베니크가 볼 수 있도록 높이 쳐든 것이다. 콜베니크가 마리나를 떼어놓고는 낭떠러지 쪽으로 다가왔다. 마리나의 비명 소리가 들렸다. 콜베니크는 갈고리 손을 허공으로 내밀었다. 메시지는 명확했다. 내 앞으로 다리라도 놓듯이 들보 하나가 뻗쳐왔다. 내가 그 앞으로 바싹 다가섰다.

"오스카르, 안 돼!" 마리나가 애원했다.

나는 폭이 좁은 들보를 가만히 노려보다가 그 위로 올라섰다. 한 발 한 발 내디딜 때마다 당장이라도 미끄러질 것 같았다. 아래서 타오르는 질식할 듯한 열기가 주변을 달궜다. 그렇지만 나는 들보에서 눈을 떼지 않은 채 곡예사처럼 균형을 잡아가며 한 걸음 한 걸음 내디뎠다. 마침내 고개를 들어보니 겁에 질린 마리나의 얼굴이 있었다. 혼자였다! 얼른 달려가 그녀를 끌어안으려는데 그 뒤로 콜베니크의 모습이 불쑥 솟아올랐다. 순식간에 다시 마리나를 움켜쥔 콜베니크가 그애를 허공으로 들어올렸다. 나도 장액 병을 꺼내들고 위협을 가했다. 마리나를 놓아주지 않으면 병을 불 속으로 집어던지겠다는 의미였다. 에바 이리노바의 말이 생각났다. "두 사람을 모두 죽여버릴 거예요······" 그래서 나는 병뚜껑을 열고 속에 담긴 액체를 몇 방울 허공에 쏟았다. 콜베니크가 마리나를 동상 발치에 내동댕이치더니 내 앞으로 쑥 다가왔다. 그런데 얼른 몸을 피하다가 내가 그만 장액 병을 놓쳐버리고 말았다.

뜨거운 쇠붙이에 닿은 장액은 금세 증발해버렸다. 콜베니크의 갈고리 손이 병을 다시 집어들었을 때에는 내용물이 겨우 몇 방울밖에 남아 있지 않았다. 콜베니크가 무쇠 같은 주먹으로 장액 병을 힘주어 쥐자 병이 바스라져버렸다. 에메랄드빛 액체 몇 방울이 그의 손가락을 타고 흘렀다. 불꽃이 얼굴을 비추자 치밀어오르는 분노와 증오심을 억누르지 못하는 그의 표정이 고스란히 드러났다. 그가 우리를 향해 성큼성큼 걸어오기 시작했다. 마리나는 내 손을 꼭 쥐더니 두 눈을 감았다. 나도 눈을 감아버렸다. 콜베니크가 풍기는 고기 썩는 악취가 코앞에서 진동했다. 나는 최후를 준비했다.

불꽃 사이를 가르며 첫번째 총성이 울렸다. 두 눈을 번쩍 뜨니 마치 내가 앞으로 나아가는 것처럼 에바 이리노바의 그림자가 내 머리 위를 덮으며 드리워지고 있었다. 콜베니크의 가슴 한가운데 검은 핏자국이 동그랗게 났다. 두번째 탄환은 좀더 가까이에서 발사되었고, 콜베니크의 한쪽 팔을 부숴버렸다. 세번째 탄환은 어깨에 가서 박혔다. 나는 마리나의 팔을 잡아 끌었다. 콜베니크가 비틀거리며 에바를 향해 돌아섰다. 검은 옷을 입은 여인이 천천히 앞으로 걸어나왔다. 그녀의 손에 들린 권총은 손톱만큼의 자비심도 없어 보였다. 콜베니크의 신음이 들렸다. 네번째 탄환이 그의 복부를 관통했다. 다섯번째 탄환과 마지막 여섯번째 탄환은 콜베니크의 미간에 검은 총구멍을 냈다. 그리고 잠시 후, 콜베니크가 무릎을 꿇으며 무너져내렸다. 에바 이리노바가 권총을 바닥에 떨어뜨리더니 콜베니크에게 달려갔다.

에바는 쓰러진 콜베니크를 두 팔로 감싸안았다. 두 사람의 눈빛이 뒤엉키는가 싶더니 에바가 콜베니크의 괴물 같은 얼굴을 쓰다듬었다. 그녀는 울고 있었다.

"친구를 데리고 얼른 여길 나가요." 그녀가 내 얼굴을 쳐다보지도 않고 말했다.

나는 고개를 끄덕이고는 마리나의 손을 붙잡고 작업용 교량을 지나 건물 처마로 나갔다. 그리고 거기서 부속 건물 지붕으로 뛰어내렸다. 겨우 불길을 피해 나온 것이다. 건물을 빠져나오면서 마지막으로 돌아보았을 때, 검은 옷의 여인 에바는 여전히 미하일 콜베니크를 품에 안고 있었다. 두 사람의 형상이 널름거리는 불꽃 사이로 비치는가 싶더니 결국 화마가 두 사람을 완전히 삼켜버렸다. 재로 화해버린 두 사람의 흔적은 바람결에 날아올라 새벽이 찾아올 때까지 계속해서 바르셀로나 상공을 부유했다.

다음날 조간 신문마다 바르셀로나 역사상 최악의 화재 사건을 대서특필하면서, 새삼스럽게 레알 극장의 역사를 조명하고, 과거 바르셀로나의 마지막 메아리와도 같았던 그 건물이 역사에서 영원히 지워져가던 모습을 묘사했다. 극장이 타면서 남긴 재는 항구도시 바르셀로나 연안 바닷물을 망토처럼 뒤덮었고, 해 질 무렵까지도 계속 재가 떨어져내렸다. 몬주익 언덕에서 찍은 사진들에는 하나같이 지옥불이 뿜어내는 연기가 하늘 위로 피어오르는 장면이 담겨 있었다. 단테의 신곡을 연상시키는 모습이었다. 그런데 비극적 화재는 또다른 국면을 맞이했다. 경찰이 화재 현장을 조사한 뒤 다수의 부랑자들이 극장 안에 거처하다가 일부가 화재로 사망해 잔해 더미 속에 매몰된 것으로 보인다는 결과를 발표한 것이다. 돔 지붕 쪽에서 꼭 껴안은 채 불에 타 죽은 두 사람의 신원에 대해서는 아무것도 밝혀지지 않았다. 에바 이리노바가 말했듯이 사람들은 늘 진실을 모른 채 살아가는 모양이다.

에바 이리노바와 미하일 콜베니크의 케케묵은 이야기를 들춰내는 신문은 하나도 없었다. 더이상 그 이야기에 관심을 갖는 사람이 없었던 것이다. 나는 지금도 람블라스 거리의 신문 가판대 앞에서 마리나와 함께 맞았던 그날 아침을 기억한다. 〈라 방과르디아〉의 1면은 5단 기사로 시작되고 있었다.

바르셀로나가 불타다!

호기심 많은 구경꾼들과 새벽잠 없는 이들이 은빛 하늘을 붉게 물들인 게 과연 누구일지 궁금해하며 조간신문을 사러 나왔다. 우리는 천천히 카탈루냐 광장을 향해 걷기 시작했다. 여전히 하늘에서는 죽은 눈송이처럼 잿가루가 떨어져내리고 있었다.

25

 레알 극장의 화재 사건 이후 며칠 동안 바르셀로나에 한파가 몰아쳤다. 여러 해 만에 모처럼 내린 눈이 해안에서부터 티비다보 정상까지 바르셀로나 전역을 하얗게 뒤덮었다. 마리나와 나는 서로 눈길을 피해가며 헤르만 아저씨와 함께 조용한 성탄 휴가를 보냈다. 마리나는 이번 일에 대해 한마디도 언급하지 않았고, 툭하면 방에 들어가 글을 써야겠다면서 은근히 나와 함께 있는 걸 피하는 것 같았다. 나는 큼지막한 거실 벽난로 앞에 앉아 몇 시간이고 헤르만 아저씨와 체스 게임을 하며 시간을 보내곤 했다. 그리고 눈 내리는 풍경을 바라보며 호시탐탐 마리나와 단 둘이 있을 시간을 기다렸다. 끝내 찾아오지 않은 그 시간을.
 헤르만 아저씨는 우리 둘 사이를 전혀 눈치채지 못한 척하면서 대화를 통해 나를 다독이곤 했다.

"마리나 말이 자네는 건축가가 되고 싶어한다더군, 오스카르 군."

고개를 끄덕이기는 했지만, 솔직히 이젠 뭐가 되고 싶은지조차 잘 모르겠다 싶었다. 몇 날 밤을 뜬눈으로 지새우면서 나는 지난 시간의 퍼즐을 맞춰보았다. 그리고 콜베니크의 유령과 에바 이리노바 이야기를 잊기 위해 애썼다. 몇 번인가는 셸리 박사를 찾아가 지난번 화재 사건에 대한 이야기를 해줄까 하는 생각도 들었다. 하지만 그를 마주할 자신이 없었다. 그가 딸로 키웠던 여자의 죽어가는 모습을, 그의 가장 절친한 벗이 불에 타 죽어가던 모습을 설명할 용기가 나지 않았던 것이다.

12월의 마지막 날, 정원의 분수가 얼어버렸다. 마리나와 함께 보낼 수 있는 시간도 거의 끝나간다는 게 두려웠다. 조만간 기숙학교로 돌아가야 했다. 우리 셋은 저 멀리 사리아 광장의 성당에서 울리는 종소리를 들으며 제야를 꼬박 새웠다. 밖에는 여전히 눈이 내리고 있었고, 예고도 없이 유성들이 쏟아져내렸다. 자정에 우리는 조용히 축배를 들었다. 마리나와 시선이라도 맞춰보려 했지만 그애는 어둠 속으로 고개를 돌려버리곤 했다. 그날 밤, 나는 도대체 마리나가 내게 왜 이러는 걸까 생각해보았다. 내가 무슨 실수라도 했나? 실언이라도 한 걸까? 나란히 있는 옆방에 마리나가 있다는 걸 느낄 수 있었다. 아마도 깨어 있을 것이다. 조류에 떠밀려가는 작은 섬처럼 그렇게. 벽을 두드려보았다. 소용없었다. 마리나는 대답하지 않았다.

나는 짐을 싸고 쪽지를 썼다. 헤르만 아저씨와 마리나에게 작별을 고하고 그간의 환대에 고맙다는 감사의 말을 담았다. 왠지는 알 수 없지만, 모든 게 산산조각 나 파편만이 어지러이 널려 있는 느낌이었다. 동이 틀 무렵, 나는 쪽지를 주방 식탁 위에 올려놓고 학교로 돌아갔다. 집을 나설 때, 나는 마리나가 창가에 서서 떠나는 나의 뒷모습을 지켜보고 있다는 걸 알 수 있었다. 나는 그애가 보고 있기를 바라면서 손을 흔들었다. 황량한 골목길에 쌓인 흰 눈 위로 내 발자국만이 남았다.

다른 친구들이 모두 학교로 돌아오려면 아직 며칠은 더 있어야 했다. 4층 기숙사에는 여전히 적막감이 감돌았다. 짐을 푸는데 세기 수사님이 찾아왔다. 나는 공손히 인사를 한 뒤 계속해서 옷 정리를 했다.

"스위스 사람들은 참 이상한 것 같지 않니?" 수사님이 말했다. "다른 사람들은 지은 죄가 있으면 감추려고 드는데, 그 사람들은 죄를 술과 함께 은박지로 포장한 뒤 리본까지 달아 금값에 팔거든. 학감 선생님이 스위스에 가셨다가 취리히산 초콜릿을 큰 상자로 하나 보내오셨는데, 나눠 먹을 사람이 없구나. 파울라 아주머니가 발견하면 그 즉시 바닥나버릴 테니 그전에 누구랑 좀 나눠 먹는 게 좋을 것 같아……"

"그럼 저 좀 나눠주세요." 내가 마지못해 대답했다.

세기 수사님은 창가로 가서 저 아래 보이는 신기루 같은 바르셀로나의 모습을 내려다보았다. 그러더니 돌아서서 날 응시했다. 마치 내 생각을 읽어내기라도 하려는 듯.

"내 친한 친구가 이런 말을 한 적이 있어. 문젯거리는 바퀴벌레 같다고." 세기 수사님은 진지한 이야기를 할 때에도 항상 농담을 하는 듯한 어조를 띠곤 했다. "밝은 빛 아래로 꺼내놓으면 놀라서 도망치는 모양이 말이야."

"지혜로운 친구였나보네요."

"아니. 하지만 좋은 친구이기는 했지. 자, 새해 복 많이 받으렴, 오스카르."

"수사님도 새해 복 많이 받으세요."

그렇게 다시 학기가 시작되는 날까지 나는 거의 방 밖으로 나오지 않았다. 책을 읽어보려고도 했지만 도무지 글자가 눈에 들어오지 않았다. 그래서 몇 시간이고 창가에서 저 멀리 헤르만 아저씨와 마리나가 사는 저택 쪽을 바라보며 서 있기 일쑤였다. 찾아가볼까 수천 번 생각했고, 몇 번인가는 그 집으로 이어지는 골목 입구까지 가보기도 했다. 더이상 나무 사이로 헤르만 아저씨의 축음기 소리가 울려나오지 않았고, 들리는 것이라고는 헐벗은 가지 사이로 불어오는 바람소리뿐이었다. 밤마다 지난 몇 주 사이에 있었던 일들이 생생하게 떠오르고 다시 떠올라 뒤척이다가 힘겹게 잠이 들곤 했지만, 여전히 단잠을 이루지 못하고 질식할 것 같은 신열에 시달렸다.

일주일이 더 흐르고 수업이 시작되었다. 날마다 납빛 하늘이 계속되었고, 창문에는 뿌옇게 김이 서려 있었고, 어스름 속 난방기에서는 물이 뚝뚝 떨어졌다. 친한 급우들도, 그들이 쏟아내는 왁자지껄한 수다도 다 남의 일 같았다. 친구들은 선물이며 파티며 기타 많은 추억담들을 떠들어댔지만 나는 그 친구들과 대화를 공유할 수 없었다. 선생님의 설명도 귓전을 스쳐지날 뿐 머릿속에 들어오지 않았다. 나는 흄의 역작이 과연 무슨 의미가 있는 것인지 알 수 없었다. 시간을 늦춰 미하일 콜베니크와 에바 이리노바, 더 나아가 나 자신의 운명을 바꾸기 위해 어떤 방정식을 풀어냈어야 했는지도 알 수 없었다.

마리나에 대한 기억, 마리나와 함께 겪었던 무시무시한 사건들의 기억 때문에 나는 생각하기도, 먹기도, 일관성 있는 대화를 이어나가기도 힘들었다. 나의 이런 번민을 함께 나눌 수 있는 유일한 사람은 바로 마리나였고, 마리나의 부재는 결국 몸까지 병들게 만들었다. 상심은 커져만 갔고 그 무엇도, 그 누구도 나의 상심을 줄여주지 못했다. 어느덧 나는 그림자처럼 복도를 오가는 암울한 존재가 되어버렸다. 내 그림자가 벽 속으로 녹아들어가는 것 같았다. 하루하루가 마른 낙엽 떨어지듯이 그렇게 스러져갔다. 마리나로부터 소식 한 줄이라도 오기를 고대했지만 날 다시 보고 싶어한다는 신호는 어디서도 날아들지 않았다. 손톱만큼의 징후만 있어도 하루하루 커져만 가는 우리 두 사람 사이의 간극을 뛰어넘어 당장 그 곁으로 달려갈 텐데, 그런 징후는 어디에서도 보이지 않았다. 나는 마리나와 함께 갔던 곳들을 다시 돌아보며 시간을 보냈다. 사리아 광장 공원 벤치에 앉아 우연하게라도 그애가 지나가는 모습을 볼 수 있기를 기다렸다……

1월 말, 세기 수사님이 사무실로 나를 불렀다. 수사님은 어두운 낯빛으로 날카로운 눈빛을 반짝이며 도대체 무슨 일이냐고 물었다.

"저도 모르겠어요."

"무슨 일인지 알아야 함께 해결책을 찾아보지."

"무슨 수로 해결책을 찾아내신다는 거예요?" 나도 모르게 버럭 소리쳐놓고는 이내 후회했다.

"지난번 성탄절 휴가 때 일주일이나 기숙사를 나가 있었는데, 도대체 어디 갔던 거니?"

"가족하고 같이 있었어요."

수사님의 눈빛이 어두워졌다.

"계속 거짓말을 한다면 대화를 나눌 의미가 없지 않겠니, 오스카르?"

"거짓말 아니에요." 나도 우겼다. "정말 가족들과 함께 있었어요……"

2월에 들어서면서 햇살을 구경할 수 있었다. 겨울 햇살이지만 그동안 망토처럼 도시 전체를 덮고 있던 눈과 서리를 녹이기에 부족함이 없었다. 그래서인지 나도 원기가 솟았다. 그리고 어느 토요일, 마침내 마리나의 집을 찾았다. 격자 대문에는 쇠사슬이 감겨 있었다. 나무 숲 저 너머로 들여다보이는 고택은 그 어느 때보다도 황량했다. 순간 정신이 멍해졌다. 혹시 내가 그동안 꿈을 꾼 건 아닐까? 유령 같은 고택의 사람들도, 콜베니크와 검은 망토를 두른 부인 이야기도, 플로리안 형사와 루이스 클라레트 이야기도, 그리고 죽음에서 소생한 콜베니크의 피조물들도…… 마리나도, 그 아름다웠던 해변도 다 꿈이었단 말인가……?

"사람들은 실제로 일어나지 않았던 일들만 기억하는 법이야……"

그날 밤 나는 비명을 지르며 잠에서 깨어났다. 온몸이 식은땀으로 범벅이 되어 있었고, 내가 도대체 어디에 있는 건지 한순간 깨닫지 못했다. 꿈속에서 콜베니크의 터널로 돌아갔다. 마리나의 뒤를 쫓았지만 찾아내지 못하다가, 결국 그애를 발견했을 때에는 검은 나비들이 망토처럼 마리나의 온몸을 뒤덮고 있었다.

그런데 검은 나비들이 일시에 날아오르자 마리나의 모습은 어디론가 사라지고 허공뿐이었다. 추웠다. 무슨 꿈인지 알 수가 없었다. 콜베니크가 그토록 집착했던 파괴의 전령 검은 나비. 그리고 최후의 어둠 뒤에 남은 허무.

세기 수사님과 내 절친한 친구 JF가 내 비명 소리에 놀라 방으로 뛰어들어왔다. 두 사람의 얼굴을 알아보는 데에도 시간이 좀 걸렸다. 수사님이 내 맥을 살피는 동안 JF는 가장 친한 친구가 완전히 정신을 놓아버렸다고 생각하며 망연자실한 표정으로 앉아 있었다. 두 사람은 내가 다시 잠들 때까지 곁을 지켜주었다.

다음날, 마리나를 못 본 지 두 달 만에 나는 사리아 저택을 찾아가기로 마음먹었다. 이번만큼은 뭔가 확실한 설명을 듣게 될 때까지 결코 물러나지 않을 생각이었다.

26

 안개가 자욱한 일요일이었다. 앙상한 가지의 나무들이 여윈 그림자를 드리웠다. 나는 멀리서 들려오는 성당 종소리에 맞춰 걸음을 옮겼다. 그리고 사리아 저택 입구 철문 앞에서 멈춰 섰다. 낙엽 위로 타이어 자국이 보였다. 헤르만 아저씨가 다시 한 번 차고에서 낡은 터커를 끌고 나온 게 아닐까 싶었다. 나는 도둑처럼 철문을 훌쩍 뛰어넘어 정원으로 들어섰다.

 고택은 완벽한 정적 속에 가라앉아 있었고, 주변은 그 어느 때보다도 어둡고 황량했다. 우거진 잡초 사이로 상처 난 짐승처럼 넘어져 있는 마리나의 자전거가 보였다. 자전거 체인은 녹이 슬었고, 핸들은 습기로 축축하게 젖어 있었다. 그런 광경을 보니 마치 내가 낡은 가구와 눈에 보이지 않는 메아리만 가득한 폐허에 와 있는 듯한 느낌이었다.

"마리나!"

내 목소리는 바람결에 실려가버리고 말았다. 나는 집 주변을 한 바퀴 돌아 주방과 연결된 뒷문으로 갔다. 문은 열려 있었다. 아무것도 놓여 있지 않은 식탁 위에는 먼지가 뽀얗게 덮여 있었다. 방으로 들어가보았지만 정적뿐이었다. 초상화들이 걸려 있는 거실로 들어섰다. 돌아가신 마리나의 어머니가 사방에서 나를 지켜보고 있었다. 그 시선이 내게는 곧 마리나의 시선처럼 느껴졌다…… 바로 그때, 등뒤에서 흐느끼는 소리가 들렸다.

헤르만 아저씨가 석상이라도 된 듯 꼼짝 않고 팔걸이의자에 쭈그리고 앉아 울고 있는 것이었다. 내 평생 남자가 그렇게 서럽게 우는 모습은 본 적이 없었다. 온몸의 피가 얼어붙는 것 같았다. 헤르만 아저씨의 시선은 초상화에 고정되어 있었다. 얼굴은 창백했고 많이 수척해 보였다. 마지막으로 보았던 날에 비하면 10년은 더 늙어 보였다. 전에도 본 적 있는 정장 차림이었지만, 양복은 구깃구깃 주름져 구질구질해 보였다. 도대체 몇 날 며칠을 이러고 있었던 건지 가늠조차 힘들었다. 아마도 여러 날을 꼼짝 않고 거실에 앉아 있었던 모양이었다.

내가 그 앞에 다가가 무릎을 꿇고 앉아 손등을 다독였다.

"아저씨……"

아저씨의 손이 어찌나 차디찬지 나는 화들짝 놀랐다. 별안간 헤르만 아저씨가 날 부둥켜안았다. 아저씨는 어린애처럼 떨고 있었다. 입안이 바짝바짝 타들어갔다. 나도 아저씨를 힘주어 안아주며 내 어깨에 기대어 마음껏 울게 놔두었다. 아무래도 의사들이 최악의 소식이라도 전한 게 아닌가 싶었다. 지난 몇 달간 가져왔던 희망이 물거품처럼 사라져버리도록. 나는 그렇게 아저씨가 마음껏 울게 하면서도 한편으로는 마리나가 보이지 않아 걱정되었다. 아버지를 혼자 놔둘 마리나가 아닌데……

"마리나는 어디 있어요?" 내가 더듬더듬 물었다.

헤르만 아저씨는 말을 잇지 못했다. 그러나 말 같은 건 필요치도 않았다. 아저씨의 눈을 들여다보는 순간, 아저씨의 병 때문에 산파블로의 병원을 찾았다는 이야기는 다 거짓이었음을 알 수 있었던 것이다. 라파스 병원의 의사는 아저씨를 진료한 게 아니었다. 아저씨가 마드리드를 다녀올 때마다 일희일비했던 것도 본인의 건강과는 아무 상관없는 일이었다. 처음부터 마리나는 나를 감쪽같이 속여왔던 것이다.

"제 엄마를 데려갔던 그 병이……" 헤르만 아저씨가 웅얼거렸다. "마리나까지 데려가버리는 모양일세, 오스카르 군. 내 딸 마리나까지 말이야……"

무거운 납덩어리라도 매단 듯 눈꺼풀이 천천히 내려왔다. 주변의 세상이 일시에 꺼져버리는 느낌이었다. 헤르만 아저씨가 다시 나를 끌어안았고, 그 황량한 저택 거실에서 나는 가엾은 꼬마 녀석처럼 아저씨와 함께 서럽게 울었다. 바르셀로나 하늘에서 비가 내리기 시작했다.

  택시 속에서 바라본 산파블로 병원은 뾰족한 탑과 거대한 돔 지붕이 마치 구름을 뚫고 솟아오른 도시 같았다. 깨끗한 옷으로 갈아입은 헤르만 아저씨가 나와 말없이 동행했다. 내 손에는 엄청나게 반짝거리는 선물용 포장지로 싼 물건이 하나 들려 있었다. 마리나의 주치의 다미안 로하스는 내 모습을 위아래로 훑어보더니 몇 가지 주의사항을 일러주었다. 절대 환자를 피곤하게 해서는 안 됩니다. 긍정적이고 낙관적인 모습을 보여야 합니다. 지금 도움이 필요한 사람은 마리나지 당신이 아니니까요. 환자 앞에서 울거나 탄식해서는 안 됩니다. 환자를 도와주십시오. 이상의 규칙을 따를 자신이 없으면 공연히 짐만 될 뿐이니 이쯤에서 돌아가십시오. 다미안 로하스는 아직 가운에서 학생 냄새가 가시지 않은 젊은 의사였다. 성마른 음성과 엄격한 말투에서 나에 대한 예의 같은 건 찾아볼 수 없었다. 다른 상황에서였더라면 건방진 머저리 정도로 치부했겠지만, 의사의 태도를 보니 아직 환자의 고통에서 한 걸음 떨어져 객관적으로 바라보는 자세가 갖춰지지 않아 고심하는 모습을 읽을 수 있었다. 그런 자세야말로 의사로서 살아남기 위한 하나의 방도인데 말이다.

우리는 4층으로 올라가 끝없이 이어질 것 같은 기다란 복도를 따라 걸었다. 질병과 소독약, 방향제가 뒤섞인 병원 특유의 냄새가 코를 찔렀다. 병동 안으로 들어서는 순간, 겨우 남아 있던 보잘것없는 용기마저도 허공으로 날아가버린 것 같았다. 헤르만 아저씨가 먼저 병실로 들어섰다. 마리나에게 내가 문병 온 사실을 알릴 테니 잠시 밖에서 기다려달라고 했다. 아마도 마리나가 내게 자신의 모습을 보이고 싶어하지 않는 모양이었다.

"내가 먼저 마리나에게 이야기해두는 게 좋을 것 같네, 오스카르 군……"

나는 문 밖에서 기다렸다. 복도를 따라 수없이 많은 문들이 나 있었고 나지막한 목소리가 흘러나오고 있었다. 고통과 상실감에 짓눌린 사람들이 말없이 오가기도 했다. 나는 닥터 로하스가 했던 말들을 되뇌고 또 되뇌었다. 난 마리나를 돕기 위해 온 거야. 마침내 헤르만 아저씨가 문을 열고 고개를 끄덕였다. 침을 한 번 꼴깍 삼킨 뒤 안으로 들어섰다. 아저씨는 병실 밖으로 나갔다.

병실은 기다란 직사각형이었고, 창문으로 들어오는 햇빛은 미처 바닥에 닿기도 전에 사라져버렸다. 창밖으로 가우디 대로가 끝없이 펼쳐졌다. 사그라다 파밀리아 성당의 첨탑들이 하늘을 둘로 갈라놓고 있었다. 병실에는 침대가 모두 네 개였고, 각각의 침대 사이에는 올록볼록한 질감의 커튼이 드리워져 있었다. 커튼 자락 뒤로 중국식 그림자 연극이 펼쳐지듯 환자와 보호자들의 그림자가 보였다. 마리나는 오른쪽 끝 창가의 침대를 사용하고 있었다.

처음 눈을 마주치는 순간이 가장 힘들었다. 마리나는 어린 소년처럼 머리를 짧게 자른 모습이었다. 기다랗게 드리워졌던 머리를 잘라낸 마리나의 모습은 마치 부끄럽게 옷을 모두 벗고 타인 앞에 선 듯한 모습이었다. 나는 마음속에서부터 솟구치는 눈물을 참기 위해 입술을 깨물었다.

"머리를 잘라야 한대……" 마리나가 내 생각을 읽었는지 먼저 말을 꺼냈다. "검사 때문에."

보기만 해도 아플 것 같은 상처들이 목 주변에 나 있었다. 나는 힘겹게 미소를 지으며 선물 꾸러미를 내밀었다.

"내 마음대로 골라봤어." 내가 인사치레로 말했다.

마리나는 선물을 받아들고 무릎 위에 올려놓았다. 나는 말없이 그애 옆으로 가 앉았다. 마리나가 내 손을 잡았다. 나 역시 잡은 손에 더욱 힘을 주었다. 많이 여위어 있었다. 하얀색 환자복 아래로 갈비뼈가 다 드러날 정도였다. 눈 밑에는 거무스름한 다크서클이 생겼고, 입술은 수분을 잃고 바싹 말라 있었다. 잿빛 눈동자는 더이상 반짝이지 않았다. 마리나는 여윈 손끝으로 선물 상자를 열고 그 안에 든 책을 꺼내들었다. 안쪽을 펼쳐보던 마리나가 고개를 들고 어리둥절한 표정을 지었다.

"글자가 없네……?"

"지금은." 내가 대답했다. "하지만 우리 둘 다 하고 싶은 말들이 많잖아. 나는 산더미 같거든."

마리나가 책을 가슴에 끌어안았다.

"우리 아빠는 좀 어떠셔?"

"괜찮으셔." 거짓말이었다. "좀 피곤해하시는데, 건강은 괜찮으셔."

"넌 어떻고?"

"나?"

"그래, 너. 너 아니고 누구겠어?"

"나도 괜찮지."

"로하스 상사의 장광설을 들었을 텐데도……?"

나는 무슨 소린지 못 알아듣겠다는 양 눈썹을 치켜올렸다.

"보고 싶었어." 마리나가 말했다.

"나도."

우리는 일단 그쯤에서 대화를 중단한 채 한참을 말없이 바라보았다. 마리나의 얼굴이 얼마나 상했는지 모른다.

"내가 밉지?" 마침내 마리나가 입을 열었다.

"밉기는. 내가 왜 널 미워하겠어?"

"거짓말을 했잖아. 네가 아빠 시계를 가지고 왔을 때, 이미 난 내 몸이 병들어간다는 걸 알았거든. 내가 정말 이기적인 건 알겠는데, 친구를 사귀고 싶었어…… 결국 우리 둘 다 이렇게 길을 잃게 만들었지만."

내가 창밖으로 시선을 돌리면서 말했다.

"아니야. 난 너를 미워하지 않아."

마리나가 다시 내 손을 잡았다. 그리고 상체를 일으키더니 날 꼭 끌어안았다.

"내 평생 한 번도 가져보지 못했던 최고의 친구가 되어줘서 정말 고마워." 마리나가 내 귀에 속삭였다.

목이 메었다. 당장 병실을 뛰쳐나가고 싶었다. 마리나가 나를 안은 손에 더욱 힘을 주자 나는 마리나가 알아차릴까봐 재빨리 눈물을 훔쳤다. 만일 닥터 로하스가 보았더라면 그 자리에서 방문자 출입증을 빼앗아버렸을 것이다.

"네가 나를 아주 조금만 미워하면 닥터 로하스도 뭐라 하지 않을 거야." 마리나가 말했다. "백혈구인지 뭔지가 늘어나는 데 도움이 된다고 했거든."

"그래? 그렇다면 아주 조금만 미워할게."

"고마워."

27

 그 후로 몇 주 동안 헤르만 블라우는 내게 둘도 없는 친구가 되었다. 나는 5시 반에 학교가 끝나자마자 헤르만 아저씨를 만나러 달려갔다. 그리고 함께 택시를 잡아타고 병원으로 가 간호사들이 쫓아낼 때까지 오후 내내 마리나와 함께 지냈다. 사리아에서 가우디 대로까지 가는 길에 나는 이 겨울, 바르셀로나가 세상에서 가장 슬픈 도시가 될 수도 있겠다는 생각을 했다. 어느덧 헤르만 아저씨의 이야기와 추억들이 다 내 것이 되어가고 있었다.
 삭막한 병원 복도에서 보내는 기나긴 기다림의 시간 동안, 헤르만 아저씨는 죽은 아내를 제외하고는 그 누구와도 이토록 친밀한 관계를 맺어보지 못했다고 고백했다. 아저씨는 스승 살바트와 함께했던 시절과 아내와의 결혼 이야기를 들려주었고, 아내를 잃은 상실감 속에서 마리나가 없었더라면 절대로 살아남지 못했을 거라는 이야기도 했다. 또 가슴속의 의심과 두려움에 대해서도 이야기했고, 살아가면서 확고하다고 생각했던 것들도 그저 꿈에 지나지 않으며, 세상에는 배울 가치조차 없는 것들이 너무 많다고도 했다. 나 역시 처음으로 솔직하게 모든 이야기를 털어놓았다. 마리나에 대해, 장차 건축가가 되고 싶다는 꿈에 대해, 미래에 대한 믿음 따위는 접어버렸던 시간들에 대해서도 이야기했다. 내가 경험했던 고독감과 그 두 사람을 만나기 전 내가 얼마나 외로웠는지도 말했다. 그들을 잃는 순간 다시 과거의 외로운 상태로 돌아가게 될까봐 두렵다고 했다. 헤르만 아저씨는 내 이야기에 귀 기울여주었고 이해해주었다. 아저씨는 그런 나의 두려움이 그저 내 심정의 표현일 뿐임을 알고 있었기에 다 쏟아내도록 듣고만 있었다.

나는 아저씨의 집과 병원 복도에서 여러 날을 보내며 헤르만 블라우와 특별한 추억을 만들어갔다. 우리 둘을 연결해주는 유일한 고리가 마리나였기 때문에, 만일 마리나가 없었더라면 우리 두 사람은 평생 말 한마디 나누지 않았을 사이임을 잘 알았다. 마리나는 늘 아버지에게 감사했고, 나 역시 내가 인정하고 싶은 것 이상으로 헤르만 아저씨에게 큰 빚을 지고 있음을 깨달았다. 나는 아저씨의 충고를 가슴속에 잘 새겼고, 모두 내 기억의 보물창고 속에 소중히 넣어두었다. 언젠가는 그 충고들이 나 자신의 의심과 두려움에 해답을 줄 수 있으리라 믿었기 때문이다.

　3월에는 거의 매일 비가 내렸다. 마리나는 족히 열 명은 넘을 듯한 의사와 간호사 들이 각종 검사와 분석을 한다며 병실을 들락날락하는 틈틈이 내가 선물해준 책에 콜베니크와 에바 이리노바의 이야기를 써내려갔다. 그리고 그즈음, 언젠가 발비드레라의 케이블카 속에서 내가 마리나에게 했던 약속이 떠올랐다. 성당을 만들어주겠다던 약속. 마리나만의 성당을. 그래서 기숙학교 도서관에서 샤르트르 대성당에 관한 책을 빌리고, 머릿속에 떠오른 형상을 스케치하기 시작했다. 먼저 판지로 모형을 만들어보았다. 공중전화 부스 하나 제대로 만들 수 없을 것 같은 일천한 솜씨로 수도 없이 시도해본 끝에, 마르헤나트 거리의 한 목수를 통해 내 작품에 필요한 목공 재료를 확보했다.
　"뭘 만들려는 거냐, 얘야?" 목수가 궁금해하며 물었다. "라디에이터?"
　"아니요. 성당이에요."
　마리나는 내가 창틀 앞 난간 위에 작은 성당을 세워가는 모습을 호기심 어린 눈빛으로 지켜보았다. 가끔은 농담을 툭 던지기도 했는데, 사실 난 그 말 한마디에 몇 날 며칠 뜬눈으로 밤을 새우곤 했다.

"뭘 그렇게 서둘러, 오스카르? 내가 내일 당장 죽기라도 할까 봐 그래?"

내가 만드는 성당은 곧 병실 안의 다른 환자와 보호자 사이에서 큰 인기를 끌게 되었다. 마리나 바로 옆 침대를 쓰는, 세비야 출신의 여든네 살 카르멘 여사는 내게 회의적인 시선을 던졌다. 카르멘 여사는 군대를 괴멸시키기라도 할 것 같은 불같은 성격에 엉덩이는 집채만했다. 툭하면 호루라기를 불어 병원 직원들을 불러대곤 했는데, 원래는 암거래상에 밤무대 가수이기도 했고, 플라멩코 무용수로도 일했는가 하면 밀수 무역에도 종사했고, 요리사와 담배장수를 하기도 했다. 그 밖에 또 어떤 직업을 전전했는지는 아무도 모른다. 여하튼 두 명의 남편과 자녀 셋을 먼저 떠나보냈다고 한다. 스무 명이 넘는 손자와 조카, 친지 들이 문병을 와 애정을 표현했다. 물론 카르멘 여사는 바보들이나 쓸데없이 아첨을 늘어놓는 법이라며 그들과 명확한 선을 그었다. 내가 보기에 카르멘 여사는 시절을 잘못 타고난 것 같았다. 만일 나폴레옹 시절에 태어났더라면 나폴레옹이 피레네 산맥을 넘어 스페인을 침공하는 일은 없었을 것이다. 그녀를 아는 우리 모두 같은 생각일 텐데, 당뇨병은 그런 사실에는 아랑곳없이 그녀를 갉아먹고 있었다.

병실 맞은편에는 이사벨 요렌테라는 마네킹 같은 외모의 여자가 입원해 있었다. 이사벨은 늘 속삭이듯 이야기했고, 언제나 전쟁 전 패션 잡지에서 방금 빠져나온 것처럼 꾸미고 있었다. 하루 종일 작은 손거울 앞에서 화장을 하고 머리를 매만지는 게 일이었다. 화학 치료로 얼굴이 당구공처럼 둥그렇게 부풀어올랐지만, 그녀는 아무도 그 사실을 모를 거라고 생각했다. 내가 듣기로는 1934년도 미스 바르셀로나로 선발된 이력이 있었고, 바르셀로나 시장이 사랑했던 여자였다고 한다. 그녀는 늘 이 끔찍한 공간에서 자신을 구하러 올 매력적인 스파이가 있다며 로맨스를 이야기하곤 했다. 카르멘 여사는 그 이야기가 나올 때마다 새하얀 눈자위를 드러내며 이사벨을 쩨려보았다. 이사벨을 병문안하는 사람은 아무도 없었지만, 아름답다는 말 한마디만 해주면 일주일 동안은 미소를 잃지 않았다. 3월 하순의 어느 목요일 오후, 병실에 가보니 그녀의 침대가 비어 있었다. 그날 아침 세상을 떴다는 것이다. 그토록 매력적인 스파이 연인이 그녀를 구하러 올 시간조차 주지 않고 말이다.

또 한 환자는 발레리아 아스토르라는 아홉 살 소녀로, 기관절개술로 겨우 호흡을 유지하는 아이였다. 발레리아는 내가 병실로 들어설 때마다 나를 보며 환하게 웃었다. 아이 어머니는 하루 종일 곁을 지켰다. 복도에서 쪽잠을 자면서도 단 한순간도 아이를 혼자 내버려두지 않았다. 그런 어머니의 모습은 하루에 한 달씩 늙어가는 것처럼 보였다. 발레리아는 늘 내게 내 여자친구가 작가냐고 물었고, 나는 그냥 작가가 아니라 아주 유명한 작가라고 대답하곤 했다. 한번은, 왜 그런지 모르겠지만, 내게 경찰이냐고 묻기도 했다. 마리나는 어린 발레리아를 위해 날마다 새로운 이야기를 지어내 들려주었다. 발레리아가 좋아하는 이야기는 유령 이야기, 공주 이야기, 기차 이야기 순이었다. 카르멘 여사도 마리나의 이야기를 들으며 시원하게 껄껄 웃어대곤 했다. 이름은 잘 기억나지 않지만, 소박한 성품에 쇠약해진 아이 어머니는 감사의 의미로 마리나에게 줄 거라며 털실로 숄을 뜨고 있었다.

닥터 다미안 로하스는 하루에도 몇 차례씩 병실에 들르곤 했다. 시간이 갈수록 점점 더 그 의사가 마음에 들었다. 알고 보니 그도 몇 년 전까지 내가 다니는 기숙학교에 다녔고, 우리 학교 신학생이 될 뻔했다고 한다. 그에게는 룰루라는 예쁜 애인이 있었다. 룰루는 늘 짧은 미니스커트에 검정 실크 스타킹을 신고 다녀 보는 이의 숨을 멎게 만들었다. 토요일마다 남자친구를 만나러 병원에 왔다가 곧잘 우리 병실에 들러 인사를 하면서 미숙한 자기 애인이 환자들 치료는 잘해주는지 묻곤 했다. 나는 룰루가 말을 걸 때마다 피망처럼 얼굴이 벌겋게 상기되었고, 그럴 때마다 마리나는 그렇게 룰루를 쳐다보다가는 눈알이 빠져버릴 거라며 날 놀려댔다. 룰루와 닥터 로하스는 4월에 결혼식을 올렸다. 결혼식 후 메노르카로 일주일의 짧은 신혼여행을 다녀왔는데, 의사가 어찌나 피골이 상접했는지 간호사들이 그의 얼굴만 봐도 웃어대곤 했다.

몇 달 동안 그 병실은 나의 새로운 우주였다. 학교 수업은 과녁에 도달하기 위해 거쳐야 하는 중간 과정인 셈이었다. 로하스는 마리나의 건강 상태를 낙관적으로 전망했다. 마리나가 아직 어리고 체력이 좋은데다 치료 효과도 좋다는 것이었다. 헤르만 아저씨와 나는 어떻게 감사해야 할지 몰랐다. 그래서 로하스에게 담배와 넥타이와 책 들을 선물하고 심지어 몽블랑 만년필까지 안겨줬다. 그는 그저 할 일을 하고 있을 뿐이라며 극구 사양했지만, 우리는 그가 다른 의사들에 비해 훨씬 많은 시간을 병동에 헌신하고 있음을 잘 알고 있었다.

4월 말, 마리나는 체중도 약간 늘고 혈색도 조금 나아졌다. 복도로 나와 걷기도 했고, 추위가 가시자 잠깐씩 병원 안마당까지 나가기도 했다. 마리나는 계속해서 내가 준 책에 글을 써내려가고 있었지만, 단 한 줄도 내게 보여주지는 않았다.

"요즘 뭘 쓰고 있어?" 내가 물었다.

"바보 같은 질문은 뭐하러 해?"

"원래 바보들은 바보 같은 질문을 하는 거야. 똑똑한 질문은 똑똑한 사람들이나 하는 거고. 그러니까 대답해봐. 요즘 뭘 쓰고 있는지."

그래도 마리나는 대답하지 않았다. 우리가 함께 경험했던 이야기들을 쓰는 게 그 아이에게는 매우 특별한 의미가 있다는 걸 직감할 수 있었다. 한번은 안마당을 거닐다가 마리나가 이런 말을 한 적이 있었다. 그 말을 듣는 순간 나는 소름이 돋았다.

"혹시 나한테 무슨 일이 생기면 이 이야기는 네가 마무리해준다고 약속해."

"네가 끝내." 내가 대꾸했다. "다 쓴 뒤에 나에게 헌정해야지."

그러는 사이에도 마리나를 위한 작은 성당은 차곡차곡 올라가고 있었다. 물론 카르멘 여사는 그 성당을 보면 산 아드리안 델 베소스의 쓰레기장이 생각난다고 쓴소리를 해댔지만 말이다. 천장에 완벽하게 일렬로 구멍이 뚫려 있는 게 소각장으로 쓰면 딱 좋을 것 같다나 뭐 그런 얘기였다. 헤르만 아저씨와 나는 마리나를 데리고 소풍 갈 계획을 세웠다. 퇴원하자마자 마리나가 가장 좋아하는, 토사와 산트 펠리우 데 긱솔스 사이에 있는 아무도 모르는 그 해변으로 바람 쐬러 가자는 것이었다. 늘 신중한 성품의 닥터 로하스는 5월 중순쯤이면 가능할 것 같다는 답을 주었다.

그즈음, 나는 희망만 있다면 어떻게든 살아갈 수 있다는 것을 배웠다.

닥터 로하스는 마리나가 병원에 있는 동안 산책도 하고 운동도 하는 게 좋을 거라고 조언했다.

"몸을 좀 단련시키는 게 좋을 겁니다."

결혼한 후부터 로하스는 여성 환자 전문가가 되어버렸다. 스스로 그렇게 생각하는 것도 같았다. 어느 토요일엔가는 나에게 아내 룰루와 함께 마리나가 입을 실크 가운을 골라보라고 했다. 마리나에게 주는 선물이라며 비용은 자신이 댈 거라고. 나는 룰루와 함께 알렉산드라 극장 옆에 있는 란제리 가게 '람블라 데 카탈루냐'로 갔다. 점원들은 룰루를 잘 알았다. 룰루를 따라 가게 곳곳을 돌며 그녀가 온갖 속옷의 치수를 재는 모습을 관찰했다. 그런 모습 하나하나가 나에게 백 가지 상상을 불러일으켰다. 체스 두는 것과는 비교조차 할 수 없을 정도로 신나는 일이었다.

"이거 애인이 좋아할 것 같아요?" 룰루가 빨간 립스틱을 칠한 입술을 혀로 훔치면서 내게 물었다.

나는 굳이 마리나가 내 애인이 아니라는 말은 하지 않았다. 사람들이 우리를 애인 사이로 봐줘서 우쭐했던 것이다. 더구나 룰루와 함께 여자 속옷을 사러 왔다는 정황 자체가 바보처럼 넋 나간 표정으로 사정없이 고개를 끄덕이게 만들었다. 나중에 헤르만 아저씨에게 그 이야기를 했더니 아저씨 역시 닥터 로하스의 아내를 보는 일이 건강에 매우 안 좋을 것 같다는 생각이 든다며 박장대소했다. 지난 몇 달 사이 헤르만 아저씨가 웃는 모습을 보여준 건 그때가 처음이었다.

어느 토요일 아침 병원으로 갈 채비를 하고 있는데, 헤르만 아저씨가 잠시 마리나의 방에 좀 올라가달라고 했다. 마리나가 좋아하는 향수병을 가져와주면 좋겠다는 것이었다. 옷장 서랍을 살펴보다가 저 안쪽에 반으로 접어 잘 넣어둔 종이 한 장을 발견했다. 펼쳐보니 익숙한 마리나의 필체가 눈에 띄었다. 나에 대한 이야기였다. 몇 번인가를 썼다 지우고 또 썼다 지운 흔적이 남아 있는 종이 위에는 이렇게 쓰여 있었다.

내 친구 오스카르는 누군가 자신에게 입맞춤해주면 두꺼비로 변신하게 될 거라고 믿는, 왕국 없는 떠돌이 왕자 같다. 완전히 거꾸로 알고 있는 것이다. 난 오스카르의 그런 면이 좋다. 사람들은 흔히들 모든 일이 제대로 되어갈 때면 꼭 잘 안 된다고들 생각한다. 그리고 뭔가가 잘 안 될 때에도 그런 소리를 한다. 오스카르는 나를 보면서도 내가 자신을 보고 있지 않다고 생각하는 것 같다. 마치 나를 건드리기만 해도 내가 연기처럼 사라져버릴 거라고 생각하는 듯하다. 아니면 자신이 연기가 되어버리거나. 오스카르는 나를 도저히 오를 수 없는 높은 단상 위에 올려놓고 있다. 그 친구는 내 입술이 천국으로 들어가는 문이라고 생각하는 것 같지만, 사실은 독이 묻어 있음은 모르는 것 같다. 난 참 비겁하다. 친구를 잃을까봐 말하지 못하는 걸 보면 말이다. 난 오스카르를 쳐다보면서도 보고 있지 않은 척한다. 그리고 정말로 연기처럼 사라져버릴 거면서도 그렇지 않은 척……

내 친구 오스카르는 자신을 둘러싼 수많은 이야기와 수많은 공주로부터 거리를 둔 채 살아가는 그런 왕자다. 그 친구는 자기가 영원한 잠을 깨우기 위해 잠자는 숲속의 공주에게 입맞춤해야 하는 멋진 왕자라는 걸 모르고 있다. 그건 오스카르가 세상 모든 동화들은 다 거짓말이라는 걸 모르기 때문이다. 물론 세상 모든 거짓말들이 다 동화가 되는 건 아니지만 말이다. 세상 모든 왕자님들이 다 멋진 건 아니다. 그리고 잠자는 숲속의 공주는 예쁠지는 모르겠지만 왕자가 입맞춘다고 해서 다 잠에서 깨어나는 것도 아니다. 오스카르는 내게 가장 소중한 친구다. 언젠가 요정 메를린을 만나게 되면 감사 인사를 잊지 않을 것이다. 내 삶에서 오스카르를 만날 수 있게 해줘서 고맙다고.

나는 그 종이를 주머니 속에 잘 집어넣고 헤르만 아저씨가 기다리는 아래층으로 내려왔다. 아저씨는 아주 특이한 넥타이를 매고 있었다. 기분이 무척 좋아 보였다. 날 보고 미소짓는 아저씨를 향해 나도 미소를 보냈다. 그날 택시를 타고 가는 내내 햇살이 찬란했다. 바르셀로나 전역이 관광객들의 탄성을 자아낼 만한 아름다움으로 치장하고 있었다. 심지어 가끔 지나는 구름마저도 관광객들의 발걸음을 붙들어놓기에 충분했다. 하지만 그럼에도 불구하고 내 머릿속에 깊이 각인된 마리나의 글이 나를 불안하게 했다. 1980년 5월 1일이었다.

28

 그날 아침, 병실에 가보니 마리나의 침대가 비어 있었다. 시트도 없었다. 나무로 만든 성당 모형도, 마리나의 소지품도 하나도 남아 있지 않았다. 돌아보니 헤르만 아저씨는 벌써 닥터 로하스를 찾아 달려나가고 있었다. 나도 뒤따라갔다. 로하스는 진료실에 있었다. 한숨도 못 잤는지 피곤한 얼굴이었다.
 "갑자기 쇼크가 왔습니다." 로하스가 거두절미하고 말했다.
 의사의 설명에 따르면, 지난밤 우리가 병원 문을 나서고 불과 두 시간도 안 되어 마리나에게 호흡곤란이 오더니 심장마비로 34초 동안 심장이 멎었다. 심폐소생술을 시행해 지금은 중환자실에 있는데 아직 혼수상태였다. 몸 상태가 다시 안정을 되찾았기 때문에 로하스는 24시간 이내에 일반 병실로 옮길 수 있을 것으로 보았다. 하지만 우리에게 큰 기대는 하지 말라고 했다. 마리나의 소지품과 책, 나무로 만든 성당 모형, 그리고 아직 입어 보지도 못한 새 실크 가운이 그의 책상 위 한쪽 구석에 쌓여 있었다.

"우리 딸 얼굴 좀 봐도 될까요?" 헤르만 아저씨가 물었다.

로하스가 직접 우리를 중환자실로 안내했다. 누워 있는 마리나의 몸에는 갖가지 튜브와, 미하일 콜베니크가 만들었던 장비들보다 훨씬 더 기이하고 진짜 같은 기계 장치들이 연결되어 있었다. 마리나는 놋쇠에 마법을 걸어 생명을 부여한, 그야말로 한 조각 고깃덩어리처럼 그렇게 누워 있었다. 그제야 나는 콜베니크를 그토록 고통스럽게 했던 악마의 진짜 얼굴을 볼 수 있었다. 콜베니크의 광기를 이해할 수 있었다.

헤르만 아저씨가 울음을 터뜨렸던 게 기억난다. 나는 도저히 제어할 수 없는 어떤 힘에 의해 밖으로 뛰쳐나왔다. 그리고 숨조차 쉬지 않고 달리고 또 달려 이름 모를 사람들로 북적거리는 시끄러운 도로 한복판에 섰다. 그렇게 하면 고통을 좀 잊을 수 있을까 해서였다. 주변을 돌아보니 세상 사람 그 누구도 마리나의 운명 따위에 관심을 두지 않았다. 이 세상에서 마리나의 삶이란 거대한 파도를 이루는 물방울 하나에 불과했던 것이다. 순간, 어디로 달려가야 할지 떠올랐다.

람블라스 거리의 낡은 건물은 여전히 어둠 속에 가라앉아 있었다. 셸리 박사가 문을 열어주었지만 날 알아보지는 못했다. 집 안은 온통 잔해 더미로 덮여 있었고, 몸에서는 노인 냄새가 풍겼다. 노의사는 넋이 빠진 초점 잃은 눈으로 날 바라보았다. 나는 그와 함께 진료실로 들어갔다. 박사가 내게 창가 자리를 권했다. 마리아의 부재가 집 안 공기 전체에서 느껴졌다. 거만하고 고약한 의사의 성질도 많이 죽어 있었다. 그저 절망감에 사로잡힌 처량한 노인네일 뿐이었다.

"그애를 데려갔어." 그가 말했다. "데려가버렸어……"

나는 차분히 노의사가 진정되기를 기다렸다. 한참 후 그가 고개를 들더니 그제야 나를 알아봤다. 찾아온 용건을 묻기에 내가 대답했다. 대답을 들은 노의사가 천천히 나를 뜯어보았다.

"미하일의 장액 같은 건 한 병도 남아 있지 않네. 모두 파괴해버렸거든. 내게 있지도 않은 걸 자네에게 줄 수는 없지 않은가. 하지만 설사 그것이 내 손에 있다 하더라도 그건 자네에게 독이 될 뿐일세. 그 약을 자네 친구에게 썼다가는 자네 역시 큰 실수를 저지르는 꼴이 될 테니까. 미하일이 저질렀던 것과 똑같은 실수를 말이야……"

박사의 말이 내 안에 스며들기까지 아주 오랜 시간이 걸렸다. 사람들은 자신이 듣고 싶은 이야기만 듣는 법이다. 그래서 그런 이야기는 듣고 싶지 않았다. 셸리 박사는 눈 한번 깜빡이지 않고 나를 바라보았다. 아마도 내 안의 절망을 읽어낸 모양이었다. 또한 내 안에 깃들어 있던 기억들이 그를 놀라게 만든 것 같았다. 만일 같은 상황에 놓였더라면 콜베니크와 똑같은 길을 걸었을 거라 생각하는 나 자신을 확인하면서 나 또한 놀라지 않을 수 없었다. 이제 더이상 콜베니크를 심판할 수 없을 것 같았다.

"생의 영역만이 사람의 영역이네." 노의사가 말했다. "죽음은 우리의 영역 밖이야."

죽을 만큼 고단함이 밀려왔다. 그대로 백기를 들고 싶었다. 도대체 누구를 향한 백기인지도 알 수 없었다. 돌아서 나오려는데 셸리 박사가 등뒤에서 날 불러세웠다.

"자네, 정말로 그 현장에 있었던가?"

내가 고개를 끄덕였다.

"마리아는 평화롭게 눈을 감았습니다, 박사님."

노의사의 눈에서 눈물이 샘솟았다. 그가 손을 내밀었고, 우리는 악수를 나누었다.

"고맙네."

그 후로 우리는 다시 만나지 못했다.

그 주 주말, 마리나가 의식을 회복하고 중환자실에서 나왔다.

이번에는 오르타 지역이 내려다보이는 2층 병실을 얻었다. 1인실이었다. 마리나는 이제 글을 쓰지 않았다. 고개를 숙여 창가에 놓인 미완의 성당을 바라보지도 않았다. 로하스는 마지막으로 한 번만 더 검사를 해보자고 했고, 헤르만 아저씨가 동의했다. 아직도 희망을 버리지 못한 것이다. 진료실에서 검사 결과를 설명하는 로하스는 울먹이고 있었다. 여러 달을 싸워왔지만 패배가 분명했던 것이다. 헤르만 아저씨가 의사를 끌어안고 어깨를 토닥여주었다.

"더이상 손을 써볼 수가 없습니다…… 저희가 할 수 있는 일이 없어요…… 죄송합니다……" 다미안 로하스가 신음하듯 토해냈다.

이틀 후 우리는 마리나를 퇴원시켜 사리아의 집으로 돌아왔다. 의사들은 마리나를 위해 더이상 해줄 수 있는 게 없다고 했다. 우리는 카르멘 여사와 로하스, 룰루 등과 작별인사를 나누었다. 모두들 눈물을 멈추지 못했다. 어린 발레리아는 내 애인이자 유명 여성 작가인 마리나를 어디로 데려가는 거냐고 물었다. 앞으로는 더이상 이야기를 들을 수 없는 거냐고 했다.

"집으로, 집으로 데려가는 거야."

나는 어디로 간다는 한마디 말도 없이 월요일에 학교를 빠져나왔다. 학교에 알릴 만한 정신적 여유가 없었던 것이다. 아무래도 상관없었다. 내가 있어야 할 자리는 마리나 옆이었으니까. 우리는 마리나를 그애의 방으로 데리고 갔다. 드디어 완성된 성당 모형이 창가에 놓였다. 지금까지 내가 만들어본 것 중에 최고의 작품이었다. 헤르만 아저씨와 나는 번갈아가며 마리나 곁에서 스물네 시간 간병을 했다. 닥터 로하스의 말에 따르면 바람 앞의 촛불처럼 아주 천천히 꺼져갈 것이기 때문에 고통은 없을 거라고 했다.

사리아 저택에서 보낸 며칠 동안 내가 본 마리나는 그 어느 때보다도 아름다웠다. 머리는 다시 자라 있었고, 은빛 머리띠를 한 머리카락은 그 어느 때보다도 윤기가 자르르 흘렀다. 심지어 눈빛도 예전보다 더 초롱초롱했다. 나는 거의 방을 나오지 않았다. 마리나 곁에 있을 수 있는 1분 1초를 최대한 누리기 위해서였다. 어떤 때는 몇 시간이고 말없이, 꼼짝도 하지 않고 둘이 껴안고 있기도 했다. 그러던 어느 날 밤, 목요일이었는데, 마리나가 내 입술에 입맞추더니 사랑한다고 속삭였다. 무슨 일이 일어나더라도 영원히 사랑할 거라고.

그리고 다음날 새벽, 로하스의 말대로 마리나는 조용히 숨을 거두었다. 이른 새벽의 여명 속에서 마리나는 내 손을 힘주어 잡았다. 아버지를 향해서는 미소를 보냈다. 그리고 마리나의 눈동자 속에 타오르던 불꽃은 영원히 꺼져버렸다.

우리는 낡은 터커를 타고 마리나에게 마지막 여행을 선사했다. 헤르만 아저씨는 말없이 운전대를 잡고 몇 달 전 우리가 함께 갔던 그 해변으로 차를 몰았다. 날씨가 어찌나 아름다운지, 마치 바다가 마리나를 맞이하기 위해 파티복으로 갈아입고 기다리고 있는 것 같았다. 나무 사이에 차를 세우고 해변으로 내려가 마리나의 유골을 뿌렸다.

돌아오는 길에 헤르만 아저씨는 너무 가슴이 아파서 도저히 바르셀로나까지 운전을 할 수 없을 것 같다고 했다. 우리는 터커를 그대로 소나무 숲에 놓아두기로 했다. 마침 지나가던 어부들이 우리를 기차역 근처에 내려주었다. 우리가 다시 바르셀로나 프란시아 역으로 돌아온 것은 내가 학교에서 사라진 지 꼭 이레째 되는 날이었다. 나에게는 일주일이 아니라 7년은 흐른 것 같았다.

우리는 프란시아 역 승강장에서 힘찬 포옹을 나누고 헤어졌다. 그리고 오늘까지도 나는 그 후로 헤르만 아저씨가 어떻게 되었는지 알지 못한다. 역에서 헤어지면서 우리는 서로 다시는 만나지 못할 것임을 알고 있었다. 마리나의 모습이 깃든 서로의 눈을 바라볼 수 없을 테니까. 나는 출구를 향해 걸어가는 아저씨의 뒷모습을 지켜보았다. 세월이라는 화폭 속에서 점차 희미해져갈 아저씨의 발자취를. 그리고 잠시 후, 지역 경찰관이 나를 발견하고는 혹시 이름이 오스카르 드라이냐고 물었다.

에필로그

　내 젊은 시절의 바르셀로나는 더이상 존재하지 않는다. 바르셀로나의 거리도, 바르셀로나의 빛도 영원히 시들어버렸고, 이제는 오로지 기억 속에만 존재할 뿐이다. 15년의 세월이 흐른 뒤에야 나는 다시 바르셀로나를 찾았다. 그리고 오래전 기억 속에 묻어버렸다고 믿었던 그 장소들을 돌아보았다. 사리아 저택은 철거되고 없었다. 저택 주변의 거리들은 사람들 표현을 빌리자면 '개발'의 상징인 자동차 전용도로로 변신해버렸다. 유구한 역사의 공원묘지는 여전히 안개 속에 감춰진 채 그 자리에 남아 있었다. 나는 오래전 마리나와 나란히 앉곤 했던 광장 벤치에 앉아보았다. 저 멀리 내가 다녔던 기숙학교가 보였다. 하지만 다시 찾지는 않았다. 내 가슴 한구석에서, 공연히 그랬다가는 내 청춘이 영원히 연기가 되어 날아가버릴 거라는 경고가 들려왔기 때문이다. 그러고 보면 세월은 사람을 더 현명하게 만드는 게 아니라 더 비굴하게 만드는 것 같다.

꽤나 여러 해 동안 난 뭔지 모를 그것을 피해 도망다녔다. 지평선에서 아주 멀리 달아나면 과거의 그림자들이 내 앞길에서 떨어져나갈 거라고 생각했었다. 그 과거의 그림자들과 충분한 거리를 두고 멀어지면 그것들이 울려대는 목소리도 영원히 잦아들 것이라고 생각했었다. 하지만 나는 결국 지중해의 그 비밀스러운 해안으로 돌아오고 말았다. 저 멀리 늘 잠들지 않고 파수하는, 하늘을 향해 우뚝 솟은 산트 엘름 수도원의 모습이 보였다. 내 오랜 벗 헤르만 아저씨의 낡아빠진 터커도 찾아냈다. 신기하게도 우리가 놓아두었던 소나무 숲 그 자리에 그대로 서 있었다.

오래전 마리나의 유골을 뿌렸던 해변으로 내려가 백사장 위에 앉았다. 그날 저 하늘에서 쏟아져내리던 바로 그 햇살이 오늘도 하늘에서 비추고 있었다. 마치 내 곁에 마리나가 있는 것 같았다. 이제 더이상은 도망칠 수 없고, 도망치고 싶지도 않음을 깨달았다. 집으로 돌아온 것이다.

마지막 며칠을 함께 보내면서 나는 마리나에게 약속했었다. 만일 그애가 직접 할 수 없다면 내가 이 이야기를 마무리짓겠다고. 오래전에 내가 그애에게 선물했던 백지의 책은 그동안 줄곧 내가 보관해왔다. 마리나의 이야기는 곧 내 이야기이기도 할 것이다. 물론 내가 그애와의 약속을 제대로 지킬 수 있을지는 나도 잘 모르겠다. 때로는 내 기억이 의심스럽기도 하고, 정말 내가 실제로 일어나지도 않았던 일들을 기억하고 있는 건 아닌지 걱정스럽기도 하기 때문이다.

마리나! 이런 질문에 대한 답은 모두 네가 가지고 간 거겠지?

옮긴이의 말

아련한 청춘과의 이별을 추억하며

 천문학적 판매량을 기록하며 전 세계적으로 돌풍을 일으켰던 『바람의 그림자』와 『천사의 게임』『천국의 수인』의 작가 카를로스 루이스 사폰은 1993년 청소년 소설 『안개의 왕자』를 발표하면서 작가로 데뷔했다. 그 뒤로 『한밤의 궁전』(1994)과 『9월의 빛』(1995)을 연이어 발표하면서 청년 작가 루이스 사폰의 연작 소설이 완성되었다.

 독자들의 지적 호기심을 충족시키며 환상적 요소들을 적절히 결부시킴으로써, 상상력의 발현이라는 문학 본래의 역할까지 충실히 소화해낸 그의 소설들이 스페인을 비롯해 미국, 프랑스, 네덜란드, 노르웨이, 캐나다, 벨기에, 영국, 포르투갈 등지에서 최고의 작가에게 수여되는 갖가지 상을 휩쓸고, 국내에도 수많은 마니아들을 확보하고 있는 것은 당연한 결과다.

그런가 하면 활력 넘치고 섬세한 문체의 초기 연작 소설 『안개의 왕자』『한밤의 궁전』『9월의 빛』은 사춘기 소년들의 순수한 세계와 섬뜩한 악의 세계를 묘사하고 있으며, 판타지와 공포, 모험 등이 절묘하게 어우러져 있다. 작가의 말처럼 10대 청소년부터 청장년 및 60, 70대 노년 독자들까지도 즐겁게 읽을 수 있는 아름다운 작품들이다.

작품 활동 초기 청소년을 위한 소설에서 일반 성인 독자층을 겨냥한 본격소설로 들어가는 중간 단계에서 일종의 다리 역할을 한 작품이 바로 이 책 『마리나』다.

카를로스 루이스 사폰은 스스로 작가라면 누구나 자신의 작품 중에 가장 아끼는 작품이 있기 마련이라면서, 자신에게는 『마리나』가 바로 그런 작품이라고 밝히고 있다. 소위 '청춘'이라 불리는 축복받은 시기에 작별을 고하는 작품, 정확히 파악할 수는 없지만 나날이 그리워지고 평생 그리워하게 될 그 무언가가 영원히 깃들게 된 작품이라고 작가는 고백한다.

『마리나』는 1970년대 후반 스페인 바르셀로나를 무대로 하고 있다. 주인공 오스카르 드라이는 함께 휴가를 보낼 시간조차 없는 바쁜 부모님 때문에 가족과 떨어져 기숙학교에서 생활하고, 방과 후 학교를 몰래 빠져나가 동네를 헤집고 다니는 게 취미인

열다섯 소년이다. 어느 날 오스카르는 여느 때처럼 과감히 외출을 시도했다가 폐허가 된 저택을 발견하고, 우연히 그 집에 사는 또래 소녀 마리나와 친구가 되어 예기치 못한 모험의 장으로 들어선다.

하지만 처음에는 장난처럼 시작했던 모험이 섬뜩한 공포로 가득 찬 위험천만한 여정임을 깨닫게 된다. 이 모험을 위해 카를로스 루이스 사폰은 공포영화에서나 볼 수 있을 법한 장치들을 동원한다. 어디서 흘러오는지 모를 사체가 썩는 듯한 악취, 뒤틀린 인체의 모습을 담은 기이한 사진들, 죽은 피부로 뒤덮이고 눈구멍만 뚫린 채 스스로 살아나 서툴게 관절을 움직여대는 꼭두각시 인형들, 절단된 사지가 널브러져 있는 인체 실험실과 프랑켄슈타인을 떠올리게 하는 의사, 그리고 무엇보다 눈앞에 보이지는 않지만 온몸의 세포 하나하나를 공포로 일깨우는 듯한 기분 나쁜 소리와 소름끼치는 냉기. 작가는 이 모든 것을 1인칭 화자의 시각에서 생생하게 묘사해낸다.

이렇게 오스카르와 마리나는 철저히 격리된 시공간 속에서 공포스러운 타자의 존재감과 시선을 느낀다. 하지만 나이 어린 10대의 주인공들을 지켜주고 도와줄 만한 어른은 없다. 그 자신들만이 거대한 악과 위험한 세상에 맞서 싸워나가야 하는 것이다.

『마리나』는 『안개의 왕자』나 『한밤의 궁전』처럼 외형적으로는 판타지와 모험이 어우러진 소설을 표방한다. 차이점이 있다면 좀더 많은 죽음이 존재한다는 것. 작가는 『마리나』에서 주인공 소녀마저도 죽음으로 이끈다. 청춘과 영원한 이별 의식을 치르는 듯이.

그래서인지 언제나처럼 작품 속에서 우정과 사랑, 가족애, 신의 등 다양한 삶의 가치가 발견되지만, '이별'의 메시지가 가장 크게 와닿는 듯하다. 그리고 어쩌면 그 때문에 이 작품이 매우 강렬하고 흥미롭지만 결코 가볍게 느껴지지 않는 것인지도 모른다.

오래도록 미루어왔던, 그러나 더 늦어지기 전에 반드시 마무리지어야 했던 숙제처럼, 그렇게 루이스 사폰은 『마리나』의 집필을 마무리하면서 청춘에 이별을 고했다.

유난히도 추운 겨울이다. 무겁게 내려앉은 잿빛 하늘은 추위의 강도를 한층 더해주고, 녹기도 전에 덧쌓이고 덧쌓인 채 길모퉁이 곳곳을 메우고 있는 눈더미는 속절없이 보내버린 스무 살 청춘 위에 더께로 쌓여버린 내 삶의 무게만 같다. 문득 갖가지 성장통으로 아팠던 스무 살의 문턱이 떠오른다. 돌이켜 생각해보면 그 시절은 무어라 이름붙일 수 없는 숱한 고통으로 아파했던 시절이기도 했지만, 아무런 치장 없이도 스물이기에 충분히 아름답고 화려했던 시절이었다. 그리고 오늘, 공해에 찌들어 거무튀튀하게 녹아내리고 있는 눈더미 사이에서 뒤돌아본 내 청춘은 아픔은 온데간데없이 온통 현란한 춤사위를 자랑하며 온 세상을 하얗게 장식하는 정갈한 눈꽃송이 같기만 하다. 마리나의 말마따나 정말로 있었던 많은 일들은 기억의 저편으로 희미하게 사라져버리고 실재하지 않았던 무언가만 추억과 여운의 이름으로 기억 속에 잠재해 있는 모양이다. 그래서 청춘은 언제 돌아보아도 아름답고 그리운 것이고, 아련한 내 청춘과의 이별도 기꺼이 감당해야만 했던 통과의례인 것이리라.

이 혹한의 겨울에도 오로지 좋은 책을 만들기 위해 원고와 씨름해주신 문학동네 편집부 여러분께 고개 숙여 감사드린다.

김수진

지은이 카를로스 루이스 사폰
1964년 스페인 바르셀로나에서 태어났다. 1993년 첫 소설 『안개의 왕자』로 에데베상을 수상했고, 연이어 『한밤의 궁전』 『9월의 빛』을 발표했다. 『마리나』를 통해 바르셀로나를 배경으로 한 특유의 미스터리를 처음 선보였다. 2001년 발표한 『바람의 그림자』는 전 세계 42개국에 번역 출간되어 1200만 부 이상 판매되는 유례없는 대성공을 거두었다. 뒤이어 『천사의 게임』 『천국의 수인』을 펴내 사폰 마니아들의 비상한 관심을 모았다. 2020년 55세를 일기로 타계했다.

옮긴이 김수진
한국외국어대학교 스페인어과를 졸업했고, 동 대학 통역번역대학원에서 석사학위를, 대학원에서 문학 박사학위를 취득했다. 현재 전문 번역가로 활동하고 있다. 『검의 대가』 『남부의 여왕』 『전쟁화를 그리는 화가』 『살인의 창세기』 『빌더버그 클럽』 『영혼의 연금술사』 『그림자 화가』 『공성전』 『안개의 왕자』 『한밤의 궁전』 등을 우리말로 옮겼다.

문학동네 세계문학
마리나

1판 1쇄 2013년 2월 27일 | 1판 2쇄 2020년 7월 2일

지은이 카를로스 루이스 사폰 | 옮긴이 김수진 | 펴낸이 염현숙
책임편집 이은현 | 독자모니터 홍산
디자인 김현우 이원경 | 저작권 한문숙 김지영 이영은
마케팅 정민호 이숙재 양서연 박지영 | 홍보 김희숙 김상만 지문희 우상희 김현지
제작 강신은 김동욱 임현식 | 제작처 더블비(인쇄) 신안제책사(제본)

펴낸곳 (주)문학동네
출판등록 1993년 10월 22일 제406-2003-000045호
주소 10881 경기도 파주시 회동길 210
전자우편 editor@munhak.com | 대표전화 031) 955-8888 | 팩스 031) 955-8855
문의전화 031) 955-3578(마케팅) 031) 955-8860(편집)
문학동네카페 http://cafe.naver.com/mhdn | 트위터 @munhakdongne
북클럽문학동네 http://bookclubmunhak.com

ISBN 978-89-546-2048-2 03870

잘못된 책은 구입하신 서점에서 교환해드립니다.
기타 교환 문의 031) 955-2661, 3580

www.munhak.com